CATALINA AGUILAR MASTRETTA

Alle Tage, die uns gehören

CATALINA AGUILAR MASTRETTA

Alle Tage, die uns gehören

Roman

Aus dem Spanischen übersetzt
von Anja Rüdiger

THIELE VERLAG

Für die Familie, in die ich hineingeboren wurde:
Ángeles, Héctor, Mateo, Rosario

Und für die, die ich kennengelernt habe:
Dani, Lumi, die Mädchen, Rodrigo

Prolog

Die Frage

Kennst du eigentlich Emiliano Cervera?

Welchen Cervera? Denn es gibt mehrere. Ich kenne den, der wie ein kleines Kind mit geschlossenen Augen und geballten Fäusten auf der Seite schläft. Den, der sein Gesicht in mein Haar vergräbt und wie im Gebet »Mari, Mari, Mari« seufzt. Den kenne ich. Na ja, ich kannte ihn, ich weiß nicht, wie er jetzt ist. Ich erinnere mich nicht mehr, wann, aber irgendwann in der Vergangenheit war er die Liebe meines Lebens, der Mann, mit dem ich alt werden wollte, der Vater meiner ungeborenen Kinder. Er war das Echo meines Atems, und meine Haut erinnert sich noch so gut an ihn, dass sie seine Finger spürt, vor allem zwischen Hals und Schulter. Willst du wissen, ob ich den wirklichen Emiliano kenne? Oder den, den ich mit mir herumtrage? Denn der Unterschied ist immens, vor allem sonntagmorgens. Kenne ich Emiliano? Ich weiß nicht, ob ich ihn kenne. Er ist viel weiter von mir entfernt als jemand, den ich noch nie gesehen habe, aber dennoch lässt mich der Gedanke an ihn immer noch erzittern. Es ist ein bekanntes, furchterregendes Zittern. Was ist das überhaupt für eine Frage: Kennst du

Emiliano? Also den, der nicht ans Telefon geht, wenn ich ihn anrufe, und der auf Twitter Urbane Poesie posted, kenne ich jedenfalls nicht. Und den, der an der Hand der Blondine, die in seinem Film mitspielt, durchs Viertel spaziert, den kenne ich auch nicht. Doch ich kenne ihn so, als ob er niemals gegangen wäre, weil er mich so geliebt hat und wir füreinander da waren, wo jetzt der Raum ist, in dem wir uns vergessen.

María, konzentrier dich! Schließlich geht es um den Filmregisseur, über den du schreiben sollst, damit die Filmzeitschrift, für die du arbeitest, dir etwas dafür bezahlt. Die Antwort darauf – ganz einfach –, die habe ich. Aber ich kriege all die anderen nicht aus dem Kopf, die sich dort angesammelt haben, und spüre, dass ich gleich losheule, hier, im Büro meines Chefs, dem ich gegenübersitze. Und so antworte ich das Dümmste, was mir einfällt.

»Mehr oder weniger.«

José Miguel ist zufrieden, und ich fühle mich schuldig. Weil José Miguel ein netter Typ ist. Und er glaubt, dass ich ihn mag. Und in vielerlei Hinsicht stimmt das auch. Pepe Mike wird er von seinen Freunden genannt, nicht, weil sie ihn hassen, sondern weil sie ihn mögen. Denn es gibt ganz unterschiedliche Menschen auf der Welt, und einige darunter nennen ihre Freunde, weil sie sie mögen, Pepe Mike. Außerdem ist es ja nicht José Miguels Schuld, dass er nichts über das Zittern weiß.

Kennst du eigentlich Emiliano Cervera? Ich habe ihn mal gekannt. Ich kenne ihn, weil ich in Gedanken nicht von ihm loskomme, und wenn mich jemand nach ihm fragt, dann spüre ich ein Loch an der Stelle, die eine Witwe mit den Händen bedeckt, wenn man von der Vergangenheit spricht. Aber was das tägliche Leben angeht, den Alltag, da weiß ich nichts von ihm.

»Wie gut, dass du über Emiliano hinweg bist«, hat meine Freundin Paloma vor einiger Zeit zu mir gesagt. »Ich bestelle Lachs und du?«

»Pasta.«

Und weiter im Text. Darüber hinweg, klar. Nur dass es einige Dinge gibt, die niemals zu Ende gehen. Und das ist eines dieser Dinge.

1

Jahre früher, am Tag, als Das Endgültige Aus kam

Ich kam zu spät und ungekämmt ins Büro.

»Dein Telefon klingelt schon die ganze Zeit«, informierte mich Salvador, der so nett ist, jemanden darauf hinzuweisen, wenn sein Telefon in seiner Abwesenheit klingelt, aber ich hasse ihn, weil er am Nachmittag, wenn er sich langweilt, ständig gegen die Abtrennung zwischen unseren Schreibtischen tritt wie ein Kind im Flugzeug gegen den Sitz des Vordermanns.

Ich hörte meine Nachrichten ab. Eine von meiner Mutter: »Wie kannst du einfach so verschwinden, ohne etwas zu sagen und ohne Frühstück? Das ist doch keine Art!« Ich war eine schlechte Tochter. Die nächste Nachricht – und ich war eine schlechte Freundin. Denn die nächsten drei Nachrichten waren von Paloma: »Wann seid ihr gestern gegangen? Melde dich.« »Wann kommst du endlich zur Arbeit? Melde dich.« »Wann meldest du dich endlich?«

In der Geschichte dieses Beziehungsaus würde es noch viele Sorgen geben, so wie allein sterben, den Mann seines Lebens verlieren oder den Rest seines Lebens über bereuen, was eines Samstags um drei Uhr morgens geschah, als ich dreißig Jahre alt war. All das waren ziemlich komplexe Sorgen, doch die, die sich auf die nähere Zukunft bezogen, waren die schlimmsten: Was würde ich an meinem ersten Sonntag als Single tun? Würde ich jemals wieder zu dem Chinesen im Parque Nápoles essen gehen, und was sollte ich mit den Resten machen, wenn ich all das leckere Essen nur für eine Person bestellte? Wie sollte ich jemals Palomas Erwartungen erfüllen? Paloma war die Freundin von Francisco, der wiederum Emilianos Bruder war. Und nein, die Namen wurden nicht aus revolutionären Gründen gewählt. Señora Sandra, der Mutter der beiden, konnte man vieles vorwerfen, aber nicht, dass sie eine Revolutionärin wäre. Sie hatte ihren ältesten Sohn nach ihrem Großvater Emiliano genannt und ihren zweiten Sohn Francisco nach ihrem Vater. Und sie wurde beinah ohnmächtig, als ihre Söhne sich im Kindergarten für den Revolutionstag mit Patronengurten und Schnurrbärten als Pancho Villa und Emiliano Zapata verkleiden sollten. Dabei hatte sie so sehr gehofft, ihre Kinder hübsch anziehen zu können. Und nun musste sie die Jungen wie die in ihren Augen ärmsten Schlucker der mexikanischen Geschichte ausstaffieren.

Pancho – wie Paloma ihren Liebsten nannte, um Señora Sandra zu ärgern – war seit vier Jahren mit Paloma zusammen, weniger als halb so lange wie Emiliano und ich, was dazu führte, dass Paloma uns als Vorbild ansah. Nur dass Paloma und Pancho das eigentlich vorzeigbare Paar der Familie waren. Sie hatten sich in Harvard kennengelernt – ja, richtig gehört –, an der *Harvard University.* Es war wohl so, dass sie in irgendeinem uralten Gebäude auf der Treppe gestolpert war, in dem auch schon Theodore Roosevelt, Bill Gates und Natalie Portman gestolpert waren, wenn ich mich recht erinnere, aber die Geschichte im Detail zu erzählen wäre viel zu langweilig. Jedenfalls hatten sie sich dort kennengelernt, und beide hatten auf der Stelle gewusst, dass sie füreinander bestimmt waren. Dabei waren sie ganz nah beieinander aufgewachsen, um sich dann an einem Ort kennenzulernen, an den man nur mit größter Mühe gelangte.

Dass Paloma und ich Freundinnen wurden, lag einmal an der unvermeidlichen Nähe, aber auch daran, dass sie wirklich sympathisch ist und sich trotz ihrer Harvard-Intelligenz eine gewisse Leichtlebigkeit bewahrt hat, die sie einfach unwiderstehlich macht. Paloma hatte darauf bestanden, dass wir uns im Kampf gegen Señora Sandra zusammentaten. Dabei war unsere Situation nicht wirklich vergleichbar, da Señora Sandra Paloma anbetete, welche Señora Sandra wiederum vor allem deswegen hasste, um dem Bild der genervten Schwiegertochter zu entsprechen, wie sie es aus den Karikaturen ihrer Kindheit kannte. Während die Tatsache, dass der ältere Sohn mit mir zusammen war und nichts Reizvolleres zu bieten hatte, für die Familie eine echte Enttäuschung war. Ich hatte also gar keine andere Wahl, als Señora Sandra allein aus Gründen der Selbstverteidigung zu hassen.

»Also jetzt bin ich echt sauer auf meine Therapeutin«, sagte Paloma, ohne mich zu begrüßen, als sie mich schließlich am Telefon hatte. »Ich habe ihr erzählt, dass ich heiraten möchte, so ganz nebenbei, irgendwann demnächst, und zwar Pancho. Und sie wollte wissen, warum ich die Vorstellungen meiner Mutter übernehme. Da bin ich auf eine echte Kampfemanze gestoßen, stell dir vor, und plötzlich erwachte in mir der unbändige Wunsch, tatsächlich zu heiraten. ›Ja, ich will heiraten‹, hab ich ihr gesagt, ›ich will heiraten, denn das ist das Einzige, was mich glücklich macht!‹ Schon während ich es aussprach, dachte ich: Ich glaube, das stimmt so nicht. Ehrlich gesagt, ist das nicht ganz die Wahrheit, weil viele andere Dinge mich auch glücklich machen würden. Aber ich konnte die alte Kuh die Diskussion doch nicht gewinnen lassen. Wenn ich ihr schon von meinem Privatleben erzähle.«

»Na ja, wenn du heiraten willst, dann heirate doch, meine Liebe«, entgegnete ich, damit sie mal Luft holen konnte.

»Soll ich auf die Knie gehen und mir den Ring selbst anstecken? Ich bin doch nicht du.«

»Ich habe mir keinen Ring angesteckt.«

»Daran ist nur die blöde Señora Sandra schuld, die Pancho den Ring von der Urgroßmutter nicht geben will, weil ihn nur jemand aus der Familie bekommen soll.«

»Du wirst den Ring von der Urgroßmutter bekommen, keine Sorge.«

»Du hast leicht reden, du bist ja schon so gut wie verheiratet und brauchst keinen Ring. Aber ich muss einfach wissen, ob Pancho der Vater meiner Kinder sein wird, verstehst du? Darüber wollte ich mit meiner Psychologin reden, bevor sie mit den Vorstellungen meiner Mutter anfing. Bei dir ist das anders – du weißt schon, dass Emiliano der Vater deiner Kinder sein wird, ihr seid euch da einig. Aber mein kleines Dickerchen macht es mir echt schwer.«

Pancho hatte höchstens drei Kilo Übergewicht, aber es machte Paloma einen Riesenspaß, ihn »mein kleines Dickerchen« zu nennen.

»Ich glaube nicht, dass Emiliano der Vater meiner Kinder sein wird.«

»Ja, ja, welche Kinder, ich weiß schon. Das war nicht wörtlich gemeint.«

»Emiliano ist weg«, sagte ich zum ersten Mal. Und das war wortwörtlich gemeint. Paloma zählte leise bis fünf; so hatte ihre Großmutter es ihr beigebracht: Wenn sie nicht wusste, was sie sagen sollte, leise bis fünf zählen, damit sie nicht irgendeinen Blödsinn von sich gab.

»Wohin?«, fragte sie schließlich.

»Na ja, zurück nach Hause«, klärte ich sie auf. »Also zurück zu seiner Mutter.«

Es war schon seit einer Woche vorbei, aber ausgezogen war Emiliano erst am Morgen des Vortages. Wir kamen von einer Kostümparty, was ziemlich gut passte, da wir ja vorgeben wollten, etwas zu sein, was wir nicht waren. Glücklich zum Beispiel. Da kamen Maske und Umhang gerade recht. Emiliano war als Darth Vader verkleidet, mit einem schwarzen Samtumhang und einem Helm, in dem er kaum atmen konnte.

»Erstickend«, meinte er mit einem Grinsen, »so habe ich das Gefühl, dass du bei mir bist, auch wenn du gar nicht da bist.«

Ich hatte mich in einen Catwoman-Anzug gezwängt, was uns immerhin zu einer angenehmen Viertelstunde auf dem ansonsten trostlosen Fest verhalf. Emiliano hatte sich plötzlich nach körperlicher Nähe gesehnt und mich ins Schlafzimmer der armen Gastgeberin geschleppt, um mich aus dem schwarzen Plastik-Suit zu befreien, der wie ein Aufkleber an mir haftete. Was das anging, stimmte die Chemie zwischen uns, das zählte nicht zu unseren vielen nicht greifbaren Problemen. Seit fast zehn Jahren rissen wir uns bei der ersten Gelegenheit die Kleider vom Leib, und seit fast neun Jahren taten wir dies in unserer gemeinsamen Wohnung und unserem gemeinsamen Bett, was ein deutlicher logistischer Vorteil war. Jedenfalls suchten wir immer mal wieder nach einem diskreten Winkel, um uns gegenseitig zu berühren, als ob wir vertrockneten, wenn wir es nicht tun würden. Wir waren so scharf aufeinander, dass es beinah verdächtig war; als ob wir zu den Leuten gehörten, die Palomas Großmutter als »nicht vertrauenswürdig« bezeichnete. Als ob es höhere Gewalt wäre, dass wir nicht voneinander lassen konnten, mit den Handabdrücken des anderen auf unseren Armen, um daran zu erinnern, zu wem wir gehörten. An jenem Tag jedenfalls markierten wir (zu später Stunde) jeden Zentimeter. Nachdem wir die »ehelichen Pflichten« vollzogen hatten, zwängte ich mich wieder in meinen Cat-Suit, was angesichts des Schweißes und der vielen Reißverschlüsse zu unserem letzten gemeinsamen Abenteuer wurde.

Den Rest des Abends verhielten wir uns unauffällig und tranken fleißig aus unseren roten Plastikbechern, plauderten mit denselben Leuten wie im Vorjahr und im Jahr davor, betranken uns, als wäre es unsere Pflicht, damit wir uns wie Kinder im Kostüm verhalten konnten. Wir hatten beide beschlossen, uns als zwei schwarze Bösewichte zu verkleiden. »Wir sind schlecht!«, schrien wir, als wir das Zimmer der armen Gastgeberin verließen. »Wir sind schlecht!«, während wir Hand in Hand von einer Ecke zur anderen liefen. Schlecht im Zusammensein, schlecht im Miteinander-Aufwachsen, schlecht für den anderen.

Im Laufe der nächsten Wochen musste ich, nachdem ich Paloma Rede und Antwort gestanden hatte, noch vielen anderen Leuten erklären, was passiert war. Wenn eine Beziehung zu Ende geht, von der alle denken, dass sie ewig halten würde, ist eine Erklärung unerlässlich. Die Leute sehen dich mit mitleidigem Blick an wie einen ausgesetzten Welpen. »Was? Es ist Schluss? Das kann ich nicht glauben! Was ist denn passiert?« Als ob ich das wüsste. »Keine Ahnung. Manchmal funktioniert es einfach nicht mehr; Dinge gehen zu Ende«, erklärte ich. Und die Fragenden waren sichtlich enttäuscht, dass ich bei meinem eigenen Film nicht mit einem passableren Ende aufwarten konnte. »Wegen einer Flasche Ajax Fettreiniger«, sagte ich schließlich zur Freundin einer Freundin, die ich bei meinem ersten gesellschaftlichen Auftritt nach Dem Endgültigen Aus traf. Und das war die perfekte Antwort: sympathisch und selbstkritisch, originell und durchaus der Wahrheit entsprechend. Der Grund war eine Flasche Ajax Fettlöser. Emiliano verließ mich an dem Tag, an dem ich einen mit Ajax Fettlöser getränkten Schwamm über seinem verschlafenen Kopf ausdrückte. Auf den ersten Blick stellt mich diese Erklärung nicht gerade vorteilhaft dar und gibt der Gegenseite recht. Bis man mehr über die Einzelheiten erfährt.

Emiliano ist ein Ausnahmefall der Gattung Mann: Er legt sehr viel Wert auf Sauberkeit. Er ist unerträglich penibel, sodass ich oft das Gefühl hatte, mit einem Cousin von Meister Proper zusammenzuleben. Und anstatt rumzuschreien, wenn er irgendwo in der Wohnung Schmutz entdeckte, machte er ein enttäuschtes Gesicht und kam einem mit emotionaler Erpressung: »Ich weiß, es ist nicht deine Schuld, María, dass deine Bürste voller Haare ist, aber könntest du vielleicht etwas besser darauf achten? Mir zuliebe?« Es enttäuschte ihn, dass ich, María, das Verhalten eines Menschen an den Tag legte, der nicht unter den wachsamen Augen von Señora Sandra aufgewachsen war, der Übermutter in jeder Hinsicht, die dafür gesorgt hatte, die schlechten Angewohnheiten, die bei mir zuhauf vorhanden waren, von ihren Kindern fernzuhalten, wie zum Beispiel im Bett zu essen oder, noch schlimmer, sich mit ungewaschenen Füßen und bevor der Abwasch nach dem Abendessen komplett erledigt war, schlafen zu legen. Auch der Fauxpas, der zu dem Streit geführt hatte, der Das Endgültige Aus mit sich brachte, hätte Señora Sandras Erziehung mir erspart: den halb vollen Kaffeebecher, der mehr als eine Woche lang im Becherhalter unseres Autos stand.

Als wir von der Kostümparty kamen, stieg Emiliano heftig betrunken und extrem durstig (ironischerweise sind Betrunkene ja immer extrem durstig) ins Auto, und bevor ich es verhindern konnte, nahm er einen Schluck von dem Kaffee mit der sauren Milch, den ich mindestens elf Tage lang in der Gluthitze der Sonne hatte vor sich hin schmoddern lassen. Er stieß einen Schrei aus und spuckte die eklige Flüssigkeit so dezent wie möglich wieder aus – Señora Sandra hatte ihren Söhnen auch beigebracht, selbst betrunken nicht den Anstand zu verlieren.

»Was ist das denn?«

»Hast du davon getrunken?«

»Das ist ja ekelhaft!«

Ich konnte nicht anders, als herzlich zu lachen, und je mehr ich mich amüsierte, desto größer wurde seine Wut, wie man an seinen zusammengezogenen Augenbrauen sehen konnte.

»Warum trinkst du auch das Erstbeste, was dir vor die Nase kommt?«, sagte ich nach dem Motto: Angriff ist die beste Verteidigung.

»Das ist nun wirklich nicht zum Lachen«, entgegnete er, während er sich mit einem Kleenex die Zunge abtupfte.

Je mehr ich lachte, desto wütender wurde er. Nachdem er sich schon herumkutschieren ließ und so dreist gewesen war, sich, ohne zu fragen, bei meinen Getränken zu bedienen, erlaubte er sich nun auch noch, seinen Sinn für Humor zu verlieren.

»Wie kannst du nur so schlampig sein!«

Mit einem Schlag war mir das Lachen vergangen. »Schlampig« war keine schlimme Beleidigung, aber eine von denen, die in der von uns beiden entwickelten Streitkultur durchaus von Bedeutung waren. Daher sagte ich den Rest des Wegs über kein Wort mehr.

Eine Frau, die als Catwoman verkleidet ist, muss unzählige Dinge tun, bevor sie zu Bett gehen kann. Sie muss die künstlichen Wimpern entfernen, sich den Mund und die Augen abschminken, das Haarspray herausbürsten, die Unterwäsche wechseln und den Pyjama anziehen. Als ich die x-te Schicht auf dem Gesicht auftrug – Reinigungscreme, Tonic, Feuchtigkeitscreme –, hatte Emiliano schon längst den Helm abgenommen und schlummerte bereits seit einer Stunde in den Kissen. Während ich wieder einen Menschen aus mir machte, gingen mir seine schlimmen oder weniger schlimmen Beleidigungen durch den Kopf, und ich gab mein Bestes, wegen all der Dinge, die er nicht zu verstehen vorgab, so richtig wütend zu werden. »Schlampig« hatte er mich genannt. Was für ein Zynismus! Ausgerechnet mich schlampig zu nennen, die ich den ganzen Tag lang nichts anderes tat, als mich darum zu kümmern, dass alles, was der liebe Kleine anfasste, in tadellosem Zustand war, einschließlich mir selbst. Schlampig, ich, dabei war ich die Einzige, die daran dachte, die Miete zu bezahlen, die den Stromzähler ablas, die die Namen des Müllmanns und des einzigen Metzgers wusste, der angeblich kein Tierquäler war, und den des Klempners, der den Wasserhahn reparierte, wenn er tropfte! Ich sollte schlampig sein, dabei war er nicht mal in der Lage, bei Starbucks einen Kaffee zu kaufen, ohne mich anzurufen! Vielleicht wusch er sich jeden Tag die Füße, aber ich war diejenige, die wusste, welche Flüssigseife er am liebsten mochte, und die im Supermarkt alles zusammenrechnete, damit wir kein Geld ausgaben, das wir nicht hatten. Weil man ihm alles beigebracht hatte, außer zu rechnen. Mich nannte er schlampig, dabei war ich diejenige, die sich um ihn kümmerte, seit er sich in mich verliebt hatte und sich mitschleppen ließ bei dem Einzigen, was ich wollte und was er für sich bisher vermeiden konnte: erwachsen zu werden.

Auf dem Höhepunkt meines Zorns wusch ich das Glas ab, mit dem ich jeden Abend zum Wohle meines eigenwilligen Darms eine Dosis Metamucil zu mir nahm. Normalerweise spüle ich keine Gläser ab, wenn ich zum Umfallen müde bin, doch ich hatte keine Lust, mich gleich nach dem Aufwachen der wohlerzogenen Enttäuschung des Cousins von Meister Proper gegenüberzusehen. »Mari, denk doch bitte zukünftig daran, noch eben die Gläser zu spülen, bevor du schlafen gehst.« Ich wollte, dass er nichts zu beanstanden hatte, wenn ich ihn mit *meinem* gerechten Zorn am Morgen aufwecken würde. Also drehte ich den Wasserhahn auf, der nicht mehr tropfte, nahm das Glas und griff in das kalte, seifige Rührei, das am Spülschwamm klebte. Das war das Einzige, worauf Meister Propers Cousin *nicht* achtete, was mir jedoch einen Brechreiz verursachte. Was war daran so schwer, den Schwamm kurz auszuwaschen und auszudrücken, damit er für den nächsten Benutzer sauber und trocken war, wenn dieser nur aus dem Grund sein Glas spülen wollte, damit er nicht als »schlampig« bezeichnet wurde. Das also war aus unserer harmonischen Beziehung geworden: saure Milch und seifiges Rührei.

Das war der Preis, den man zahlte, wenn man mit jemandem zusammenlebte, den man angeblich liebte: Man musste Gläser spülen, nur um aus dem morgendlichen Streit siegreich hervorzugehen, einem Streit, der nur zwischen den beiden angeblich Liebenden ausbrach. Und ja, in irgendeinem Winkel ihres Gehirns wussten beide, dass es bei dem Streit nicht um dieses Glas ging, sondern um die vielen Risse, die die vielen Gläser und die vielen Meinungsverschiedenheiten verursacht hatten, in dem Maße, wie sie wuchsen und gediehen, bevor man an ihnen wachsen und aus ihnen lernen konnte. Um die vielen Risse, die den anderen letztendlich zermürben würden. Der Streit ging um all die Dinge, von denen beide wussten, die man jedoch nicht in Worte fassen und nicht als Erklärung benutzen konnte, wenn die Freundin der Freundin fragte, was passiert war. Kleine und große Risse, die schließlich das Stück Land, in das man seine

Fahne gesteckt und zu seinem Bereich erklärt hatte, auseinanderbrechen ließen. Einen Bereich im Kalten Krieg, in dem beide alles taten, alles änderten, sich gegenseitig unterstützten und den anderen ermunterten, sich einzusetzen, bis ein nasser Spülschwamm in der Küche eine existenzielle Krise hervorrief und einer der beiden ihn über dem ahnungslosen Gesicht des anderen ausdrückte.

In dem Moment, in dem ich es tat, bereute ich es bereits, doch einen nassen, mit klebrigem Rührei beschmierten Schwamm über jemandem auszudrücken wirkt umso psychotischer, wenn man sich gleich darauf entschuldigt. Nein, ich hatte den Schwamm bereits über Emiliano ausgedrückt, der erwacht war und zu verstehen versuchte, was geschah. Er hatte mich schon gesehen mit dem Schwamm in der Hand und meinem wütenden Gesicht. Ihm war bereits bewusst, dass es nicht aus Versehen, sondern mit voller Absicht passiert war. Das Einzige, was ich machen konnte, war, die Sache mit allen Konsequenzen zu Ende zu führen.

»Ich bin also schlampig, ja? Drück das nächste Mal gefälligst den verdammten Schwamm aus!«

Ich tat mein Bestes, um die Situation noch zu retten, womit ich jedoch nur erreichte, dass Emiliano mich als krank, irre und völlig durchgeknallt bezeichnete und mich mit weiteren politisch unkorrekten Worten beschimpfte, die er in seiner Schickimicki-Schule gelernt hatte und die man der Freundin der Freundin ohne weitere Erklärungen wiedergeben konnte. Und damit endete die Geschichte. Die Leute lachten und waren zufrieden, und das andere, das, was wirklich los war und wirklich wehtat, behielt ich lieber für mich.

»Ich will nach Hause«, sagte Emiliano, nachdem wir alles gesagt hatten. »Ich will nach Hause.«

Zu Hause war ein weiterer jener irreparablen Risse. Vielleicht der schlimmste. Auch nach Jahren war unsere Wohnung für ihn immer noch nicht *zu Hause*. Dies würde nie sein Zuhause sein, egal, was geschah, ich würde nie sein Zuhause sein.

Emiliano taumelte zu seinem Handy hinüber. Der Akku war leer.

Also griff er nach meinem, das neben dem Bett lag. Natürlich hatte er die Nummer, um ein Taxi zu rufen, nicht im Kopf.

»Dann gehe ich eben zu Fuß nach Hause.« Er verließ im Pyjama das Haus. Ich nahm den Autoschlüssel, da ich nicht in der Lage war, ihn sich selbst zu überlassen oder die Gelegenheit verstreichen zu lassen, dass er mir einen Gefallen schuldete.

»Du bist betrunken, steig ein.« Ich holte ihn in der dunkelsten Ecke des Tacubaya-Viertels ein, zwei Häuser von unserem entfernt.

»Bring mich nach Hause«, sagte er und weinte schamlos.

Ich tat ihm den Gefallen. Der Eingang war so hell erleuchtet, als würde er erwartet. Ich hielt an. Emiliano wandte sich zu mir um und wollte etwas sagen, was ich dadurch verhinderte, dass ich die Tür entriegelte.

Ich blieb noch eine Weile mit dem Wagen dort stehen. Die Vorstellung, in die leere Wohnung zurückzukehren und in einem Bett zu schlafen, das nach Spülmittel und Emilianos Haut roch, machte mir Angst. *Soll er doch zurück nach Hause gehen, verdammt noch mal!* Auch ich war bei einer Mutter aufgewachsen und hatte ein Zuhause. Und dahin machte ich mich auf den Weg. Das Problem war nur, dass ich mich ja für unabhängig hielt und keinen Haustürschlüssel zur Wohnung meiner Mutter hatte, sodass ich sie brutal aus dem Schlaf klingeln musste. Sie kam herunter, um mir die fünffach verriegelte Tür zu öffnen, und trug einen Morgenmantel aus blauer Seide, der ihren kleinen runden Bauch verhüllte und ihre dünnen Beine freiließ. Ich umarmte sie, um nicht allzu viele Fragen beantworten zu müssen. Und obwohl es noch nicht Zeit zum Frühstück war, ging ich in die Küche, um mir Quesadillas zu machen, denn es gibt nur wenige Dinge auf der Welt, die man mit ein paar Mehltortillas nicht wiedergutmachen kann. Ich hörte, dass meine Mutter in der Speisekammer kramte, sah nach und fand sie in dem Bemühen vor, auf Zehenspitzen stehend, ein sich sehr weit oben befindendes Glas mit Schokomandeln zu erreichen. Sie sah winzig aus, so zierlich; am liebsten hätte ich sie in einen Fingerhut gesteckt und überall mit hingenommen. Ich lachte gerührt, was sie vor Schreck heftig zusammenfahren ließ.

»Du wirst Bauchschmerzen kriegen«, sagte ich und nahm das Glas vom Regal herunter, um es ihr zu geben.

»Nein. Juan hat gesagt, dass Mandeln gut gegen Magengeschwüre sind.«

»Schokomandeln?«

»So genau hat er sich nicht festgelegt.« Sie unterdrückte ein schelmisches Lächeln.

»Gute Nacht, Mami.«

»Guten Morgen, mein Kind.« Sie sah mich abwartend an. Da ich nichts sagte, verstand sie sofort. Mein Vater hatte aus ihr eine Expertin in Sachen Liebeskummer und nächtlicher Flucht aus der Wohnung gemacht. Ich gab ihr drei Küsse und ging in mein altes Zimmer hinauf, wobei ich von meiner Quesadilla abbiss und rücksichtslos vor mich hin krümelte. *Schau mal, Emiliano, wie schlampig ich bin!*

Ich legte mich in das Neunzigzentimeterbett meiner Kindheit. Eigentlich hatte ich gedacht, dass ich weinen würde, was jedoch nicht passierte. Ich war wie ausgetrocknet. Von Kopf bis Fuß komplett ausgetrocknet. Mit einsamen kalten Füßen. Ich streckte sie nach unten, bis sie das Fußende des Bettes berührten, und fasste mit den Händen ans Kopfende. Dabei fiel mir der Moment ein, als mir zum ersten Mal bewusst wurde, dass das Bett mir zu klein war. Hier, in diesem Bett, war der Irrtum entstanden. Der Irrtum, erwachsen zu werden. Das Kissen steckte noch immer in der Emily-Erdbeer-Hülle, dem einzigen Überbleibsel der Bettwäsche, die Zeuge der wichtigsten Ereignisse in meinem Leben gewesen war: der ersten Pyjama-Party, der ersten Periode, des ersten nackten Jungen. Ich schloss die Augen. War wieder fünfzehn Jahre alt und spürte Jaime Chico, seine kindlichen Knochen und ein Lächeln im Gesicht, neben mir. Ich spürte jeden Millimeter unserer sich berührenden Haut, spürte, wie mir all mein Blut in die Wangen stieg, um dann dorthin zu strömen, wo sich seine Hand gerade befand. Wir nannten ihn Jaime Chico, weil auch sein Vater Jaime hieß und seine Mutter ihn immer Jaime Chico, Jaime junior, rief. Damals im Kindergarten, als wir uns kennenlernten, hatten wir einfach die Namen übernommen, mit denen die Eltern ihre Kinder riefen. In diesem Bett hatte sich mein Körper angefühlt, als ob er Superkräfte hätte. Schon die Erinnerung daran reichte. Unten hatten sich meine Eltern zusammen einen Film angesehen, während einer der vielen Waffenstillstände in dem ständigen Streit, den sie miteinander führten. Oben sah ich zu, wie Jaime Chico sich mit der Verpackung des Kondoms abmühte, so wie ich ihn Jahre zuvor mit einer Packung Oreo-Kekse hatte kämpfen sehen. Emiliano war zu Hause gewesen, genauso weit weg wie in diesem Moment.

Ich hatte Jaime Chico umarmt, die biegsame Rundung seiner Schultern. Keiner von uns sagte ein Wort. Er legte sich auf mich, und kurz darauf atmeten wir gleichzeitig aus. Ich strich ihm eine Haarsträhne hinters Ohr und sah zu, wie er verschwand, wiederkam und sich freute, dass ich noch dort war. Jaime Chico blieb für immer in diesem Bett. Und wo würde Emiliano für immer bleiben? Und ich?

2

Als alles begann

Ich war kein besonders hübsches Mädchen. Absolut nicht. Ich hatte weit auseinanderstehende Augen und war ziemlich dünn, hatte jedoch einen Bauch wie ein krankes Zirkuspferd. Meine Beine waren weiß, wirkten irgendwie schmutzig an den Knien und endeten in ziemlich langen Füßen. Insgesamt umgab mich ein Eindruck von Verlassenheit, der bei einem siebenjährigen Mädchen alles andere als anziehend wirkt. Dazu kam noch die fragwürdige Unterstützung meiner Mutter in Sachen Mode, die mir einen Kurzhaarschnitt bis zur Mitte der Ohren verpassen ließ und mich in ein organisches Beige kleidete, als wolle sie meine Trostlosigkeit noch hervorheben. Ich hatte keine rosigen Wangen wie zum Beispiel Roberta Prieto mit ihrer intellektuellen Mutter, der meine Mutter auf irgendeiner Veranstaltung zufällig begegnete und die sie darauf einschwor, dass ihre Tochter und ich beste Freundinnen seien. Roberta hatte kastanienfarbenes Haar, das ihr in weichen Wellen über den Rücken fiel. Sie trug immer weit schwingende Röcke und dazu passende Oberteile, die direkt aus dem Katalog der Zara-Kinderkollektion zu stammen schienen:

rosafarbene mit Strasssteinchen verzierte T-Shirts mit der Aufschrift *Girls Rule* oder samtige Sweatshirts mit dazu passenden gestreiften Schleifen. Roberta Prieto war das Schönheitsideal an unserer Schule. Wenn wir zusammen die Schule betraten – wo uns allgemeine Missachtung empfing – und zur Cafeteria gingen – wo sie den ersten Schokoriegel des Tages kaufte –, war mir nur allzu bewusst, dass ich völlig unsichtbar war. Ich war zwei Köpfe größer als sie und blickte zu Boden. Roberta hielt meine Hand, während die Lehrer sie begrüßten. Ich war gern Robertas Freundin; es gefiel mir, sie zum Lachen zu bringen. Noch heute erinnere ich mich an das Gefühl, wenn ich hinter ihr ging und nicht traurig war, so unbedeutend zu sein, sondern mich wichtig fühlte, weil ich der Schatten von jemandem war, der in mir etwas sah, was sonst niemand bemerkte.

Unsere Schule, das Colegio Arcos, umfasste alle Stufen von der Vorschule bis zum Abitur, und alle Schüler teilten sich den Schulhof und die Cafeteria, wenn auch zu unterschiedlichen Zeiten. Von unserem Raum in der zweiten Klasse konnte man die Großen in ihrer Pause beobachten, die Pärchen, die schon sechzehn Jahre alt waren, Händchen hielten und, fasziniert von ihren neuen Körpern, sich küssend auf den Blumenkästen saßen, bis ein Lehrer kam und flugs für Ordnung sorgte. Vielleicht war die Tatsache, dieses Beispiel vor Augen zu haben, der Grund dafür, dass an unserer Schule die Phase der Abneigung gegenüber dem anderen Geschlecht allgemein übersprungen wurde. Wir gingen von dem

Stadium, in dem wir wie asexuelle Bälle miteinander spielten, gleich dazu über, mit den romantischen Zweifeln und Fragen irgendeines anderen konfrontiert zu werden. *Und wen magst du? Mir gefällt Santi. Lass die Finger von meinem Diego. Diego, Re mag dich. Re! Diego sagt, dass er dich auch mag!* Und von da an war Re für einige Stunden Diegos Freundin. Sie küssten sich mit großem Getue auf die Wangen, hielten Händchen und kauften zusammen Süßigkeiten in der Cafeteria. Danach trennte man sich wortlos wieder oder – in den dramatischen Fällen –, falls ein Dritter im Spiel war, im Streit.

In der Zeit zwischen der zweiten und der sechsten Klasse hatte Roberta sieben Freunde, darunter eine ernsthafte Sache. Roberta und Patricio waren vier Monate zusammen, küssten sich minutenlang auf den (geschlossenen) Mund, während die ganze Klasse im Chor mitzählte, eins, zwei, drei – bei zwei besonders gewagten Gelegenheiten sogar bis hundertvierzig. In dieser Zeit hatte ich keinen Freund. Stattdessen fragte mich jeder um Rat. Wenn Patricio aus der Pause kam und sich, ohne Roberta einen Kuss zu geben, sofort auf seinen Platz setzte, wusste ich, was zu tun war, damit sie sich wieder vertrugen. Als Diego wieder zu Re zurückwollte, nachdem er bei Liz zu Hause zum Essen war, ohne Re Bescheid zu sagen, schrieb ich für Diego den Brief, in dem er um Verzeihung bat. Ich war die Freundin aller, vor allem der Jungen, weil ich, abgesehen davon, dass ich ihnen half, die Welt der Mädchen zu verstehen, auch noch ein ziemlich guter Torwart war. In den Pausen kickte ich ein bisschen mit den Jungs herum. Ich war eine Art Ehrenmitglied des anderen Geschlechts und wäre nie auf den Gedanken gekommen, dass ich irgendwem gefallen könnte.

Das war wohl auch der Grund dafür, dass die Pubertät mich dermaßen überraschte. Sie kam spät, aber sehr plötzlich: Mit vierzehn Jahren sah ich noch aus wie ein Storch, ein halbes Jahr später jedoch war mein Bauch verschwunden und wurde durch einen recht beachtlichen Busen ersetzt, der sich korrekterweise etwa eine Handspanne oberhalb meines Bauchnabels gebildet hatte. Die Breite meiner Taille veränderte sich nicht, während meine Hüften und meine Beine wuchsen, sodass ich innerhalb von drei Monaten drei Hosengrößen zulegte und an den Röcken meiner Schuluniform den kompletten Saum herauslassen musste, weil mein Hintern so dick geworden war, dass, wenn ich mich setzte, ansonsten kein Stoff mehr zwischen dem Rand meiner weißen Strümpfe und der kalten Oberfläche der Bänke im Klassenzimmer vorhanden gewesen wäre. Allerdings fiel diese radikale Veränderung keinem meiner Klassenkameraden auf. Wir waren eine derart geschlossene Gruppe, dass das, was einmal so war, für immer so blieb. Roberta blieb die Klassenschönheit, obwohl sie unter der biologischen Ungerechtigkeit litt, dass die Wellen ihres Haars mit zunehmendem Alter immer krauser und ihr Hintern immer breiter wurde. Und ich galt weiterhin als die sympathische, weise Ratgeberin, die im Fußballtor eine gute Figur machte. Bis Emiliano auftauchte.

Ja. Das war der Beginn des Problems oder des Schlamassels oder der Ungereimtheiten. Emiliano war das erste männliche Wesen, dem ich gefiel, wie wir in den unzähligen Gesprächen zwischen den Kissen in den vielen späteren Jahren feststellten. »Ich kam in diese Schule, sah dich und lag dir zu Füßen«, sagte er gern. Und dann: »Damit du auf dem armen Wurm, der ich war, herumtrampeln konntest.«

Jaime Chico war der erste Junge, der mir gefiel. Und der Erste, was alle anderen Dinge betraf. Unsere Geschichte war lang und voller Qualen wie alle kindlichen Liebesgeschichten. Jaime Chico war die Liebe meines Lebens, seit ich ihn in der Vorschule seine unbeholfenen Striche malen sah. Die gesamte Grundschulzeit über fragte er mich um Rat, was die anderen Mädchen anging, während ich schmerzvoll seufzte und Roberta mein Leid klagte. Wir waren die ganze Zeit über in derselben Fußballmannschaft, und wenn er ein Tor schoss, rannte er immer zu meinem Tor herüber, um mich in seinem verschwitzten dunklen Trikot zu umarmen. Ich tat so, als würde mich das anekeln, und er warf sich auf mich, sodass wir zusammen zu Boden fielen. Als wir in die höheren Klassen kamen, war für mich die Zeit des Fußballs vorbei (weil nun im offiziellen Wettbewerb gespielt wurde und ich ein Mädchen war; so viel zur Gleichberechtigung). Was Jaime nicht davon abhielt, jedes Mal, wenn er ein Tor schoss, zu mir zu rennen, die ich in der Regel strategisch günstig direkt am Spielfeldrand stand, wo er mich gut sehen konnte, um mich zu umarmen und mit seinem Schweiß zu überschütten, wobei ich jedes Jahr lauter schrie, wie furchtbar ich es fand. »Weg mit dir, du Ekel, du bist ein Schwein!«, schrie ich lachend, während ich zuließ, dass er mich mehr als früher einsaute, weil ich nun eine Schuluniform mit Rock trug und er Fußballshorts, und wenn seine Beine die meinen berührten, rutschte mir das Herz genau an diese Stelle, die unwissentlich zu glühen begann.

Dass Emiliano auf unsere Schule kam, war für mich etwas Wunderbares, aber nicht aus den Gründen, die die anderen hatten: weil er gut aussah wie auch jetzt, fünfzehn Jahre später, noch; weil er schlau war und arrogant, wie man es nur mit fünfzehn sein kann; weil er reich und blond war wie sonst keiner in dieser unbedeutenden Schule der Mittelklasse; weil er ein böser Junge war, der von seiner snobistischen Schule geflogen war und den sein Vater aus disziplinarischen Gründen in unserem Drogenviertel zur Schule geschickt hatte. All das war für mich nicht das Wunderbare, sondern die Tatsache, dass Emilianos unvorbelasteter Blick auf mich fiel und mich als begehrenswert, weiblich und klug erkannte, was dafür sorgte, dass es endlich auch Jaime Chico auffiel. In dem Moment, als der tolle neue Junge erklärte, dass für ihn, wenn er wählen müsste – *müsste* –, ich das hübscheste Mädchen in der Klasse sei, entdeckte Jaime Chico, dass er schon immer der gleichen Meinung gewesen war und dieser neue reiche Schnösel ihm nicht einfach so sein schweißaufsaugendes Spielzeug wegnehmen durfte.

Wir waren eine Woche lang unzertrennlich und labten uns gegenseitig an unserem Atem, so wie es bisher nur ich getan hatte, und nebenbei ließ ich ihn in der Spanischprüfung abschreiben.

»Mari, pst!«

»Was ist?«

»Worauf ist Sancho Panza noch mal geritten?«

»Auf einem Esel, Jaime.«

»Ach ja, danke.«

Keine Ursache. Ich möchte deine Nase küssen, auch wenn du strohdumm bist. Und endlich küsste ich sie. Und seinen Mund und das verschwitzte Trikot und alles. Jaime Chico gab mir den ersten Kuss, mein erstes Geschenk zum dreimonatigen Jubiliäum unserer Beziehung und war nach Roberta der Erste, mit dem ich Händchen haltend über den Pausenhof ging. Ich sah mit ihm zusammen *Casablanca* an, und er tat so, als würde er den Film verstehen, um im dunklen Fernsehzimmer bei ihm zu Hause zu fummeln. Ich schaute mit ihm *Gefährliche Brandung* und wollte es ihm nachtun, doch er ließ mich erst ran, nachdem Keanu Reeves das letzte Wort gesagt hatte.

Emiliano tröstete sich schnell über mich hinweg. Er war schon immer sehr anpassungsfähig. Wir auf dem Colegio Arcos waren langweilig. Er merkte rasch, dass seine neuen Klassenkameraden – aus für ihn nicht nachvollziehbaren Gründen – weder an Drogen interessiert noch faul waren, sondern gute Noten und Liebeleien vorzogen. Also passte er sich an. Schon nach weniger als einem Monat hielt er mit der einzigen anderen neuen Schülerin Händchen: Natalia. Als ich mit Jaime Chico ging, ließ ich Roberta zurück, die sich schnell eine andere beste Freundin suchte, und zwar ebendiese Natalia. Roberta kam lange nicht darüber hinweg, dass Emiliano nicht sie zum hübschesten Mädchen der Klasse erklärt hatte. Dies war der erste Tiefschlag von den vielen, die ihr die Männerwelt bis heute verpasst hat und die sie allesamt völlig überraschend trafen. Doch in jenem Moment konterte Roberta die Zurückweisung durch den neuen Jungen damit, dass sie die beste Freundin des neuen Mädchens wurde, die ihrerseits Emilianos Freundin war, und zusammen waren sie die neuen von allen anderen beneideten Stars der Schule. Roberta war in dem Fall das überflüssige dritte Rad, aber immerhin Teil der bedeutenden Gruppe in dieser kranken pubertären Rangordnung, die es letztendlich überall gibt, wo mehrere Menschen zusammenkommen. Roberta war glücklich, weiterhin als unerreichbar zu gelten, was ihr in jener Zeit viel Sicherheit gab. Der arme Patricio! Denn als er sich in einem Alter, in dem es sich lohnt, jemanden auf den Mund zu küssen, wieder für sie interessierte, ließ sie ihn abblitzen.

Ich wich Jaime Chico nicht von der Seite, der mir bei der geringsten Gelegenheit außergewöhnliche Geschenke machte, wie in der ganzen Schule zum Beweis unserer Liebe rot glänzende Pappherzen aufzuhängen, auf denen »Jaime und María« stand. Roberta wich unterdessen Natalia nicht von der Seite, und Emiliano konzentrierte sich auf seine eigene Wichtigkeit und ließ sich hin und wieder dazu herab, Natalia ein Geschenk zu machen, das stets auffälliger, teurer und beeindruckender war als das letzte Geschenk, das ich von Jaime Chico erhalten hatte. So mietete er einmal ein Flugzeug, das *Natalia, du bist mein Stern* in den Himmel schrieb.

»Diesen Pfeil hab ich ziemlich früh verschossen«, meinte er Jahre später. »Hätte ich dir auf diese Art den Heiratsantrag gemacht, dann hättest du ihn sicher angenommen.«

»Mit einem Flugzeug – wie peinlich! Da hätte ich auf jeden Fall abgelehnt.«

»Du würdest mich ja sowieso nicht heiraten.«

Von wegen! Als ob er mich auch nur einmal ernsthaft gefragt hätte. Auch einer dieser Risse.

Es war die Zeit, als wir fünfzehn wurden und unsere ersten Partys feierten, Kleider trugen, die uns wie Sahnebaisers aussehen ließen, und mit unseren Vätern Walzer tanzten. Einige studierten über Monate mit ihren besten Freunden ganze Choreografien an Gruppentänzen zu Popmusik ein. Emiliano beobachtete diese Feste wie ein Naturforscher: fasziniert, ohne einzugreifen, wissend, dass er nichts davon verstand, dass er nicht dazugehörte, dass er sich nicht näher heranwagen durfte, aber sich doch bewusst, dass er auf irgendeine Art ein höheres Wesen war als das, was er da vor sich sah. Er kam aus einer höher entwickelten Welt, in der solche Feste nicht gefeiert wurden, weil es (Zitat aus seinem

Freundeskreis) »ärmlich und primitiv« war. Auch ich konnte nicht glauben, was ich sah, wenn auch aus anderen Gründen. Auch ich verstand das Ritual dieser Tanzabende nicht. In den Augen meiner Mutter waren sie eine der vielen furchtbaren sexistischen Traditionen, an denen man sich nicht beteiligen sollte, da sie den Mythos unterstützten, dass die Reife der Frauen diesen von den Männern gewährt wird. Der Vater übergibt die Fünfzehnjährige dem jungen Herrn, der sie der Gesellschaft präsentiert, als wolle er damit sagen, dass sie bereit ist für den Markt der Vergnügungen und so weiter. Ernsthafte ideologische Betrachtungen, die mir mit der Muttermilch eingeflößt wurden und die mich diese Art Festlichkeiten von oben herab betrachten ließen, wo ich mich mit Emiliano traf. Zumindest beinah, denn Emilianos Größe lag immer etwas über der der anderen.

Natalia durfte nicht mitfeiern, weil ihre Eltern sehr konservativ waren und nicht wollten, dass ihre Tochter mit ihren Freunden herumtanzte. Sie gingen mit ihr zum Gottesdienst. Danach unterhielt Emiliano sie eine Weile, gab Natalia dann einen Kuss auf die Stirn, und beide gingen getrennte Wege, er zu einem jener Feste und sie nach Hause. Wenn kein Gottesdienst stattfand, konnte die arme Natalia nicht an den wochenlangen Vorbereitungen der Partys teilhaben, in denen sich alle fragten, was sie anziehen sollten, welche Frisur sie tragen sollten, in welchem Auto sie dort hinfahren sollten und wessen Eltern wohl früh genug gingen, damit sie nicht störten. Jaime Chico war stets einer der Tanzpartner irgendeiner Fünfzehnjährigen, was eine große Verantwortung mit sich brachte, die ihn außer Reichweite meiner spitzen Zunge platzierte, sodass Emiliano und ich meistens gemeinsam am Rand der Veranstaltung saßen und darüber lästerten, wie dämlich das Ganze war.

Diese Tradition wurde auf dem Fest von Lizbeth Guadarrama geboren. Die jungen Herren wurden vor dem Tanz in die Küche geleitet, um sich mit einem Tequila »Mut anzutrinken«, und ich war in Begleitung Jaime Chicos gekommen. Von einem dicken, angeberischen Kellner herausgefordert, hatte ich zum ersten Mal ein ganzes Glas Bier getrunken, das nun unangenehm in meinem Magen rumorte. Ich setzte mich hinter eine der großen Boxen, aus denen die Musik schallte, mit der die Band die Gäste betäubte. Emi kam zu mir und setzte sich neben mich.

Ich hatte meine Hände unter die Oberschenkel geschoben, was eine meiner Angewohnheiten war, bis Robertas Mutter merkte, dass ich dabei die Hände ineinander verschränkte, was sie nervös machte. Aus der Tatsache, dass es sie nervös machte, schloss ich, dass es sich um eine abstoßende Geste handelte, sodass ich immer, wenn ich jemanden beeindrucken wollte, instinktiv meine Hände unter die Beine legte. Was gar nicht so schlecht war, weil ich so die Aufmerksamkeit auf meine Beine lenkte, die – als ich fünfzehn war – wirklich spektakulär waren, wobei mir das noch nicht aufgefallen war, auch nicht, als Emiliano sich zu mir setzte und seinen Blick ausschließlich auf meine Beine richtete. Hinter der Box war man zwar vor der Lautstärke der Musik geschützt, nicht jedoch vor den Bässen, die in meinen Händen wummerten wie das rhythmische Schlagen eines tanzenden Herzens.

»Wovor läufst du eigentlich davon, Mari?«, fragte er.

»Vor gar nichts.«

Er hatte die Frage mit einer gewissen Koketterie gestellt, doch ich antwortete so defensiv wie möglich, allein schon, weil das Phänomen, dass Emiliano das Wort an mich richtete, äußerst selten war. Emiliano war Emiliano, und ich war ich, und außerhalb der Schule hatten wir nichts gemeinsam. Außerdem machte es mir Angst, mit ihm zu reden. Er war das einzige männliche Wesen, auf das ich jemals getroffen war, das mir Angst machte. Viele Frauen fürchten sich automatisch vor Männern, ich jedoch war den Umgang mit ihnen gewohnt. Emiliano dagegen machte mir Angst. Oft fragte ich mich, warum. Und ich kam immer zu dem Schluss, dass es daran lag, dass er reich war oder weil seine Eltern bekannte Leute waren oder weil er etwas an sich hatte, was mir sagte, dass er zu einem Ort im Universum gehörte, zu dem ich keinen Zugang hatte und den ich nicht kontrollieren konnte. Und seitdem machte es mir Angst, über etwas keine Kontrolle zu haben, und das bis heute. Doch an jenem Tag entdeckte ich noch einen anderen Grund. Er war zu der Lautsprecherbox gekommen, setzte sich schwungvoll neben mich und streckte die Beine aus, wobei sein Oberschenkel den meinen leicht berührte. Und da begann ich meine Angst zu verstehen. Seine Gegenwart verursachte bei mir eine physische Reaktion; es war mir unmöglich, mich auf etwas anderes zu konzentrieren als auf die Quadratmillimeter Haut, die aufeinandergetroffen wären, wenn ich nicht mein Kleid und er nicht seine Hose angehabt hätte. Es war mir unmöglich, an etwas anderes zu denken als die Wärme seines Körpers.

»Irgendwie lustig, diese Party.« Seine herablassende Äußerung lenkte mich von seinem Bein ab.

»Lustig? Wieso?«, fragte ich.

»Ich weiß nicht.«

»Hat von deiner alten Schule denn niemand mal so eine Party veranstaltet?«

»Was?! Nein.« Er brach in Gelächter aus, woraufhin ich mir idiotisch vorkam. Daher beschloss ich, ihn lächerlich zu machen.

»Und warum? Kommt es dir irgendwie schwul vor oder was?«

»Mensch, jetzt werd mal nicht ausfallend. Ich find's einfach lustig.«

Alles an diesem Satz schien mir völlig unverständlich. Wieso meinte er, dass ich ausfallend gewesen sei? Warum hatte er »Mensch« zu mir gesagt, als wäre ich sein Kumpel? Warum sah er mich die ganze Zeit so fragend an?

»Gefällt dir unsere Schule eigentlich?«, wollte er dann wissen, und diese Frage erschien mir so seltsam, als erkundigte er sich bei einem Ficus, wie ihm sein Topf gefiel. Dennoch bejahte ich sie mit einem Nicken.

»Mir auch. Sie ist nicht so klein«, meinte er.

»Nicht so klein wie was?«

»Andere Schulen.« Er zuckte mit den Schultern.

Emiliano sagte dauernd solche Dinge, so als wären sie nebensächlich, wie um deutlich zu machen, dass hinter dem, was er sagte, eine tiefere Bedeutung stecke, eine, die sein Gesprächspartner nur schwer ergründen konnte.

Es war die Mittelklasse, die dem jungen Emiliano als eine größere Welt als die seine erschien. Größer als die Welt, in der er normalerweise agierte. Größer als seine vorherige Schule, in der sämtliche Eltern seiner Freunde miteinander bekannt waren oder zusammenarbeiteten oder an dieselben Ferienorte reisten. Das verstand ich jedoch erst viele Jahre später, als ich seine Welt betrat. Auch wenn zu dieser Zeit die Größe seiner Welt ihn nicht überforderte, da er glücklich in seiner eigenen winzigen Welt lebte, die nur zwei Einwohner hatte: ihn und mich. Und später wollten wir beide eine größere Welt. Vielleicht war es sogar so, dass Emiliano und ich, auch wenn wir häufig für lange Zeiträume zusammen waren, letztendlich doch in zwei verschiedenen Welten lebten, vom Abitur an bis heute.

Der Tanz begann, und ich stand auf, um Jaime Chico anzufeuern. Emiliano blieb hinter der Box sitzen. Irgendwie rührte er mich.

Auf der nächsten Party, der von Karla Sánchez, flüchtete ich unter einem Vorwand ins Bad, und als ich zurückkam, sah ich ihn hinter der Box sitzen.

»Wovor läufst du eigentlich davon, Emi?«, fragte ich ihn.

»Ich warte auf dich.«

Ich strahlte übers ganze Gesicht. Und so blieb es die gesamte Zeit über, bis alle ihre Party gefeiert hatten.

Wir verbrachten zwei wohl sortierte Jahre: ich mit Jaime Chico, mit dem ich jeden Winkel erkundete. Er mit Natalia, und niemals stellte sich mir die Frage, was zu tun war. Noch immer war ich diejenige, die Ratschläge erteilte. Seit wir uns hinter der Box angefreundet hatten, zählte auch Emiliano zu denen, die deswegen zu mir kamen. Er stritt sich häufig mit Natalia und kam dann zu mir, um mit mir darüber zu reden. Beim ersten Mal hatte er es so eilig, dass er in der ersten Pause mit mir zusammenstieß. Im Colegio Arcos hatten wir drei Pausen, was eines der Dinge war, die es zur besten Schule der Welt machten. Nachdem er mit mir zusammengeprallt war und mich dabei (wie ich heute weiß) begrapscht hatte, erzählte er mir, dass Natalia sauer auf ihn sei, weil er im Physiklabor bei Rodrigo gestanden hatte, anstatt bei ihr, sodass der Lehrer, als sie paarweise zusammenarbeiten sollten, nicht ihn und Natalia zum Team erklärt hatte. Emiliano behauptete, es nicht absichtlich gemacht zu haben, doch die Teameinteilung war ein derart bekanntes und manipuliertes Ritual unter sämtlichen Schülern des Arcos, dass das äußerst unglaubwürdig war. Selbst der dümmste Schüler hätte das ungewollt nicht zustande gebracht, und Emiliano konnte man vieles nachsagen, aber zu seinem Unglück nicht, dass er dumm war.

»Was mache ich nur, Mari, was soll ich tun?«, fragte er mich, während er gegen mich stolperte und sich dabei, an mich geklammert, wie eine Stahlfeder verbog, sodass seine Haarspitzen beinahe meine nackten Knie berührten.

»Bitte sie um Entschuldigung. Und wenn sie sagt, dass sie dir nicht verzeiht, kauf ihr was Schönes. Natalia ist eine von den Mädchen, die sich mit Geschenken bestechen lassen.«

Meine Ratschläge beruhten normalerweise nie auf solch dämlichen Vorurteilen wie diesem, was der Grund war, warum die Mitschüler überhaupt zu mir kamen. Aber ich hatte noch immer ein wenig Angst vor Emiliano, was mich nervös machte, sodass ich letztendlich die Wahrheit sagte. Ich hatte nichts gegen Natalia, aber irgendetwas in der Evolution des Schulsystems machte uns zu Gegenspielerinnen. Oder besser gesagt, machte mich zu ihrer Gegenspielerin, denn sie hatte noch gar nicht bemerkt, dass ich existierte. Nicht einmal, als ihr Freund begann, mich mit flehenden Hundeaugen anzusehen, wenn er sich mit ihr gestritten hatte.

Jedenfalls hatte Emiliano irgendeinen der Dienstboten seiner Mutter losgeschickt, um Natalia für die zweite Pause einen riesigen Luftballon zu kaufen, den sie, als sie mit dem triumphierenden Lächeln, das nur Leuten mit falscher Bescheidenheit gelingt, zurück ins Klassenzimmer kam, wie einen gewonnenen ersten Preis in der Hand hielt, sodass ich glaubte, sie würde gleich mit ihm davonfliegen.

»Danke, Mari.« Emiliano strahlte.

»Da bist du ja billig davongekommen.«

Ein paar Monate später kam dann das mit dem gemieteten Flugzeug. Ich kann mich nicht mehr erinnern, wegen wem er Natalia bei dieser Gelegenheit hatte stehen lassen, aber es kam ihn wesentlich teurer als sein Schwätzchen mit Rodrigo. Zu dieser Zeit war ich gerade mit anderen Dingen beschäftigt, zum Beispiel mich in meiner Emily-Erdbeer-Bettwäsche an Jaime Chicos duftenden, straffen Hals zu schmiegen. Ich hatte festgestellt, dass die Magie, wenn ich meinen Körper mit einem braven Jungen teilte, mich alles andere vergessen ließ, sogar den bösen Jungen. Und so blieb es, bis ich – natürlich – anfing, mit dem bösen Jungen Dummheiten zu machen.

Emilianos Mutter organisierte ein Jahr später, zu seinem sechzehnten Geburtstag, auch für ihn eine Party. Schließlich wollte sie in nichts nachstehen, nachdem Robertas Mutter, zu deren Party sogar die Eltern sämtlicher Klassenkameraden eingeladen waren, ein derart elegantes Fest geboten hatte, das Señora Sandra, obwohl sie die Sache an sich ja eher ablehnte, doch ziemlich beeindruckt hatte. Daraufhin gab es für Emiliano eine *Sweet-Sixteen-Party*, was seine Mutter für angemessener hielt. Diese Feier war ein Jahrhundertereignis. Wie immer fragten sich schon Wochen vorher alle, was sie anziehen sollten, jedoch diesmal ernsthafter als sonst, was sich nicht gerade in gutem Geschmack manifestierte. Dieses Fest war von einer Aura der Achtbarkeit umgeben, mit der niemand etwas anfangen konnte. Am Freitag vor dem großen Tag traf ich Jacky Hoyos weinend in einer Ecke der Schultoilette an, da ihre Eltern kein Geld hatten, um ihr ein neues Kleid zu kaufen, und sie unmöglich mit einem Kleid, das sie schon einmal getragen hatte, zu Emiliano Cerveras Fest gehen konnte. Ich sagte ihr: »Jacky, zieh dein schwarzes Kleid mit den rosa Streifen an, das du auf Ros Party getragen hast, ich versichere dir, dass Emiliano sich nicht daran erinnern wird, was du anhattest.« Doch diese Wahrheit ließ sie nur noch heftiger weinen.

Keiner ließ sich Emilianos Party entgehen. Ich sah äußerst ansehnlich aus, da ich gelernt hatte, meinen Körper, so wie er sich inzwischen entwickelt hatte, einzusetzen. Dazu hatte ich ihn in ein rotes Kleid gehüllt, das ich der aktuellen Freundin meines Vaters geklaut hatte und das für ein Mädchen meines Alters absolut unpassend war. Dieses Kleid war der Grund für den Hass, der Señora Sandra und mich für immer verbinden sollte, er war der Grund dafür, dass Jaime Chico mehrere Stunden allein im Bad verbrachte, und vor allem, *vor allem*, sorgte es dafür, dass Emiliano Natalia in einer Ecke stehen ließ, um mir hinter die Musik-Box zu folgen und mich mit einer Leidenschaft zu küssen, die später mein Zuhause werden sollte. Ich erinnere mich noch an seine großen Augen, die wegen seines lächelnden Mundes leicht schräg standen, an seine Hand an meinem Hals, seine trockenen Lippen und seinen Duft nach einem eleganten Parfüm, der den Babygeruch überdeckte, der seinem Körper stets anhaftete. Ich erinnere mich, dass ich, als er sich mir näherte, wusste, dass ich dies mit einem Teil meines Gehirns wahrnahm, den ich noch nie benutzt hatte. Wir küssten uns schnell, es war unvermeidlich. Während wir uns umarmten, spürten wir das Wummern der Box, das den Rhythmus des verrückten Lachens vorgab, das uns überkam, wenn wir unsere Küsse unterbrachen. Bis ich schließlich zurückwich und davonlief.

Denn ich war sehr verliebt, aber doch eigentlich in Jaime Chico, und noch Wochen danach starb ich vor Scham und Schuldgefühlen. Was mich nicht davon abhielt, in jeder Ecke, die sich uns beiden bot, mit Emiliano rumzuknutschen. Das Ganze endete in den Sommerferien. Jaime Chico tat uns den Gefallen, diese Fußball spielend auf irgendeiner Ranch in Texas zu verbringen. Ich schrieb ihm in diesen Wochen Liebesbriefe und ging mit Roberta aus, die Natalia mitbrachte, die Emiliano mitbrachte. Wir gingen zum Bowling in jene furchtbaren Lokale an der Avenida Universidad, in denen Natalia sich wie zu Hause fühlte und die Jungs, die dort arbeiteten und die Schuhe vermieteten, mit einem Wangenkuss begrüßte. Emiliano und ich nutzten Natalias Eifer beim Bowling aus, um in Sichtweite der anderen beiden etwas essen zu gehen und von dort aus dem Bowlen zuzusehen, und anschließend schlossen wir uns in Emilianos Auto ein, bis die Scheiben beschlugen wie in einer Szene aus *Grease*. Dabei zitterte ich vor Angst, was sich nur beruhigte, wenn ich Emiliano berührte.

Nach dem Bowling brachte Emiliano uns Mädchen eine nach der anderen nach Hause, und pünktlich um elf klingelte mein Telefon. Emi. Dann verbrachten wir die Nacht mit einem langen Gespräch darüber, wie gemein wir uns verhielten und wie leid uns Jaime Chico und Natalia taten, dass wir unserer Liebe jedoch nichts entgegensetzen konnten, da das Herz einen manchmal zwang, Dinge zu tun, die man eigentlich nicht tun wollte und so weiter. Allerdings wurde diese Gesprächsphase mit der Zeit immer kürzer, und wir begannen über Filme und unsere Kindheit zu reden, bis wir mit der Stimme des anderen im Ohr einschliefen.

Schließlich näherte sich das Datum, an dem die Schule wieder beginnen und Jaime Chico von seinem intensiven Fußball-Camp bei den Amis zurückkehren sollte. Das war der Moment des großen Finales, und ich musste mich entscheiden, auf welcher Seite ich von der Bühne gehen wollte. Ich versuchte, mit meiner Mutter über mein Dilemma zu reden, was jedoch nichts brachte: »Liebes, es ist doch normal, dass du Erfahrung sammelst. Was Jaime Chico dir aufzwingen will, ist längst überholt.« Das mit meiner Mutter hätte ich mir genauso gut sparen können, also vertraute ich mich Emiliano an.

»Ich liebe dich, wie nicht zu übersehen ist«, sagte er, als ob er festgestellt hätte, das Casillas eindeutig der beste Torwart war, den Real Madrid je hatte. Und dann folgte: »Morgen sage ich es Natalia.«

»Und ich sage es morgen Jaime.«

Aber das tat ich nicht. Jaime kam am Sonntag, bevor die Schule wieder begann, aus Texas zurück. Er kam sofort zu mir und war so schön gebräunt und so glücklich, mich zu sehen, dass ich mit ihm ins Kino ging und ihm nichts erzählte.

Als ich später, nachdem ich aus Jaimes Auto gestiegen war, die Tür aufschloss und unsere Wohnung betrat, traf ich auf meine Mutter, die mit langem Gesicht im Sessel saß. Dieses Gesicht machte sie nur, wenn sie den Präsidenten im Fernsehen sah oder jemand anderen, den sie verachtete, der ihr jedoch auch ein wenig Respekt einflößte. Ihr gegenüber saß Emiliano – wer auch sonst? – in seinem Sweatshirt von Abercrombie & Fitch, aus dem eine Uhr hervorschaute, die – wie meine Mutter ganz genau wusste – wesentlich mehr gekostet hatte als sämtliche Möbel unserer Wohnung zusammen.

»Dein Freund Emiliano ist hier«, sagte meiner Mutter. Und uns allen war klar, dass sie eigentlich meinte: »Der Sohn des Ausbeuters mit seiner Uhr ist hier, das kleine großbürgerliche Arschloch, von dem du mir nicht gesagt hast, dass er der Dritte in deinem chaotischen Beziehungsdreieck ist.«

Emiliano war völlig konsterniert, weil er zum ersten Mal in seinem Leben auf eine Frau getroffen war, die er mit seinem Charme nicht beeindrucken konnte. Ich schämte mich, als ich meine Mutter in ihren Hausschuhen mit den Troddeln dort sitzen sah. Und gleichzeitig schämte ich mich vor Emiliano, weil der Sessel ziemlich abgenutzt war und es im Zimmer nach Patschuli und Armut roch. Und ich schämte mich wegen meines Zitterns, das sich einmal mehr eingestellt hatte und das ich wohl nie würde unter Kontrolle bringen können.

Ich nahm Emilianos Hand und führte ihn in mein Zimmer. Dabei fühlte ich, dass seine Hand schwitzte. Er blieb im Flur stehen und hatte plötzlich seine gesamte Großspurigkeit verloren.

»Soll ich wirklich mit reinkommen? Deine Mama … Oder?«

»Meine Mutter hat nichts dagegen. Sie vertraut mir.« Es gefiel mir, dass die laxe Erziehung meiner Mutter mir die Gelegenheit gab, mich moralisch überlegen zu fühlen. Meine Mutter verbot mir nicht, mit einem Jungen allein in meinem Zimmer zu sein. Meine Mutter zog es vor zu wissen, was ich tat, anstatt vorzugeben, es nicht zu wissen. Jedenfalls war sie bereits in die Küche gegangen und überlegte, was in meiner Erziehung zu einem zivilisierten Menschen schiefgelaufen war, denn der sexuelle und der romantische Faktor dabei interessierte sie bedeutend weniger.

Emi setzte sich auf den Rand meines Bettes. Wäre es ihm möglich gewesen, ein Ohr bei meiner Mutter zu lassen, hätte er dies getan, aus Angst, dass diese Bedrohung – die, wie ich bereits erklärt habe, ja gar nicht existierte – ihn dabei ertappen könnte, im Zimmer ihrer Tochter nichts zu tun.

»Ich habe es Natalia gesagt.« Eine dramatische Pause. »Das mit uns.«

Das mit uns. Er sprach mit Seifenopernstimme, was mich innerlich zum Lachen brachte. Und das, was folgte, sorgte dafür, dass mir das Lachen gleich wieder verging.

»Morgen wissen es alle.«

Plötzlich hatte ich einen bitteren Geschmack im Mund. Alle. Jaime Chico. In diesem Moment wollte ich, dass Emiliano von meinem Bett verschwand, das mir gehörte – mir und Jaime.

»Warum hast du es ihr gesagt?«

»Das hatten wir doch so vereinbart.«

Ja, das hatten wir, verdammt noch mal, so vereinbart.

»Und morgen in der Schule werden es alle wissen«, sagte er erneut, doch diesmal klang es wie eine Art Erlaubnis. Und auf einmal wirkte er wesentlich entspannter und lud mich wie ein guter Gastgeber ein, neben ihm auf dem Bett Platz zu nehmen. Ich habe gebeichtet. Und inzwischen weiß jeder, was Gott weiß, also komm her, meine Königin.

Der bittere Geschmack war mir in die Nase gestiegen und mischte sich wie ein Rausch mit dem Geruch seines parfümierten Shirts. Ich sagte ihm, dass er gehen solle, und fing an zu weinen. Um Mitternacht weckte mich das Telefon: Jaime Chico. Sicher rief er an, um mir zu sagen, wie furchtbar alles war, wie ich ihm das hatte antun können, dass ich ihn hintergangen hatte. Er würde mir sagen, wie er auf indirektem Weg davon erfahren hatte, indem Natalia es Roberta erzählt hatte, Roberta wem auch immer und wer auch immer ihm, Jaime. Und alle hatten das Gefühl, ein unglaubliches Geheimnis erfahren zu haben, woraufhin Jaime nun bei mir anrief, um eine Erklärung zu verlangen. Ich ging nicht ran. Daraufhin klingelte es noch drei Mal, bis ich das Telefon ausschaltete. Ich war stinkwütend auf Emiliano: *Ich hasse ihn, ich hasse ihn. Dieses eingebildete, gut aussehende Arschloch! Zur Hölle mit ihm!* Und spürte gleichzeitig dieses verdammte Zittern, den Wunsch, mit seinen Lippen verbunden, sabbernd von Raum zu Raum zu ziehen, ohne irgendeine Tür zu schließen. *Morgen wissen es alle* hörte ich seine Stimme zwischen den Laken. Seitdem war er ein verräterisches Arschloch. *Morgen wissen es alle.*

Doch am nächsten Morgen wusste es keiner. Und ich Idiot hatte es vor der ersten Stunde dem armen Jaime erzählt. Zuerst hatte er mich völlig verständnislos angesehen.

»Aber du hast doch gesagt, dass du ihn hasst«, sagte er immer wieder.

»Entschuldigung, Entschuldigung, Entschuldigung«, sagte ich immer wieder.

»Aber du hast doch gesagt, dass du ihn hasst!«

So verging der erste Teil unserer Unterhaltung.

Doch dann veränderte sich seine Miene, und ich bereitete mich auf sein tränenreiches Jammern vor: »Aber wir lieben uns doch. Aber liebst du mich denn nicht?« Worauf ich mich bereits vorbereitet hatte: »Natürlich liebe ich dich; ich liebe dich; du bist der Einzige und unvergleichbar; das wusste ich schon, als ich fünf Jahre alt war. Verzeih mir.«

Doch Jaime weinte nicht. Für einen Moment dachte ich, dass er mir tatsächlich verzeihen würde, aber stattdessen wurde er plötzlich stinksauer und beschimpfte mich als Nutte. Ungelogen. Und dann sagte er nichts mehr.

Eine Nutte. Das war ja mal was ganz Neues. Das war nicht nur unnötig vulgär, sondern auch semantisch inkorrekt. Für mich waren Nutten, seit ich ein kleines Mädchen war, die Frauen, die meine Mutter im Rahmen ihrer Arbeit für die Kirche wieder auf den rechten Weg führen wollte. Zwischen meinem neunten und fünfzehnten Lebensjahr hatte es immer ein Mädchen meines Alter gegeben, das mir meine Mutter als abschreckendes Beispiel vorhielt, wenn ich meine Suppe nicht essen wollte: ein Mädchen, das bis zu fünfzehn Mal am Tag mit fremden Männern schlief, weniger als zehntausend Pesos im Jahr verdiente und gern meine Suppe gegessen hätte. Ein paar Jahre zuvor hatte meine Mutter einen Vortrag über die Notwendigkeit rechtlich geregelter Prostitution organisiert und dazu zwei Callgirls aus Las Vegas eingeladen, die bei uns übernachtet hatten. Den beiden schien ihr Job zu gefallen, sie hatten beeindruckende feste Brüste und konnten über alles lachen. Sie hatten nichts dagegen, Nutten genannt zu werden, und das Wort »Sexarbeiterin« gefiel ihnen gar nicht. Jedenfalls waren bei mir zu Hause Nutten genau das. Meine Mutter hatte mich nicht gut auf die Welt vorbereitet. Denn niemals wäre ich auf den Gedanken gekommen, dass jemand eine Frau als Nutte bezeichnen könnte, um sich selbst etwas zu beweisen.

In der ersten Pause wussten es dann wirklich alle. Jaime Chico hatte es herumerzählt. Er hatte den anderen erzählt, dass ich eine Nutte sei und damit seinen semantischen Fehler wiederholt.

Ich ärgerte mich grün und stieß auf Emiliano, der Natalia im Arm hielt. Es war keine leidenschaftliche Umarmung, sondern eine »versöhnliche«, eine »verständnisvolle« Umarmung. Am Ende des Tages waren sich alle einig, dass ich ein Arschloch und – nicht zu vergessen – *eine Nutte* war. Und Emiliano war ein aufrichtiger Mensch.

Das war meine erste konkrete Erfahrung mit Ungerechtigkeit. Und kurz darauf folgte meine erste konkrete Erfahrung in Bezug auf Enttäuschungen: Da Emiliano inzwischen dank der Vorzüge des Colegio Arcos ein anderer Mensch geworden war und sich lange genug unters gemeine Volk gemischt hatte, hatten er und seine Familie entschieden, dass er den Schulabschluss in seiner alten Schule machen sollte. Wir hatten kaum mehr zwei Wochen das Vergnügen. Er ging wieder in Cuajimalpa zur Schule, in der Nähe seines Elternhauses in Bosques, und ich blieb in Mixcoac, in der Nähe unserer Wohnung in San Pedro de los Pinos. Genauso gut hätten sie eine Mauer zwischen uns bauen können. Zu jener Zeit erlaubte Señora Sandra nicht, dass Emiliano Mädchen mit nach Hause brachte, es sei denn, sie setzten sich gemeinsam mit ihr ins Wohnzimmer vor den Fernseher. Also holte Emiliano mich ab, war zwei Stunden unterwegs, und anschließend sollten wir unter dem wachsamen Auge seiner Mutter fernsehen. Der Höhepunkt dieser Reise war, dass wir unterwegs ein wenig rumknutschen konnten. Doch so machten wir es nur genau drei Mal. Die Alternative war mein Zuhause, in dem mehr oder weniger alles erlaubt war, wo allerdings gerade mal genug Platz für meine Mutter und mich war. Wenn man den Raum gekonnt ausnutzte, konnte man eine dritte Person so unterbringen, dass nur ihre Arme aus den Fenstern ragten. Einen Monat nach Emilianos Schulwechsel brachte er mich nach Hause, und wir verabschiedeten uns mit einem schlichten Kuss, davon überzeugt, dass dies unser letzter Abschied wäre. Dabei sollte es der erste sein.

3

Der Tag danach

Am Sonntag erwachte ich in der Wohnung meiner Mutter und verbrachte den Tag damit, mich von ihrem Bett in meines und von meinem in die Küche zu schleppen. Ein Sonntag, der als Pause sehr nützlich war, um Den Tag danach zu ignorieren. Denn Am Tag danach würde ich stundenlang mit Emiliano darüber reden müssen, wer – wenn es tatsächlich dazu kam – die Wohnung verlassen würde. Dann würden wir mit dem langen Prozess der Trennung beginnen müssen, der nun gewaltsam den langen Prozess der Verbindung ablösen würde, die zwei Menschen, die sich liebten, unvermeidlicherweise eingingen. Am Tag danach würde ich allein nach Hause zurückkehren müssen, um das Verlassene zu reinigen und den Schwamm vom Boden aufzuheben. Pause. Pause. Um Zeit zu gewinnen, vermied ich es bewusst, mein Handy aufzuladen, bis es schließlich völlig erlosch. Ich schob alles auf den Montag – den nächsten Arbeitstag –, weil ich ein großes Stück Arbeit vor mir hatte.

»Bist du krank?«, fragte meine Mutter so gegen vier Uhr nachmittags.

»Wie man's nimmt«, entgegnete ich.

»Ist es endgültig? Oder endgültig für eine Weile?«

»Ich weiß es nicht. Oder doch.« Ich rieb mir die Augen. »Ja.« Ich zog den Kopf ein, versank in meinem Pyjama und brummte irgendwas.

»Na dann«, sagte meine Mutter mitleidslos. Denn meine Mama kann alles verzeihen außer Maulfaulheit.

In diesem pflanzenähnlichen Zustand verbrachte ich weitere vierzehn Stunden. Meine Theorie war die, dass der Montag nicht kommt, wenn man den Sonntag einfach nicht zu Ende gehen lässt. Allerdings ging sie nicht auf. Als jenseits des Fensters der neue Tag heraufzog, musste ich wohl oder übel akzeptieren, dass Der Tag danach gekommen war. Mit einem Mal schnellte ich hoch, als ob ich Sprungfedern im Rücken hätte, und wurde von einer fiebrigen Eile ergriffen. Ich machte das Bett, fegte die Treppe, um die Krümel vom vergangenen Morgen zu entfernen, und traf, noch bevor die Sonne über dem Horizont stand, in unserer Wohnung in Tacubaya ein.

Als ich die Tür öffnete, lag ein seltsamer Geruch in der Luft. Das Bett war mit frischen Laken bezogen; die graue Decke, die ich erst nach dreimonatigem Zögern gekauft hatte, machte ihrer teuren, dicken Baumwolle alle Ehre und strahlte vor Reinheit unter Bergen von passenden Kissen. Die linke Schranktür war nur angelehnt; der Schrank war leer. Dabei überraschte mich weniger die Effizienz, mit der Emiliano seine Sachen geholt hatte, als die Effizienz, mit der er neun Jahre in unserer Wohnung gelebt hatte, ohne eine bleibende Spur zu hinterlassen. Niemand hätte seine Abwesenheit registrieren können. Er hatte alle Dinge, die uns beiden gehörten, alle Dinge, die wir zusammen gekauft und die wer auch immer aufbewahrt hatte, die Bildbände über *Der Pate*, die Dosen im mexikanischen Design und die folkloristisch bestickten Kissen, zurückgelassen. Mitgenommen hatte er: eine alte Banker-Schreibtischlampe seines Vaters mit dem typischen grünen gläsernen Lampenschirm und der kleinen vergoldeten Kette, wie sie in den Filmen aus den Siebzigern immer in den Büros der Journalisten herumstanden; einen Stuhl aus dem Wohnzimmer, den er zusammen mit Moras, seinem Geschäftspartner, gekauft hatte und der zu seinem Bürostuhl passte; das Bild mit den roten und silbernen Rädern, das seine Cousine Fabiola gemalt hatte; das gerahmte Poster seiner ersten Werbekampagne für die Snack-Firma Sabritas sowie die Auszeichnung, die er für ebendiese Kampagne erhalten hatte. Ich ging durch die perfekt von ihm entleerte Wohnung, die nur noch meine Sachen enthielt. Was noch? Man musste schon ganz genau hinsehen, um die Lücken in den Regalen zu entdecken. Es fehlten sämtliche philosophischen Bücher, der Gedichtband von Keats, die Londoner Ausgabe von *Große Erwartungen*. Die Filme waren alle noch da. Er hatte mir auch die Special Edition von *Vertigo* dagelassen, die er abends manchmal öffnete, um an dem alten Karton zu riechen; die deutsche Fassung von *Fitzcarraldo*, die er über sieben Flughäfen mitgeschleppt hatte, und die riesige Kiste mit der kompletten *Sopranos*-Staffel, die er mir zum Geburtstag geschenkt hatte, um sie sich selbst zu schenken.

»Sie gehört dir!«, hatte er protestiert, als ich ihm das unter die Nase gerieben hatte.

»Okay, das heißt, wenn wir uns mal trennen, nehme ich sie mit.«

»Nein. Wenn wir uns trennen, fordere ich die Herausgabe. Und auch die von anderen Dingen, die dir gehören!« Er hatte gelacht, während ich mich auf ihn gestürzt hatte, um ihn zum Spaß zu schlagen, weil er so wunderbar zynisch, so bezaubernd, so großartig war.

Er hatte mir *Die Sopranos* überlassen. Endgültig also, denn das Spiel war vorbei. Ich entdeckte eine einzige sichtbare Lücke zwischen den DVDs: *Indiana Jones.* Es tat mir so gut, diese Lücke zu sehen, dass ich mich von den vorherigen Tiefschlägen erholte. Wie viele Stunden meines Lebens hatte ich damit verbracht, mit ihm über die angebliche Genialität von *Indiana Jones* zu diskutieren!

»Das ist der perfekte Film«, hörte ich ihn noch sagen. »Wenn du dir *Indiana Jones* ansiehst, kannst du lernen, wie man Filme macht, egal, welcher Art. Spitzenklasse, hohe Kunst: das Drehbuch, die Bilder, der Ton.«

Ja, Emi. Du hast absolut recht, Emi. Verflucht sei der Tag, an dem ich – irgendwie – eingewilligt habe, *Indiana Jones* zu mögen, Emi. Aber was konnte man von dem verwöhntesten Kind auf diesem Planeten auch anderes erwarten? Emiliano war unreif, einfältig und ein Fan von *Indiana Jones.* Danke und adiós! Wie schön, dass du weg bist. Viel Spaß bei deiner Mama, soll die dich doch ertragen und die nächste tapfere Frau in deinem Leben, die versuchen wird, deine Mutter zu ersetzen und in *Indiana Jones* so etwas wie die Heilige Jungfrau zu sehen!

Ich war kurz davor, ihn anzurufen, zugegeben. Ich fühlte mich frei, und diese Freiheit spornte mich an. Ich wollte ihm erzählen, dass er mir mit seinem Weggang eine Last von den Schultern genommen hatte. Doch das Aufladegerät des Handys in der Ecke, wo sich die Heizung befand, war seines. Meines hatte ich im Büro vergessen. *Ich kann nicht mit dir reden, Emi. Mein Telefon ist zum Tode verdammt, und wir haben keinen Festnetzanschluss mehr, seit du beschlossen hast, dass ein Festnetzanschluss nicht mehr zeitgemäß ist, erinnerst du dich?* Wenn es mir wirklich wichtig gewesen wäre, hätte ich eine Telefonzelle gesucht, wenn es überhaupt noch Telefonzellen gab. Ich wusste es nicht. *Aber so groß ist mein Drang, dir von meiner Freiheit zu erzählen, auch wieder nicht.* Lieber wollte ich meine neue Freiheit ausleben. Ich war allein. Ich konnte machen, was ich wollte. Ich war gezwungenermaßen nicht mit der Welt verbunden. *Ich muss dich nicht unbedingt anrufen. Ob du mich wohl angerufen hast, Emi? Fühlst du dich auch befreit? Wenn du mir eine Nachricht hinterlassen hast, werde ich sie morgen abhören. Wenn du einfach aufgelegt hast wie immer, wenn jemand sein Telefon ausgeschaltet hat, wird dein Versuch, mir zu erzählen, wie es dir geht, was du von hier mitgenommen hast, was dich von hier weggebracht hat, keine Spuren hinterlassen.* Es würde keine Erklärung geben. Ich war frei. Und was sollte ich mit meiner Freiheit nun machen?

Ich sah mir einen Film an, was mich vor dem Grübeln bewahrte. Filme waren immer meine Rettung. Ich ging früh zu Bett. Das war es, was ich mit meiner Freiheit machen wollte. Ein aufregendes Leben zu führen wurde eindeutig überbewertet.

Ich schlief wie ein Baby, stand in aller Ruhe auf und kaufte mein Frühstück bei *Los Bísquets de Obregón*. Dafür war ich zu Fuß eine Stunde unterwegs. Ich merkte es nicht einmal. Verspätet und ungekämmt erreichte ich das Büro. Ich nenne es *das* Büro und nicht *mein* Büro, weil ich nur ein paar Tage in der Woche dort bin. Seit ich angefangen habe zu arbeiten, habe ich Panik davor, entlassen zu werden, daher hatte ich einen möglichst unabhängigen Job gewählt. Ich weiß nicht so richtig, wie es dazu kam. Zum Teil wahrscheinlich, weil Emiliano und ich etwa fünfmal pro Woche ins Kino gingen und auch weil ich ziemlich opportunistisch bin, jedenfalls wurde ich irgendwann Filmkritikerin. Wenn man möglichst oft, möglichst viel und möglichst überzeugend über ein Thema redet, gilt man irgendwann als Experte. Inzwischen schreibe ich für zehn verschiedene Magazine und zweimal pro Woche bin ich mit einem Kommentar im Radio zu hören. Ich sehe mir alles Mögliche an, und meine Kritik richtet sich nach dem Publikum, für das ich schreibe. »Du warst schon immer ziemlich sophistisch, schon als kleines Kind«, meinte meine Mutter dazu. Aber ich mache das nicht so, weil ich eine Lügnerin bin, was man sagen könnte, wenn man es hässlich ausdrücken will. Ich will einfach flexibel sein. Wenn ich für ein Massenmagazin schreibe, dass die letzte *Iron-Man*-Verfilmung – oder jeder andere dieser Filme über Superhelden, mit denen Hollywood uns überschwemmt, seit die Fantasie auf der Strecke geblieben ist – großartig ist, dann meine ich das ernst. Ich habe während meines Studiums genügend Zeit auf irgendwelchen Filmsets verbracht, um zu wissen, dass Filmemachen unglaublich schwierig ist. Und *Iron Man* zu verfilmen ist eine Heldentat monumentalen Ausmaßes, unabhängig davon, was dabei herauskommt. Allein die Tatsache, dass dieser Film existiert, ist lobenswert. Und einem Massenmagazin tut es gut, solche Filme zu loben, also lobe ich sie. Manchmal jedoch schreibe ich für, sagen wir, feinsinnigere Publikationen. Die hauptsächlich von einem wohlhabenden Publikum gelesen werden, von Menschen, die einen Großteil ihrer Identität daraus schöpfen, dass sie sich anderen gegenüber überlegen fühlen. Für derartige Magazine schreibe ich nur über düstere französische Schwarz-Weiß-Filme oder in einer einzigen Einstellung gedrehte Filme. Schließlich will ich bei niemandem eine Identitätskrise auslösen. Den Leuten gefällt es, das zu lesen, was sie lesen wollen, und es ist leicht, den Leuten Ärger zu ersparen, indem man ihnen von Filmen abrät, die nicht nach ihrem Geschmack sind. Filme sind der einzige Aspekt meines Lebens, in dem ich bereit bin, eher die Vorzüge als die Nachteile zu sehen. Und sie waren immer meine Rettung. Wie an diesem Tag, als ich meine plötzliche neue Freiheit verkraften musste. Für meine Eltern war es in der Zeit, in der sie sich schon nicht mehr ertragen konnten, immer eine Erlösung, sich gemeinsam einen Film anzusehen. Das Kino hat mich in meinem Leben stets begleitet, und deshalb mag ich nicht schlecht darüber reden.

Das Büro befindet sich in der Redaktion von *Cine-Adictos* – genau so geschrieben –, einem Magazin, das davon lebt, beinah nichts zu kritisieren. Ich gehe gern in diese Redaktion, auf deren Gehaltsliste ich stehe und die mich jeden Film ansehen lässt. In den meisten Fällen sind die Filme furchtbar schlecht, und ich muss im Anschluss die Filmemacher interviewen. Dann setze ich mein »Danke-für-das-großartige-Werk«-Gesicht auf, und alles ist gut. Manchmal schicken sie mich nach Miami, um ein Rudel hochberühmter Schauspieler zu interviewen, deren Namen ich sofort wieder vergesse. Hin und wieder treffe ich aber auch auf jemanden, der bei der Rettungsaktion, die die bewegten Bilder für mich stets waren, eine wichtige Rolle gespielt hat, und dann bin ich sein größter Fan. Ich habe mal Fred Savage interviewt, der in *Wunderbare Jahre* den Hauptdarsteller als Kind gespielt hat, und danach habe ich ihn so lange verfolgt, bis er bereit war, sich anzuhören, dass ich dank ihm erwachsen geworden bin. Er nickte, was ihm offensichtlich nicht leichtfiel. Warum ein amerikanischer Junge, der in den Siebzigerjahren in einem kalifornischen Vorort aufgewachsen ist, mein Vorbild war? Das ist wohl der Preis, den man für die Wiederholungen alter Serien im Fernsehen zahlt, die kulturelle Hegemonie oder so. Solche Dinge erzähle ich bei den

Konferenzen von *CineAdictos* und bringe damit alle zum Lachen. Dazu kommt, dass sie die Hälfte meines Lebensunterhaltes bestreiten. Ich stehe auf ihrer Gehaltsliste und werde zu den Konferenzen eingeladen. Womit man sich so alles die Zeit vertreibt!

Jedenfalls bin ich im Büro nicht zum Arbeiten gekommen. Mein Gespräch mit Paloma drehte sich im Kreis um all die unbeantworteten Fragen. Als es mir endlich gelang, das Telefonat zu beenden, hatte ich eine Stunde die Luft angehalten und die Tränen zurückgedrängt, in die ich im Büro nicht ausbrechen wollte. Wütend drückte ich auf den roten Knopf an meinem Handy und sehnte mich einen Moment nach der Zeit zurück, die ich nicht miterlebt hatte – als die Telefone noch ein gewisses Gewicht hatten und man den Hörer aufknallen konnte, so wie man eine Tür zuschlug. Dann checkte ich sämtliche Kontaktmöglichkeiten: Mail, SMS, WhatsApp, Voicemail. Nichts. Definitiv nichts. Wenn Emiliano in der Zeit zwischen dem Drama im Auto, dem Tag, an dem ich ihn zu seiner Mutter gefahren hatte, und diesem, dem offiziellen Tag danach, ein Lebenszeichen von sich gegeben hatte, dann als mein Handy ausgeschaltet war und ohne eine Nachricht zu hinterlassen. Wobei ich ihm Letzteres nicht vorwerfe, denn ich kann mir nichts Schlimmeres vorstellen, als auf einem ausgeschalteten Handy eine Nachricht zu hinterlassen und sich all die Tage über, in denen man auf Antwort wartet, jede Sekunde zu fragen, ob der andere nicht antwortet, weil er nicht will oder weil sein Telefon immer noch ausgeschaltet ist. Wie auch immer, jedenfalls hatte auch ich nicht vor, ihn anzurufen. Nicht weil ich zu stolz gewesen wäre, sondern weil ich nichts zu sagen hatte. Wenn er wenigstens meinen Föhn mitgenommen hätte oder eine ähnlich unentbehrliche Sache, die ich hätte zurückfordern können! Jedoch Fehlanzeige. Erneut fühlte ich nichts anderes als meine Freiheit, deren frische Luft, deren grenzenlosen Raum, deren Abgründe.

Eine bunt bemalte Hand, die vier klebrige Gummibärchen auf meine Tastatur legte, holte mich in die Wirklichkeit zurück. Ich entfernte sie mit einem Kleenex und sah dem strahlenden zweijährigen Subjekt nach, das, über seinen Streich lachend, in Richtung des Büros seines Vaters rannte. Ich folgte ihm zu José Miguels Arbeitsplatz. DLMDP, wie Paloma ihn nannte, seit sie ihn vor zwei Jahren kennengelernt hatte. Der langweiligste Mann auf dem Planeten: DLMDP. Verstanden? Damals hatte Paloma wohl gerade ihren kreativen Tag. Jedenfalls ist DLMDP einer von den Nerds, die es seit den Achtzigern eigentlich nicht mehr gibt: unsicher und ein Besserwisser. Er ist ein zuverlässiger, stets korrekter Redakteur und in seinen kurzärmeligen Hemden mit dem Füller in der Brusttasche immer gleich gekleidet. Frauen und coolen Typen gegenüber spricht er leise, da beide Gattungen ihm Angst einjagen. Der Verlag hat ihn zu *CineAdictos* versetzt, weil er bei der Klatschzeitschrift, von der der Verlag lebt, nicht zurechtkam. DLMDP weiß alles über Filme und gibt jeden Monat pünktlich zu Redaktionsschluss sein Material ab. Der ideale Redakteur.

Vor einigen Monaten fiel mir auf, dass die Sekretärinnen, wenn sie ihn sahen, den Blick senkten oder ihn kokett grüßten.

»Stell dir vor, seine Frau hat ihn sitzenlassen«, erzählte mir eine. »Mit Kind und allem. Sie ist mit einem Venezolaner durchgebrannt.«

Ich klopfte an die offene Tür seines Büros. José Miguel säuberte gerade die Hände des zweijährigen Subjekts mit einem Feuchttuch.

»Guten Tag.« Ich hielt ihm die Gummibärchen hin und warf sie in seinen Papierkorb. Aus zwei Gründen:

1. Damit die Ameisen in seinen Mülleimer krabbelten und nicht in meinen.
2. Damit er meine Unpünktlichkeit vergaß und dass ich eine Stunde lang ganz in seiner Nähe ein privates Telefongespräch geführt hatte.

DLMDP sah von seiner Tochter auf und sagte mit einem einzigen Blick: *Entschuldige, aber was soll ich machen? Ich bin alleinerziehend. Du weißt ja, dass meine Frau mich verlassen hat, oder?* Und ich lächelte, als ob ich sagen wollte: *Ja, echt übel, tut mir sehr leid.*

Dabei tat es mir gar nicht leid, sondern ich fand es ungerecht. DLMDP hüllte sich in eine Aura der Respektabilität, mit der ich nicht konkurrieren konnte, weil er sich nach nicht mal drei Jahren Ehe hatte scheiden lassen. Seine Frau hatte ihn mit dem Kind sitzenlassen. Und alle sagten, wie furchtbar die Frau sei und er so ein guter Mensch. Sofort hörte ich meine Mutter sagen: *Wenn es umgekehrt wäre, würden sich alle fragen, was sie wohl falsch gemacht hat, dass er vor ihr geflohen ist.* José wirkte nicht gerade am Boden zerstört, unter anderem, weil er dazu gar nicht in der Lage war. Um am Boden zerstört zu sein, musste man vorher glücklich gewesen sein, und auch diesen Eindruck hatte er nie gemacht. Er war immer gleich, egal, ob er gerade verlassen worden war oder frisch von der Hochzeitsreise kam. Und ich war diejenige, deren eheähnliche Beziehung nach zehn Jahren gescheitert war. »Ich habe mit meinem Freund Schluss gemacht«, war das, was ich antworten sollte, wenn mich jemand fragte, warum ich ungeschminkt und mit wirrem Haar das Haus verließ. Das jedenfalls hatte Roberta auf dem Pausenhof erzählt, nachdem sie sich wieder einmal von Patricio getrennt hatte. Wenn ich mich wie DLMDP hätte scheiden lassen, würde sich niemand fragen, warum mir nicht danach war, mir die Augen zu schminken. Doch nur er wurde bedauert, weil er bei seinen Eltern ausgezogen war und seine Frau aus ihrem Elternhaus geholt hatte, um festlich zu heiraten und dann zusammenzuleben, zum ersten Mal ohne ihre jeweilige Familie, in einem Haus, das nur existierte, weil sie entschieden hatten, gemeinsam darin zu wohnen. Dann, als die Frau mit dem Venezolaner fortging, mussten sie an einem offiziellen Ort, in Gegenwart eines dazu befugten Juristen, ein paar Papiere unterschreiben, die deutlich machten, dass sie nicht zurückkehren würde. Ja, DLMDP hatte geheiratet und sich scheiden lassen, wie es sich gehörte. Ich dagegen war mit zwanzig Jahren von zu Hause ausgezogen, hatte mit einundzwanzig Emiliano dem Schoß seiner Familie entrissen, und von da an bis jetzt hatten wir in einer eheähnlichen Gemeinschaft zusammengelebt, frei nach dem Motto: Sie hassten und sie liebten sich. Gab es eine offiziellere Verbindung als diese? Ja. Ein Stück Papier. Alles, was mir egal gewesen war, solange ich mit Emiliano zusammenlebte, hatte nun, nach der Trennung, durchaus seine Bedeutung. Wenn ich Emiliano doch nur geheiratet hätte! Dann hätte ich jetzt einen Vorwand, mich nicht zu kämmen, und einen Anwalt, der mir bescheinigen könnte, dass Emiliano *Indiana Jones* und ich *Die Sopranos* bekommen würde. Das wäre mir bei meiner Katharsis sehr willkommen gewesen. Ein Anwalt, der mich anrief, um mir mitzuteilen, dass Emiliano mich nie wieder anrufen würde. Stattdessen rief niemand an und ich würde für immer von Zweifeln gequält werden, wer derjenige war, der das letzte Wort hatte.

4

Jaime Chiquitito und seine Schwester

Da gerade davon die Rede ist: Wisst ihr, wer auch noch geheiratet hat? Jaime Chico. Und auch für ihn war bereits die Zeit gekommen, sich scheiden zu lassen. Und das ging ziemlich schnell.

Ich sah ihn zwischen den Bänken im Parque Nápoles auf mich zukommen, der Inbegriff des wohlsituierten Mannes: Jeans, die weder zu eng noch zu weit waren, graues T-Shirt und grüne Turnschuhe, die perfekt zu denen seines Sohnes Tito passten. Tito hieß Jaime wie sein Vater. Der Sohn von Jaime Chico, der ja bereits Jaime junior war, war Jaime Chiquitito, also Tito. Der Junge war etwa sechs Jahre alt und machte zwei schnelle Schritte bei jedem Schritt, den sein Vater tat, wobei er versuchte, sich dessen Rhythmus anzupassen. Hinter ihnen schlurfte seine Schwester Yvette, vielleicht, weil sie noch wütend war, dass man ihr diesen Namen verpasst hatte.

Ich umarmte zuerst den Vater, der genauso schön und dumm wie immer war, und dachte, dass es gut zu ihm passte, mit einunddreißig Jahren zwei Kinder zu haben. Ich weiß nicht, warum, aber es war irgendwie völlig natürlich. Jaime hatte noch nie einen Hang zur Dramatik, wenn man mal von dem »Du-bist-eine-Nutte«-Vorfall absah, der sich ein paar Monate später wieder ausglich, als er mich unablässig um Verzeihung bat. Mich und meine Mutter.

In den vielen Jahren unserer Freundschaft, die folgten, hatte ich gelernt, dass Jaime – in der Schule, in seinem heranwachsenden Körper, lang, lang ist's her – seine Fähigkeit, aufzubegehren, verloren hatte. Er hatte sich nie gefragt, ob er vielleicht zu jung war, um zu heiraten oder um Kinder zu haben. Er verliebte sich in eine Kommilitonin, sie heirateten, bevor sie den Abschluss machten, und bekamen Kinder, als sie schwanger wurde. Und nun hatten sie sich scheiden lassen. Alles ohne jegliche Aufregung, weil es eben so gekommen war, ganz einfach.

Etwa einen Monat nach Dem Tag danach hatte er mich um den Gefallen gebeten, am Samstag auf seine Kinder aufzupassen.

»Oder habt ihr etwas vor?«

»Nein, nein. Bring sie mir.«

»Ist Emiliano nicht da?«

Ich erzählte ihm die Spülschwamm-Geschichte.

»Oje, Mari!«

Er schien überrascht und sagte ein paarmal »Unglaublich!«, und das war es dann auch. Seine Ruhe tröstete mich. Eine Ruhe, die eindeutig nichts mit irgendeinem Interesse an mir zu tun hatte, denn er wollte, dass ich auf seine Kinder aufpasste, um sich mit seiner neuen Freundin zu treffen. So wie ich es verstand, war diese in den Zwanzigern, arbeitete sehr viel, lebte noch bei ihren Eltern und hatte nur samstags von zwölf bis fünf Uhr nachmittags Zeit, mit Jaime zu schlafen. Als Wochenendvater musste er daher seine Routine ein wenig umstellen. Daher stand er morgens um sieben auf, ging mit seinen Kindern frühstücken und dann zum Spielen in den Club. Anschließend brachte er sie nicht nach Hause, sondern zu Tante Mari, die sie bis zum späten Nachmittag unterhielt, bis er sie abholte und mit ihnen bei Vips zu Abend aß. Ich kümmerte mich gern um die Kinder, nicht weil ich so kinderlieb war, sondern weil mir die Vorstellung gefiel, in jemandes Kindheit die seltsame Tante gewesen zu sein. Und in der Kindheit dieser beiden Kinder war ich eindeutig die seltsame Tante. Ihre Mutter hatte mich noch nie besonders gemocht. Sie wusste, dass ich es war, die ihren Mann entjungfert hatte, und sie war eine ernsthafte Frau, die nicht verstand, dass eine Freundschaft aus Kindertagen, die irgendwann im Bett endete, später einfach nur eine rein platonische Freundschaft sein konnte. Mit dem Rest der Familie der Kinder hatte ich keinen Kontakt mehr – seit jenem Muttertag während der Schulzeit, an dem ich für Jaimes Großmutter väterlicherseits eine weiße Buttercremetorte mit rosafarbenen Kugeln gebacken hatte. Und mit ihrem Vater sprach ich nur selten, obwohl mir so viel an ihm lag. Ich hatte die Kinder nicht mehr gesehen, seit Yvette so alt wie jetzt Tito gewesen war, aber irgendwie spürten sie, dass wir uns nahestanden, wenn sie auch nicht begriffen, warum. Es gab eine Verbindung, die sie nicht betraf, die mich jedoch zu ihrer Tante Mari machte. Jaime überließ sie mir exakt aus dem Grund, dass ich keinen Kontakt zur Familie hatte. Denn wenn er sie zu ihrer Mutter oder einer seiner Schwestern gebracht hätte, hätte er die Sache mit der zwanzigjährigen Freundin erklären müssen.

»Du weißt ja, was für eine Klatschtante meine Schwester Mónica ist. Und sie redet immer noch häufig mit Marta.« Er verdrehte die Augen, damit ich verstand, dass seine Schwester sich oft mit seiner Exfrau und anderen gemeinsamen Freundinnen traf. Und als könnte ich es nicht glauben, wandte er sich an die Kinder: »Stimmt's, ihr zwei? Eure Mama und Tante Moni stecken immer unter einer Decke.«

Yvette nickte heftig, um die Aussage zu bekräftigen. Jaime gab mir zum Abschied einen Kuss auf die Wange und nutzte die Gelegenheit, mir ins Ohr zu flüstern, dass auch seine Kinder nichts von der zwanzigjährigen Freundin wussten und dass ich doch bitte und so weiter … Ich nickte genauso übertrieben wie vorher Yvette, nur dass ich mir dabei fast den Hals verrenkte, weil ich nicht mehr neun Jahre alt war.

Ich streckte den Kindern die Hand entgegen, aber nur Tito schüttelte sie. Denn Tito war ein gut erzogener, vertrauensseliger Junge, der verstand, dass, wenn ein Erwachsener einem die Hand gab, man dies erwiderte. Yvette hingegen fasste nach der Hand ihres Bruders. Yvette war die große Schwester, und es war rührend zu sehen, wie sie Tito zwar weitgehend ignorierte, wenn ihr Papa dabei war, sich, wenn dieser ging, jedoch sofort bewusst war, dass sie auf ihren Bruder aufpassen und ihn beschützen musste. Yvette wusste, was es bedeutete, Geschwister zu haben. Für einen Moment beneidete ich sie. Im Streit mit den Eltern einen Komplizen zu haben wäre wunderbar gewesen. Das war das, wofür ich Roberta wirklich dankbar war: Wenn man ein Einzelkind ist und die anderen einen seltsam finden, ist eine Freundin das, was geschwisterlicher Solidarität am nächsten kommt. Wir waren immer noch Freundinnen, weil ich mich so schön an dieses selbst gewählte bedingungslose Familienmitglied gewöhnt hatte und es nicht mehr missen wollte. Was auch geschah, wenn ich mit meiner Erfrischung in der Tasche auf den Pausenhof kam und niemand da war, zu dem ich mich setzen konnte, war Roberta immer eine sichere Option gewesen. Und das hatte sich in all den Jahren nicht verändert, obwohl sie, nachdem wir erwachsen geworden waren und sie nicht mehr unbedingt zu den populärsten Mädchen in der Schule zählen musste, Emiliano nicht mehr gemocht hat. Sie konnte sein »snobistisches Gehabe« nicht leiden. Dennoch war sie immer die Erste, die zu seinen Geburtstagspartys kam, wenn ich sie organisiert hatte. Im Gegenzug hatte ich, als sie einmal auf der Suche nach irgendeinem prähistorischen Nadelbaum für irgendwelche Studien über prähistorische Nadelbäume, die sie so sehr faszinierten, irgendwo im Gebirge gestrandet war, extra einen Geländewagen gemietet, um sie aus jenem furchtbaren Dorf herauszuholen, das ironischerweise »La Preciosita« – kleines Schmuckstück – hieß, wo sie einer gewissen Señora Luzma, einer Käserin, ein Vermögen schuldete. Unsere schwesterliche Verbindung war ein unkündbarer Pakt. Wir waren füreinander da, bis wir nicht mehr gebraucht wurden.

Ich hatte vor, mit Jaime Chicos Kindern ins Teatro Julio Castillo zu gehen, um *Dornröschen* anzuschauen. Als ich noch ein Kind war, war eine meiner seltsamen Tanten – eine der wechselnden Freundinnen meines Vaters, der, was sein Liebesleben am Wochenende anging, wesentlich indiskreter war als Jaime Chico – mit mir im Teatro Julio Castillo gewesen, um *Dornröschen* anzuschauen. Die Welt veränderte sich ständig, aber manche Dinge blieben immer gleich. Yvette und ich nahmen Tito in die Mitte, und wir machten uns auf den Weg zu meinem Auto, wobei wir Tito alle drei Schritte »fliegen« ließen, damit er sein zahnloses Grinsen zeigte, das einem jeden Samstagmorgen aufheitern konnte. Dabei kamen wir an einem Verkaufswagen mit Mango-Chili vorbei und kauften für jeden von uns eine Portion. Ich erlaubte ihnen, das Essen mit ins Auto zu nehmen, mit der matschigen scharfen Sauce und allem, weil das Tolle an den seltsamen Tanten ist, dass sie einem nie etwas verbieten. Wir fuhren zum Theater, kauften die Eintrittskarten und setzten uns auf unsere Plätze. Die Schauspielerinnen waren irgendwelche Seifenopern-Stars und unerträglich. Eine der Feen schien zu glauben, dass es zu einer guten Komödie gehörte, eine absurde Lautstärke zu erreichen. In der Pause machten wir uns davon, weil

Tito eingeschlafen war, Yvette sich am liebsten aus dem nächsten Fenster gestürzt hätte und ich jemanden hätte töten können. Um bei den Kindern die Enttäuschung wiedergutzumachen, kaufte ich ihnen etwas im Shop am Ausgang, ihr ein paar glitzernde Federn und ihm ein paar Spielzeugautos. Billigen Schrott, über den sie sich nur freuten, weil in diesem Moment nichts anderes da war. Aber ich erinnerte mich daran, dass meine seltsamen Tanten knauserig waren, und ich wollte auf jeden Fall die beste aller seltsamen Tanten sein. Obwohl ich mir kaum die Butter auf dem Brot leisten konnte, kaufte ich ihnen alles, was sie wollten. Denn später erinnert man sich immer gern an die Leute, die einem früher etwas gekauft haben.

Als wir wieder in meiner Wohnung waren, machte ich ihnen Sandwiches mit Chips und legte die DVD von *Mary Poppins* ein.

»Was ist das denn?«, fragte Yvette.

»Habt ihr noch nie *Mary Poppins* gesehen?« Ich konnte es nicht fassen. Wo bitte setzten die Eltern dieser Kinder ihre Prioritäten? Ich stellte ihnen eine Tüte Popcorn vor die Nase (wenn sie sich später übergeben würden, war das das Problem ihres Vaters), und die folgenden zwei Stunden waren sie wie hypnotisiert von der Musik, den Kindern und den umhergaloppierenden Karussellpferden. Yvette erwischte mich dabei, wie ich ein paar Tränen abwischte, als Mr Banks mit dem Papierdrachen voller Klebestreifen und seinen Kindern nach draußen ging, um ihn fliegen zu lassen. Und als Jaime Chico seine

Kinder abholen kam, hüpften wir zur Musik von *Schritt und Tritt* mit rußverschmierten Gesichtern, die ich mit meinem Revlon-Lidschatten schwarz gefärbt hatte. Jaime tanzte eine Weile mit. Dabei klingelte mein Handy unaufhörlich. Ich versuchte, Yvette loszulassen, doch sie hielt mich fest, und ich lachte mich tot – mit diesem Lachen, das tief aus dem Bauch kommt und einem die Luft nimmt. Schließlich gelang es mir, mich zu lösen, ich wischte mir den Schweiß von der Stirn und ging, ohne auf das Display zu schauen, ans Telefon.

»Ja?«, brachte ich seufzend heraus.

»Hola. Ich bin's.«

Seine Stimme war wie ein Schlag in die Magengrube. Ich ging ins Schlafzimmer, um vor dem Lärm zu fliehen, den die Kinder und ihr Vater im Wohnzimmer veranstalteten.

»Was machst du gerade?«, fragte Emiliano lachend, als hätte nicht einen Monat lang absolute Funkstille zwischen uns geherrscht, als ob nichts die unvermeidliche Routine unserer Vertrautheit stören könnte.

»Ich tanze. Und du?« Doch die Freude klang dermaßen falsch aus meinem Mund, dass er es sofort merkte. Angespanntes Schweigen. »Was willst du, Emi?«

»Wie geht es dir?«

»Wie geht es dir?«

»Pancho wird Paloma den Ring von unserer Urgroßmutter schenken. Ich wollte dich um Hilfe bitten. Kommst du morgen zum Frühstück?«

»Zu dir?«

»Nein. In ein Restaurant. Ich schicke dir gleich die Adresse.«

»Na schön.«

»Pancho kommt um elf. Könnten wir uns schon um zehn treffen?«

»Willst du ihn überraschen?«

»Nein.« Er lachte wieder. Meine Kehle war wie zugeschnürt. »Damit wir uns vorher ein wenig unterhalten können. Oder lieber nicht? Wir haben noch gar nicht miteinander geredet.«

Als ich zurück ins Wohnzimmer kam, muss ich so blass gewesen sein, wie ich mich fühlte, denn Jaime Chico machte die Musik aus.

»Alles in Ordnung?«

Ich imitierte erneut Yvettes energisches Nicken. Bevor sie gingen, boxte mich Tito ein paarmal in die Seite, wohin er mit seinen fünf Jahren so gerade reichte. Als ich mich umdrehte, um ihn anzusehen, legte er die Hände vors Gesicht und versteckte sich hinter den Beinen seines Vaters. Diesem typisch männlichen Ritual entnahm ich, dass er mich mochte. Yvette gab mir einen Abschiedskuss.

»Es war richtig schön!«, sagte sie entschieden.

Als sie gingen, rief ich Jaime hinterher: »Nächsten Samstag wieder?« Denn ich hatte das Gefühl, ein einsames Wochenende ohne meine seltsame Nichte und meinen seltsamen Neffen nicht mehr überleben zu können.

5

Frühstück mit den Cervera-Brüdern

Er erwartete mich frisch gestylt mit kürzerem Haar und glänzenden Augen. So erinnerte er mich mehr an das erste Mal, als er in der Schule unser Klassenzimmer betrat, als an das letzte Mal, als ich ihn gesehen hatte, als ich genug von ihm hatte und ihn nicht mehr ertragen konnte. War das die Wirkung, die die Freiheit auf ihn hatte?

Er umarmte mich, als wäre nichts passiert. Wir bestellten Spiegelei und zum Nachtisch süße Brötchen.

»Willst du das alles essen? Du lässt ja doch die Hälfte stehen«, spottete er.

»Würdest du mich bitte in Ruhe lassen!« Ich lächelte genervt. Und aß etwas von dem gesalzenen Brot, das bereits auf dem Tisch stand. Natürlich würde ich etwas übrig lassen.

»Gut«, sagte Emiliano, als wollte er ein Geschäftsgespräch einleiten. »Wie geht es dir?«

»Wie geht es dir?«, brachte ich heraus.

»Geht so.«

Hieß das, dass wir bei diesem Frühstück aufrichtig zueinander sein würden?

»Also im Durchschnitt geht es mir einigermaßen«, verkomplizierte er die Sache. Und ich ahnte, dass das, was jetzt kam, mich ziemlich in Verwirrung stürzen würde. »Manchmal geht es mir super. Dann bin ich glücklich. Wunschlos glücklich. Oft geht es mir so wie jetzt. Aber dann plötzlich habe ich das Gefühl, mich nicht mehr bewegen zu können. Dann hab ich einen dicken Kloß im Hals und mir ist zum Heulen. Dann bin ich völlig am Ende. Dazwischen gibt's nichts. Und bei dir?« Er fragte es in der gleichen Tonlage, in der er mich gefragt hatte, ob ich auch Spiegeleier wollte.

Bei mir? Keine Ahnung. Nichts. Weder gut noch geht so. Ich saß hier mit ihm beim Frühstück und wusste rein gar nichts.

»Ich weiß nicht«, war das Einzige, was ich rausbrachte.

»Okay«, murmelte er, wobei er genauso gut »typisch« hätte sagen können.

»Was?«

»Nichts.«

Schweigen stellte sich ein, das wie eine weiße Linie zwischen uns verlief: Wir hätten sie problemlos überwinden können, aber wir wussten, dass auf der anderen Seite eine furchtbare Gefahr lauerte. Schließlich durchbrach ich die Stille.

»Nichts? Wieso? Du warst doch derjenige, der reden wollte.«

»Ich rede ja. Ich sage wichtige Dinge, die Wahrheit, und deine einzige Antwort ist ›Ich weiß nicht‹.«

»Du sagst nicht die Wahrheit, sondern überfällst mich mit einer lyrischen Version der Wahrheit: ›Im Durchschnitt geht es einigermaßen. Es geht mir super, und plötzlich bin ich völlig am Ende.‹ Entschuldige, wenn ich damit nichts anfangen kann. Ich weiß schon, dass meine Beschränktheit dich nervt.«

»Sag mir einfach nur, wie es dir geht.«

»Ich weiß nicht, wie es mir geht. Ich sitze hier dir gegenüber, und du siehst gut aus und zufrieden, und ich will dich nicht küssen, hätte es aber beinah getan, weil es einfach in mir drin ist. Ich weiß nicht, was ich sagen soll. Du hast dich über einen Monat lang nicht bei mir gemeldet.«

»Du dich auch nicht bei mir.«

»Du bist derjenige, der gegangen ist. Du hast das Bett gemacht und deine Sachen aus dem Schrank geräumt, woraus ich wohl schließen sollte, dass du nicht mehr zurückkommst.«

»Ich habe hundert Mal bei dir angerufen, aber dein Telefon war ausgeschaltet.«

»Du hast keine Nachricht hinterlassen.«

»Du weißt ganz genau, dass ich auf ausgeschalteten Handys nie eine Nachricht hinterlasse.«

»Ich weiß gar nichts.«

»Warum hätte ich eine Nachricht hinterlassen sollen? Ich wollte mit dir reden.«

»Wenn du mit mir hättest reden wollen, hättest du eine Nachricht hinterlassen können.«

»Aber ich wollte nur mit dir reden, wenn du auch mit mir reden wolltest.«

»Du bist ein Kind.«

Ich sah, wie sich sein Kinn anspannte. Wenn ich »Kind« zu ihm sage, ist das so, wie wenn er zu mir »schlampig« sagt.

»Entschuldige«, stammelte ich.

»Also wie geht es dir?«, insistierte er.

Es gab zwei Möglichkeiten, diese Frage zu beantworten. Die eine öffnete die Türen, die wir in den letzten Jahren immer fester geschlossen hatten, hinter denen die Wahrheit mit ihrer ganzen Komplexität lag, die Bereitschaft, zu kriechen, die Angst und die Würde zu verlieren, sich an die Hand des anderen zu klammern, bevor er für immer das Bett verließ. ›Dieser Arm gehört mir, und du wirst ihn nicht mitnehmen, auch wenn er mit deinem Körper verbunden ist.‹ Diese erste Möglichkeit zu antworten implizierte, dass alles ganz furchtbar war, was aber keine Rolle spielte, dass wir bereit waren, uns all die Jahre über, die uns noch blieben, gegenseitig wehzutun. Die zweite Möglichkeit zu antworten schloss diese Türen, ließ den Arm los, ermöglichte die Vorstellung, dass wir uns viele Jahre später vielleicht auf der Straße treffen und uns sagen würden: »Ich habe nie aufgehört, dich zu lieben« oder andere schreckliche Dinge, die jedoch in weiter Ferne lagen. Beide Antworten waren richtig. Aber die erste führte den Kampf fort. Die zweite war völlig erschöpft, und sie war es, die ich Emiliano nun geben musste:

»Es geht mir gut«, sagte ich.

»Okay«, sagte er.

Ich sah, dass seine Augenwinkel feucht wurden, aber er riss sich zusammen. Er zuckte mit den Schultern. Machten wir die Tür also zu. Es gab nichts mehr zu sagen. Doch kurz darauf, als der Kaffee vor uns stand, holte er zu einem finalen Schlag aus.

»Ich habe das Drehbuch fertig geschrieben.«

»Wirklich?« Ich wusste nicht, ob ich mich freuen oder wütend sein sollte. Fünf Jahre lang hatte ich mir die unendliche Geschichte seines Drehbuchs anhören müssen. Und nach nur einem Monat ohne mich war der Kürbis zur Kutsche geworden.

»Moras denkt, dass wir den Film produzieren könnten«, sagte er, als könne er es selbst nicht glauben.

»Sicher. Das hattet ihr doch immer vor. Zumindest könnt ihr es versuchen.«

»Ja. Aber jetzt erst konnte ich es fertigstellen.«

Es ist oft die Rede von jenem Moment, in dem man jemanden nicht mehr erträgt, obwohl man ihn liebt. Jenem Moment, wenn die Liebe nicht mehr ausreicht. Kurz vor dem Ende, wenn Emiliano von seinem Drehbuch und von seinem Film gesprochen hatte, hatte meine Liebe nicht mehr ausgereicht. Die vielen Stunden, die ich damit verbracht hatte, mir anzuhören, warum es unmöglich war, das Drehbuch zu schreiben, es zu beenden und den Film zu produzieren, hatten mich erdrückt. Verlorene Zeit, und jetzt hatte das Kind sich endlich hingesetzt und aufgehört, diesen Quatsch zu erzählen. Und als ich nun die falsche Bescheidenheit heraushörte, mit der er mir mitteilte, dass er endlich das getan hatte, was er mir all die quälende Zeit über als unmöglich beschrieben hatte, wurde es mir klar. Mir wurde klar, dass dieser Mann mich nervte. Es war schon eine Weile her, dass mir gefallen hatte, was ich sah. Das, was mir nicht gefiel, war der Einfluss, den ich auf ihn hatte. Mir gefiel die Version von ihm nicht, die zutage trat, wenn ich auftauchte. Es war diese ... Vergeblichkeit. So musste sich eine Mutter fühlen, wenn sie von ihren Kindern enttäuscht wurde. Du liebst sie über alles und kannst nicht glauben, dass sie so unerträglich sind, und plötzlich merkst du, dass es deine Schuld ist. Ich würde niemals Emis Mutter sein – um Gottes willen –, ganz sicher war ich nicht seine Mutter, aber ich fühlte mich dafür verantwortlich, dass ich ihn zu dem gemacht hatte, was ich nicht ertragen konnte.

Und nun hatte er das Drehbuch fertiggestellt. Nachdem er sich nicht mehr um sich und um mich kümmern musste, nachdem er unsere Wohnung verlassen hatte, hatte er das vollendet, was er bei mir nicht hinbekommen hatte. Noch einmal: So musste es sich anfühlen, ein halbwüchsiges Kind zu haben, das einem ständig patzige Antworten gibt, morgens, mittags und abends, während es sich der Nachbarin gegenüber äußerst wohlerzogen verhält. Aber was wusste ich schon. Ich hatte ja keine Kinder, und wer weiß, ob ich jemals welche haben würde, da sich ständig die Frage nach dem »Wie, wann und mit wem« stellte. Und jetzt gerade stand ich dem plötzlichen und unerwarteten, in der Praxis und wohl auch im emotionalen Sinne kompliziertesten Problem des »mit wem« gegenüber. Mit dreißig Jahren beginnt einem die Zeit davonzulaufen, aber jetzt war das erste Mal, dass mir dieser Gedanke kam. Lange Zeit über schien dieses Problem in weiter Ferne zu liegen. Und jetzt hatte Emiliano sich aus dem Staub gemacht, und ich war die Angeschmierte. Er beendete sein Drehbuch, und ich musste anfangen, mich um derart abstruse Probleme zu kümmern. Also noch einmal: Ging es mir gut?

Francisco tat mir den Gefallen, meine Panikattacke mit seiner Ankunft zu unterbrechen. Emiliano stand auf, und sie schlugen sich zur Begrüßung gegenseitig kräftig auf die Schultern, wie es in den Achtzigerjahren unter Politikern üblich war. Zusammen mit seinem Bruder wurde Emiliano wieder zu jemandem, der nicht zu mir gehörte und der mir, aus der Ferne betrachtet, ziemlich gut gefiel. Francisco gab mir einen Kuss und umarmte mich so zärtlich wie noch nie in unserer angenehmen, aber nicht gerade engen Beziehung. Es tat mir gut, als ob er mich über ein Unglück hinwegtrösten wollte, das damit erledigt wäre, um nie wieder davon zu reden.

Wir aßen die Reste des Frühstücks auf und planten die Überraschungsparty, auf der Pancho Paloma den Ring der Urgroßmutter an den Finger stecken wollte. Er nahm ihn aus einer goldfarbenen Schachtel, die in einem kleinen roten Beutel steckte, und als er ihn mir überreichte, hatte ich das Gefühl, Señora Sandra in den Händen zu halten. Mir wurde bewusst, dass es ihr Einfluss war, der mich den Emiliano vor mir sehen ließ, der nicht der meine war. Ich betrachtete die beiden Söhne von Señora Sandra. Was für ein Fortschritt! Als wären sie durch ein Sieb gepresst worden und hätten dabei alles Schädliche und Nervende verloren. Ihre Söhne eben!

Wie sollte ich jemals mit Señora Sandra Schritt halten? Die ihre Mama gewesen war, mit der sie jeden Samstagmorgen getanzt hatten, in deren Bett sie gekrochen waren, wenn sie einen furchtbaren Albtraum hatten, und die ihnen, wenn sie krank gewesen waren, Kakao gekocht und Erkältungssalbe auf die Brust geschmiert hatte. Sie war bei ihnen gewesen, als sie zum ersten Mal das Meer gesehen hatten oder den ersten Schnee, hatte sie getröstet, wenn sie sich das Knie aufgeschlagen hatten. Sie war ihre Mama, und zwar eine perfekte Mama, denn das Einzige, was man ihr vorwerfen konnte, war ein Übermaß an Effizienz und Fürsorge. Señora Sandra war weder zu nachlässig noch zu besorgt gewesen. Sie gehörte nicht zu den Müttern, die an einem warmen Apriltag in der Mittagszeit ihren Kindern hinterherliefen, um ihnen einen Pullover überzuziehen. Und auch nicht zu denen, die ihre Kinder in den ersten Wintertagen ohne einen Mantel und dazu passende Socken aus dem Haus gehen ließ. Sie hatte sie genau so ernährt, wie man es sollte. Hatte wie durch einen magischen Instinkt gespürt, dass Emiliano lieber turnte, als Karate zu lernen, und dass Pancho lieber Tennis spielte, als zum Schwimmen zu gehen. Sie hatte sie mit der Präzision eines Uhrmachers zu allem, wovon sie eben einfach wusste, dass es ihnen Freude machte, gebracht und wieder abgeholt. Sie hatte genau so viel gearbeitet, dass sie ihren Kindern ein Vorbild an Fleiß und Zielstrebigkeit war, das sie bewundern und in anderen Frauen suchen konnten, aber nie war sie im Büro, wenn eines ihrer Kinder hinfiel und sich die Ellenbogen aufschürfte. Sie war eine Mama, die immer pünktlich war, aber niemals zusah, wenn sie sich von ihren engsten Freunden verabschiedeten. Eine Mama, die auch um sechs Uhr abends noch ein frisches Joghurt dabeihatte, genauso wie eine Flasche Wasser nach einem spontanen Fußballspiel nach dem Unterricht in ihrer Eliteschule und bevor sie von den Eliteautos ihrer Eltern abgeholt wurden. Eine Mama, die über den Rasen rennen und toben konnte, die zur Prinzessin wurde, um von ihren beiden Piratensöhnen gerettet zu werden, und die danach einfach aufstand, sich das Haar glatt strich und perfekt angezogen war, um die Lehrer ihrer Söhne kennenzulernen und mit ihnen über den mexikanischen Dichter Ramón López Velarde zu reden; die alle Freunde kannte und mit ihnen über die gute oder schlechte Leistung Real Madrids in der aktuellen Saison plauderte. Señora Sandra war die perfekte Mutter, die meine nie gewesen war. Sie war zuerst Mutter und dann Mensch und deswegen ein mysteriöses Wesen. Eine Mama, die bereits ein Leben hinter sich hatte, von dem nur sie wusste, das sicher nicht immer leicht gewesen war und von dem Emiliano nicht einmal etwas ahnte.

Meine Mutter hingegen war absolut durchschaubar, sodass die wenigen Geheimnisse über ihr Leben vor meiner Geburt, darüber, wer sie gewesen war und immer noch war, die wenigen Geheimnisse, von denen sie nicht ständig redete und die nicht der Vertrautheit zwischen Mutter und Tochter, von der sie überzeugt war, anheimfielen, weder meine Neugierde weckten noch mich sonst irgendwie reizten. Das Wenige, was ich von meiner Mutter nicht wusste, wollte ich auch nicht wissen. Señora Sandra dagegen war ein Geheimnis aus Nachtcremes und den richtigen Schritten in stets glänzend sauberen Schuhen. Wann hatte sie Zeit, sie zu putzen? Das war eines ihrer vielen Geheimnisse.

Auch für Señora Sandra musste es Wünsche und Sehnsüchte gegeben haben, auf die sie verzichtete. Sicher hatte sie ein paar Erinnerungen, die ihre Söhne überraschen würden. Angenehme Überraschungen. Doch die Intimität, die sie teilten, betraf nur die Kinder, ihr Leben, ihre Wünsche, ihre Kindheit. Emiliano war in der Pubertät kein rebellisches Kind gewesen, hatte sich nie von seiner Mutter distanziert. Er hatte sie in dieser Phase genauso ungezwungen umarmt wie als achtjähriger Junge. Wobei seine rebellische Phase natürlich genau wie bei Pancho später hätte einsetzen können. Ich nehme an, dass es bei glücklichen Familien einfach so ist, dass es kaum etwas gibt, gegen das man sich auflehnen könnte, weshalb die Kinder die Pubertät genauso friedlich überstanden wie ihre Kindheit. Gut, Emiliano hatte eine Zeit lang schlechte Noten gehabt und wurde auf unsere Schule verbannt, aber das war's dann auch schon. Die echten Probleme kamen später, als der wachende Blick der Mutter auf ihren inzwischen erwachsenen Sohn diesen anfing zu nerven, weil sie ihn immer noch als Kind sah. Unglücklicherweise fiel diese Phase genau in die Zeit, als er von zu Haus aus- und bei mir einzog, sodass es wegen des Blicks seiner Mutter nicht zum großen Krach kam. Und nun hatte er unter ihrem Blick sein Drehbuch fertiggestellt. Unter ihrem Blick, nicht unter meinem. In seinem Elternhaus.

In demselben Haus, in dem nach dem Wunsch der beiden jungen Herren Panchos Verlobung mit Paloma stattfinden sollte. Mir fiel dabei die Aufgabe zu, alle möglichen Leute einzuladen, ohne dass Paloma etwas merkte. Emiliano sollte sich um die Musik und das Essen kümmern. Ich fürchtete, dass es unter diesen Umständen auf der Party weder Musik noch Essen geben würde, doch er wirkte sehr von sich überzeugt, sodass ich mir einen entsprechenden Kommentar sparte. Panchos Aufgabe war es, so zu tun, als machte er sich vor Angst in die Hose, obwohl wir alle wussten, dass Paloma mit hundertprozentiger Sicherheit Ja sagen würde. Bevor wir auseinandergingen, fragte Pancho mich, ob ich bereit wäre, die Luftballons abzuholen. Ich ging alle Möglichkeiten durch: Meine Mutter würde mich auf keinen Fall fahren, um die Luftballons für eine Verlobungsfeier abzuholen, sie würde lieber sterben, als an einem solchen Ritual teilzuhaben; Roberta konnte Paloma nicht leiden, daher glaubte ich nicht, dass sie mir helfen würde. Nein. Ich musste Pancho also absagen und nebenbei seinem Bruder den Grund erklären. Denn zu dem Zeitpunkt, wenn das Fest stattfinden würde, würde ich kein Auto mehr haben, was bedeutete, dass ich die Luftballons nicht selbst abholen konnte. Mehr sagte ich nicht, aber Emiliano wusste sofort, dass ich kein Auto haben würde, weil mir das Geld fehlte, da ich nun allein die hohe Wohnungsmiete zahlen musste, die wir uns vorher geteilt hatten. Ich sah, dass er gleichzeitig irritiert und schuldbewusst war. Beides hasste ich. Er war irritiert in der Art von: *Wie ist es möglich, dass sie in ihrem Alter keine entsprechenden Ersparnisse hat und dass sie immer noch wie ein Jugendlicher von verschiedenen Gelegenheitsarbeiten lebt?* Und er fühlte sich schuldig, weil er wusste, dass ich damit klarkam, dass ich, so oft er es auch angeboten hatte, ihn nie zusätzlich etwas hatte bezahlen lassen oder ihn mit meinen Sorgen um mein Geld und meine Arbeit belastet hatte.

»Darf ich noch mal den Ring sehen?«, bat ich Pancho, um das Thema zu wechseln.

Der Ring der Urgroßmutter funkelte, wie es von ihm erwartet wurde, der Stein war groß, quadratisch und (für meinen Geschmack) schrecklich. Obwohl es ein echter Stein war, sah er nicht anders aus als der unechte Schmuck, den Roberta in der Grundschule immer getragen hatte. Die Vorstellung, damit in der Welt herumlaufen zu müssen, verursachte mir physische Schmerzen. Doch dann stellte ich ihn mir an Palomas Finger vor, und da gefiel er mir schon besser, weil ich wusste, wie sehr sie sich diesen Ring gewünscht hatte. Pancho sah mich erwartungsvoll an, und ich nickte zustimmend. Emiliano streckte die Hand aus, um das Kästchen aus der Nähe zu betrachten; ich gab es ihm und sah, wie er sich freute, als er das Lächeln seines geliebten Bruders sah, der bald heiraten würde, wie es sich gehörte, ohne ein Beziehungschaos anzurichten. Ich sah in seinen Augen ein ehrliches Lächeln, das so strahlend war wie der Stein in der Mitte des Rings der Urgroßmutter, und auf seinen Lippen lag ein Schweigen, in dem ich einen Vorwurf entdeckte, den er mir nicht mehr machen würde.

Ich zog den Korb mit den süßen Brötchen zu meinem Teller heran und fragte mich, ob ich ein Stück davon essen sollte, obwohl ich keinen Hunger mehr hatte, nur um ihn zu ärgern.

6

Erwachsene heiraten

Als ich zurück in die Wohnung kam, erwartete mich dort die sonntägliche Leere. Ich dachte an Emilianos Körper unter seinem karierten Hemd, als er mich halbherzig umarmt hatte, um sich von mir zu verabschieden, so nach dem Motto: Wir reden noch. Ich überlegte, auf YouTube nach Hits von José José zu suchen und mich einer von schmalziger Popmusik untermalten oberflächlichen Verzweiflung hinzugeben. Doch stattdessen nahm ich den Anruf meiner Mutter entgegen, die mich zum Essen einladen wollte. Ihrer Stimme war anzuhören, dass sie sich schuldig fühlte, gepaart mit Freude auf einer soliden Angstbasis. Ich kannte diesen Tonfall, und es überraschte mich nicht, als sie nach einigen Umschweifen zugab:

»Dein Vater ist hier.« Pause. »Wir könnten zu dritt essen.«

»Papa ist da?«

»Ja.« Weitere Erklärungen hielt sie nicht für nötig, da ich sie nicht brauchte.

Mein Vater kehrte immer mal wieder zu ihr zurück, seit er zum ersten Mal gegangen war, als ich fünf und meine Mutter dreißig Jahre alt gewesen war. Genauso alt wie ich jetzt. Damals kam sie mir so erwachsen vor, doch jetzt wusste ich, dass sie eine junge Frau gewesen war, die noch kaum eine Vorstellung vom Leben, geschweige denn Kontrolle über ihr Herz gehabt hatte. Genauso wie ich jetzt.

Die Schwäche, die meine Mutter für meinen Vater hatte, war die einzige Konstante, die ich in ihrer Beziehung erkennen konnte. Nachdem er sie zum zweiten Mal verlassen hatte, als ich neun und meine Mutter vierunddreißig Jahre alt gewesen war, ließen sie sich scheiden. Doch zwei Jahre später kam er noch einmal zurück zu uns und blieb eine Weile, bevor er wieder ging. Bei dieser Gelegenheit blieb er, glaube ich, ein paar Monate, ein anderes Mal einige Jahre. Die Zeiten seiner Abwesenheit waren ebenfalls unterschiedlich lang, aber im Allgemeinen länger als die Anwesenheit, so jedenfalls empfand ich es. Der Rhythmus seiner Liebe hatte keinen festen Takt, aber gewisse Gesetzmäßigkeiten: Jedes Mal, wenn er kam, blieb er eine Weile, und immer wenn er blieb, ging er wieder. Und meine Mutter – die, was alles andere anging, eine starke, unabhängige, glückliche Frau war, die solide Vorstellungen, unumstößliche Überzeugungen und klare Wünsche an das Leben hatte – hatte diesen einzigen blinden Fleck, den sie, wie sie für sich akzeptiert hatte, nicht unter Kontrolle bekam.

Er war zauberhaft – mein Vater – und entsprach dem Stereotyp des Mannes, der nicht in der Lage ist, diesen Zauber nur den Augen einer Frau zu überlassen. Lange Zeit meines Lebens über hatte ich darunter gelitten, dass es keinen tiefsinnigeren Grund für sein Weggehen gab. Mein Papa war ein Frauenheld, ein egoistischer Frauenheld. Was für ein simples Wesen, verdammt! Hätte er sich nicht eine weniger gewöhnliche Schwäche aussuchen können! Während meiner Schulzeit hatte er mir einmal versprochen, zu einer *Hamlet*-Aufführung zu kommen, bei der ich die Ophelia spielte. Als er am Ende des zweiten Aktes noch nicht aufgetaucht war, rief ich ihn an. An seinem Handy meldete sich eine weibliche Stimme, die ich bat, ihn daran zu erinnern, dass mich niemand abholen würde, und dass er, wenn er schon nicht zu dem Theaterstück kam, mich doch wenigstens abholen sollte. Ich habe nie erfahren, ob die Unbekannte ihm meine Nachricht weitergegeben hatte, jedenfalls wartete ich auf dem Gehsteig der Avenida Miguel Ángel de Quevedo vergeblich. Noch immer mit meinem Korsett bekleidet, das Gesicht weiß, die Augen schwarz geschminkt, wartete ich wie immer auf meinen Vater, nachdem er das verpasst hatte, was er versprochen hatte, sich im Leben nicht entgehen zu lassen. Als ich nach Hause kam, sagte ich meiner Mutter weinend, dass ich mir wünschte, mein Vater wäre Alkoholiker oder schizophren oder irgendetwas Schlimmeres als das, was er war. Ich wollte, dass es einen besseren Grund gab, als die Tatsache, dass er einfach nur schwanzgesteuert war. Ich fand es erbärmlich von ihm, aus einem derartig banalen Grund ein schlechter Vater und ein schlechter Ehemann zu sein. Ganz einfach. Mit der Zeit war es mir dann nicht mehr so wichtig, und es wurde mir egal, was er verpasste. Irgendwann, vor langer

Zeit, hörte alles, was mit ihm zu tun hatte, auf wehzutun. Mein Vater liebte mich immer dann, wenn er gerade mal nicht damit beschäftigt war, sich selbst zu lieben. Und er kannte mich nicht. Wenn es deswegen in mir eine aufgestaute Wut gab, die irgendwann, wenn ich am wenigsten damit rechnete, ausbrechen würde, wäre dies so weit von dem entfernt, was ich bewusst empfinde, dass ich wahrscheinlich gar nicht mehr in der Lage wäre, meine Wut mit ihm zu verbinden. Wenn er auftauchte, konzentrierte ich mich auf seinen Charme, als wäre er ein weit entfernt lebender Onkel. Was meine Mutter anging, hatte ich keine Ahnung, was sie tat oder wie sie es machte, jedenfalls litt sie mehr als ich, aber sie begünstigte diese Situationen auch, sodass ich mir schwor, mich nicht schuldig zu fühlen, wenn sie eines Tages einsam und allein mit ihrer sehnsüchtigen Liebe für einen Mann sterben würde, von dem man nur eines mit Sicherheit erwarten konnte, nämlich, dass er einen auf dem Gehsteig vergeblich warten ließ.

Als ich zur Wohnung meiner Mutter kam, öffnete sie mir die Tür und sah umwerfend aus. Vielleicht war das das Geheimnis ihrer Wiederbegegnungen, dass dies ihre Wohnung war und nicht seine und dass es sie glücklich machte, ihn einzulassen. Mein Vater hinkte ein wenig, weil er sich ein Jahr zuvor den Fuß gebrochen hatte, was noch nicht ganz verheilt war. Er sah alt aus, voller Falten, mit dunklen Schatten unter den Augen wie bei einem Hund, die beinahe bis zu seinen Lippen reichten, zwischen denen die unvermeidliche Zigarre steckte. Ob er sich seines Alters überhaupt bewusst war? Ich dachte plötzlich, dass er vielleicht schon immer älter gewesen war, als er sich fühlte, weil er zu den Menschen zählte, die in ihrer Jugend glaubten, niemals alt zu werden. Als ich ihm zusah, wie er aufstand, um sich sein Schnitzel aus der Pfanne zu holen, in der ich gerade das Fleisch briet, und dann ins Esszimmer zurückging, wo meine Mutter auf ihn wartete, und ihr einen spontanen Kuss in den Nacken gab, als er glaubte, dass ich sie nicht sah, dachte ich, dass dies der Grund sein musste, warum er wiederkam und warum er ging: Meine Mutter erinnerte ihn daran, wie alt er wirklich war.

All die Jahre meiner Kindheit über, in denen mein Vater nicht bei uns lebte, hatte meine Mutter stets dafür gesorgt, dass er Zeit mit mir verbrachte. Yvette und Tito erinnerten mich nun an jene Samstage, daran, wie sehr ich dieses Theater gehasst hatte. Meine seltsamen Tanten. Wir waren nie in der Wohnung meines Vaters, sondern immer in der seiner jeweiligen Freundin gewesen. Er behauptete, dass seine Wohnung zu klein und zu hässlich sei, um sich dort mit mir aufzuhalten. Und er hatte recht. Seine Wohnungen waren immer deprimierende Löcher, in denen überall Papier herumlag und Aschenbecher herumstanden. Doch die fünf Minuten, die wir dort verbrachten, während er seine Sachen holte, waren für mich das Himmelreich – so als käme ich der Antwort auf ein unlösbares Rätsel ein Stück näher. Ich berührte seine Sachen, die Tür zu seinem Schlafzimmer, strengte mich an, um mich zu erinnern, ob er seine Kleidung aufhängte oder nicht, oder daran, welche Zeitung auf dem Tisch im Wohnzimmer gelegen hatte. Ich versuchte, mich an so viel wie möglich zu erinnern, um mir einen Raum zu erschaffen, in dem ich mir in all den anderen tausend Minuten der Woche, in denen ich nicht bei ihm war, vorstellen konnte, was er gerade tat. Er nahm drei Bücher mit, zwei Paar Socken und ein Hemd. Und dann machten wir uns auf den Weg zur Wohnung der jeweiligen Freundin.

Stets war es eine andere, und alle waren sie verrückt. Immer. Wenn er gerade mit einer religiösen Frau zusammen war, dann war sie so religiös, dass sie von Tür zu Tür zog, um die Leute zu bekehren. Wenn eine politisch interessiert war, dann so, dass sie zur Revolution aufrief. War gerade eine Esoterikerin an der Reihe, dann eine, die mitten auf der Straße stehen blieb, um meine Aura zu reinigen, während sie von Licht-Avataren sprach. Wenn die Geliebten meines Vaters kein bestimmtes Faible hatten, dann zählten sie zu den übrigen Verrückten, die grundlos schrien, weinten und sich dann totlachten. Verrückte, die mir nichts zu essen gaben, weil ich einen dicken Hintern kriegen könnte. Verrückte, die mich in den Schrank sperrten, während mein Vater einkaufen ging, damit mir nichts passierte, bis er wieder da war. Vollkommen Verrückte. Um mich selbst zu schützen, wurde ich immer zwanghafter. Wurde immer genauer. Ich zerbrach Zahnstocher und warf sie durch die Gegend, um sie dann nach der Größe zu ordnen und in eine exakte Reihe zu legen. Ich liebte es, ein vollkommenes Chaos zu verursachen und dann die Dinge wieder zu ordnen. Denn wenn ich vernünftig tat oder meine Verrücktheit nicht offensichtlich war, unterschied ich mich von den Frauen, bei denen mein Vater schwach wurde, und damit auch immer deutlicher von ihm.

Es gefiel mir, wenn eine der Beziehungen meines Vaters eine Weile hielt und wir zwei oder drei Mal in dieselbe Wohnung gingen. Nicht nur, weil man sich an Verrückte gewöhnt und sie ins Herz schließt – oder zumindest mit ihnen vertraut wird –, sodass sie nicht mehr ganz so abschreckend wirken, sondern auch, weil ich so meinen Ordnungsdrang noch vertiefen konnte. Ich sortierte die Gabeln in der Besteckschublade, bis sie alle perfekt gestapelt waren. Eine Woche später konnte ich es kaum erwarten, nach den Gabeln zu sehen, und in der Regel lagen sie wieder durcheinander, sodass ich erneut für Ordnung sorgen konnte. Irgendwann einmal öffnete ich ein Fach im Kühlschrank, in dem ich eine Woche zuvor das Gemüse nach Farbe und Alphabet sortiert hatte, und fand das neue frische Gemüse in der gleichen Ordnung vor. Daraufhin öffnete ich das Fach mit dem Obst, um dieses ebenfalls zu sortieren, doch alles war bereits nach meiner Vorgabe angeordnet. Die Verrückte hatte sich auf mein Spiel eingelassen. Und was mir daran am besten gefiel, war, dass sie meinem Vater nichts gesagt hatte. An den Sonntagen stand sie morgens aus dem Bett auf, das sie mit meinem Vater teilte, und weckte mich, um mit mir gemeinsam den Frühstückstisch zu decken. Und wenn wir fertig waren, war alles perfekt.

Ihr Name war Isabel, und sie war auch diejenige, die mich ins Teatro Julio Castillo eingeladen hatte, um *Dornröschen* anzusehen. Sie war ziemlich lange mit meinem Vater zusammen. Vielleicht nicht wirklich lange, aber für ein Kind können sich sechs Wochen anfühlen wie eine Ewigkeit. Nach dieser Zeit folgte ein Samstag, an dem wir ohne Vorwarnung in die Wohnung einer neuen Verrückten gingen. Ich machte einen Aufstand, der meiner damaligen zwölf Jahre unwürdig war, und das war's dann auch mit den Wochenenden bei meinem Vater. Meine Mutter hatte genug. Von da an sah ich ihn beinah nur noch in der Wohnung, die meine Mutter für uns beide, für sie und für mich, gekauft hatte. Die Wohnung, in der ich sie vor Freude weinend auf dem Küchenboden vorgefunden hatte, als sie nach zwanzig Jahren mit Banken und Hypotheken endlich abbezahlt war; in der ich sie vor Wut weinend auf dem Küchenboden vorgefunden hatte, weil er mal wieder seine Koffer packte. Die Wohnung unserer komplizenhaften Zweisamkeit.

Ich aß mein Schnitzel und hörte meinem Vater zu, der über die politischen Probleme des Landes philosophierte. Er fragte nicht nach Emiliano, nicht weil er ihn nicht kannte, sondern um mir einmal mehr zu beweisen, wie wenig er mich kannte. Er fragte auch nicht nach meiner Arbeit, nicht nach meiner Schuhgröße, nicht nach meinen Sonntagen. Er sagte, dass ihm mein langes Haar gefalle, und ich lächelte, womit die direkte Interaktion beendet war. Ich stand auf, um Kaffee zu machen, und meine Mutter kam mit in die Küche. Als wir nebeneinander am

Herd standen und darauf warteten, dass der italienische Espressokocher brodelte, gab sie mir einen Kuss auf die Stirn, blieb danach dicht bei mir stehen und lehnte ihre Stirn an die Stelle, wo mich ihre Lippen berührt hatten.

»Wie geht es dir, meine Kleine?« Ich weiß nicht, wieso, aber mir war klar, dass sie mich nach Emiliano fragte. »Wie geht's?«

»Genau das hat er mich auch gefragt.«

»Und was hast du gesagt?«

»Ich erinnere mich nicht mehr, aber dir kann ich sagen, dass es mir gut geht.«

»Das heißt, er ist weg?«

»Ja, er ist weg.«

»Kommt er nicht mehr zurück?«

»Ich glaube nicht.«

»Und dir geht es wirklich gut?«

»Geht es *dir* denn gut? Der Herr im Esszimmer, wie lange wird er diesmal bleiben?«

»Ich werde ihn nicht fragen.«

»Freust du dich eigentlich, dass Emiliano nicht mehr zurückkommen wird?«

»Mir kommt es nur darauf an, wie es dir damit geht.«

»Bis jetzt ist alles in Ordnung.«

Sie gab mir noch einen Kuss auf die Stirn. Ich dachte immer noch, dass sie sich freute, es sich aber nicht anmerken ließ, wofür ich ihr dankbar war. Ich hatte nicht mehr an Emiliano gedacht, seit ich ihre Wohnung betreten hatte. Die Rückkehr des Herrn im Esszimmer lenkte mich ab.

Am Montag war ich vollauf beschäftigt und hatte viele eilige Sachen auf dem Tisch, was mir guttat. Im Büro tippte ich wie eine Wilde auf meine Tastatur ein und übergab José Miguel zwei Artikel. Dann rannte ich zum Set eines mexikanischen Films, der ziemlich blutig und ganz hervorragend war. In der folgenden Woche sollte ich den Regisseur interviewen. Doch bis dahin musste ich mir noch drei Filme ansehen und vier Kritiken schreiben und außerdem zwei Interviews redigieren. Es tat mir gut, mich in jemand anderen hineinzuversetzen, der ganz andere Probleme hatte als ich. Zum Beispiel wie es mit dem kreativen Prozess des einen und der inspiratorischen Erfahrung des anderen stand. All das kam mir gerade recht. Ein deutscher Filmregisseur tat mir den Gefallen, auf dem Filmfestival von Toronto irgendeinen menschenfeindlichen Mist von sich zu geben, woraufhin sich seine amerikanischen Schauspieler in Grund und Boden fremdschämten und sich von ihm distanzierten, sodass seine zukünftige Filmkarriere innerhalb von wenigen Minuten zerstört war und ich den Spaß hatte, furchtbare Dinge über ihn schreiben zu können. Der arme Kerl! Manchmal reichten drei Sätze aus, um aus einem Genie einen Aussätzigen zu machen. Emilianos Freunde liebten die trägen, unglaubhaften Filme dieses Regisseurs. Und für mich war es eine Wohltat, schlecht über ihn zu schreiben und mich selbst für eine Weile zu vergessen.

Ich arbeitete jeden Tag bis zum Umfallen. Es beruhigte mich, von einem Ort zum anderen zu hetzen, jeden Auftrag anzunehmen und bis zwei Uhr morgens am Computer zu sitzen. Es gefiel mir, mich bis obenhin mit Arbeit einzudecken, unter anderem, weil ich auch immer mal wieder eine Durststrecke habe und dann in ein wirtschaftliches und existenzielles Loch falle. Dabei befürchtete ich allerdings, dass meine Arbeitswut nicht anhalten würde. Ich verfüge nicht wie Emiliano über diese Sicherheit des Intellektuellen, der sich in dem Bewusstsein zum Denken zurückziehen kann, dass sich schon irgendwer um die praktischen Dinge kümmern wird, dass alles gut gehen wird, weil es fürs Leben ausreicht zu denken. Ich habe auch kein politisches Talent wie meine Mutter, die, auf die Regierung schimpfend, mit ihren großen feministischen und philanthropischen Überzeugungen ihr Leben bestreitet. Das Einzige, was ich kann, ist, mir Filme anzusehen und mich zu meiner Verteidigung darüber und über alles, was damit zusammenhängt, zu äußern. Und dazu eilte ich nun von einem Ort zum anderen. Ich hatte noch nie den Ehrgeiz, selbst einen Film zu drehen, und wenn doch, dann ist mir die Lust dazu spätestens bei den Kurzfilmen für den Studienabschluss vergangen. Emiliano hatte versucht, aus mir eine Publizistin zu machen, was ich jedoch abgrundtief gehasst habe. Dabei ist es mein ständiger Albtraum, irgendwann alt und arbeitslos zu sein, weshalb ich durchs Leben hetze, und immer rettet mich das Kino. Schon als Kind hatte ich mit großer Freude Kritiken zu Filmen gelesen, die ich nicht gesehen hatte, da sie wie Versprechen waren. Und nun gefällt mir die Vorstellung, jemandem mitzuteilen, dass es in seiner Reichweite, im nächstgelegenen Kino, etwas Schöneres im Leben gibt. Dazu ist es ein absoluter Luxus, von dieser Arbeit leben zu können. Doch das ist das, was ich vom Leben erwarte, auch wenn mir jeder klarmacht, dass das nicht viel ist. Wobei mit »jeder« Emiliano gemeint ist, der keine Gelegenheit verstreichen ließ, auf die Menschen um uns herum zu zeigen und mir klarzumachen, wie seltsam ich sei. Und wenn er »seltsam« sagte – zumindest in letzter Zeit –, dann meinte er »mittelmäßig«. Denn alle anderen Leute, die sich mit dem beschäftigen, was ich tue, machen auch noch andere Sachen, wollen in der Branche mitmischen, beim Kino arbeiten, Produzent, Drehbuchautor und der König des Filmgeschäfts sein. Die wenigen Ausnahmen, die es gibt, sehen sich eher als Journalisten. Sie schreiben über Filme, wollen aber auch über Politik, Soziales und internationale Geschäfte berichten. Und einige, die weder zu der einen noch zu der anderen Kategorie gehören, sind große Denker so wie der mexikanische Schauspieler, Autor und Kritiker Emilio García Rieras, schreiben Bücher und widmen ihre gesamte Existenz dem noblen Thema des Films. Ich weiß nicht, ob ich ein Buch schreiben will. Jedenfalls habe ich es damit nicht eilig. Zunächst möchte ich einfach glücklich sein, mir Filme ansehen, darüber schreiben und im Lotto gewinnen. Wenn ich eine reiche Erbin wäre, würde ich mich auf die ersten drei Punkte beschränken. Diese Tatsache ist kein Grund, sich zu schämen, doch Emiliano schämte sich für mich, sodass ich mich auf einmal minderwertig fühlte. Denn anscheinend reicht es nicht aus, irgendetwas zu tun, sondern man muss die Welt erobern. Ich weiß nicht, ich bin wohl eher der Typ Pinky als The Brain.

Ich möchte Dinge tun, die mich beruhigen, mir eine Heimat geben, und mir viel Zeit dafür lassen. Ich möchte meinen Geist mit Bildern und Geschichten füllen, die mein Leben und mich erstrahlen lassen. Ich möchte Geld verdienen, um mir ein schützendes Nest zu bauen, in dem ich all die Dinge tun kann, die früher die Ehemänner für ihre Frauen getan haben.

Ich habe niemals zugelassen, dass Emiliano mir dieses Nest baut, weil es eine schreckliche Vorstellung für mich war. Wenn meine Mutter sich nicht um sich selbst gekümmert hätte, hätte das Kommen und Gehen meines Vaters noch viel mehr als nur ihre Gefühle verletzt, was man nicht so einfach hätte ignorieren können. Nein, man muss selbst für sich geradestehen. Auch wenn Herr Cervera dies für eine Nichtigkeit hält, der er abhelfen kann. Und den Beweis dafür fand ich am nächsten Morgen im Briefkasten:

Einen Scheck von Emiliano über die Hälfte der Wohnungsmiete.

Ich rief ihn an, um zu fragen, was das solle. Er meinte, dass er einige Monate über noch die Hälfte der Miete zahlen wolle, bis ich allein zurechtkäme, weil er daran gar nicht gedacht habe und es unfair sei, mir die gesamten Kosten zu überlassen, ganz einfach. Jemand, der nicht wie ich unter unserer wortkargen Geschichte und dem Umgang mit dem Thema gelitten hätte, wäre für diese Geste dankbar gewesen, hätte das Geld ohne böse Hintergedanken akzeptiert, wäre erleichtert gewesen. Ich jedoch war wütend. Stinkwütend. Möglicherweise ungerechtfertigt. Ich beendete das Gespräch und zerriss den Scheck, darüber fluchend, dass er mich wie ein Kind behandelte, als könne ich nicht für mich selbst sorgen, und dass er sich mit Dingen hervortat, die er sich nicht erarbeiten musste. Vielleicht hätte mich all das, wenn ich zu einer anderen Zeit in einem anderen Haus groß geworden wäre, nicht gestört. Doch ich war nun mal bei meiner Mutter aufgewachsen, die mich gelehrt hatte, dass man Männer nur dazu brauchte, körperliche und emotionale Bedürfnisse zu befriedigen, und man sich, wenn möglich, wirtschaftlich nicht von ihnen abhängig machen sollte, damit man sie jederzeit rausschmeißen konnte. Klar, dass dies – in diesem Moment – auf mich nicht zutraf.

Tatsächlich reichte das Geld von meinen diversen Arbeitgebern nicht aus, um die Miete meiner schönen, wunderschönen Wohnung zu bezahlen, und bald würde auch die Quelle meiner Ersparnisse versiegen. Einer Wohnung, die ich nur gemietet hatte, weil wir zu zweit waren und uns die Kosten teilen konnten. Was er natürlich wusste und was mich zum Kochen brachte. In diesem Moment, im zweiten Monat nach Dem endgültigen Aus, nachdem ich bereits mein Auto verkauft hatte, um meine Schulden zu bezahlen, lauerte die Abhängigkeit auf mich.

Am nächsten Samstag, an dem Jaime Chico mir die Kinder brachte, kam Yvette mit einer Freundin, die Vero hieß und die dunkelsten, lebendigsten Augen hatte, die es gab. Es war eine Freude, sie zu sehen. Nachdem ich den Kindern etwas zu essen gemacht hatte, fragte ich sie, welchen Film sie sehen wollten. Vero wünschte sich *Cinderella*, was ich ihr in meiner neuen feministischen Phase verweigerte. Ich würde zwei neunjährigen Mädchen, deren Bewusstsein bereits reif für fortschrittlichere Dinge war, doch keinen Prinzessinnen-Film zeigen. Wie wäre es mit *Harry und Sally*? Vero sah mich enttäuscht an, war auf Yvettes Drängen hin, die noch unter dem Eindruck meines Volltreffers mit *Mary Poppins* stand, jedoch einverstanden. Tito schickten wir ins Schlafzimmer, wo er sich *The LEGO Movie* anschauen sollte, den einzigen Film, der für ihn infrage kam, obwohl er ihn schon auswendig kannte. Wir drei Mädels blieben im Wohnzimmer und wandten uns ernsthafteren Dingen zu, wobei sich logischerweise herausstellte, das *Harry und Sally* dann doch etwas anderes war als *Mary Poppins*, sodass Yvette und Vero, schon bevor die Hälfte des Films vorbei war, tief und fest schliefen. Ich gab klein bei und lieh für sie *Cinderella* aus, jedoch erst nachdem ich ihnen einen Vortrag darüber gehalten hatte, dass sie niemals erwarten sollten, wie Prinzessinnen behandelt zu werden. Da wandte Yvette sich mir zu und haute mich mit folgender Aussage aus den Schuhen:

»Na ja, ich mag Prinzessinnen-Filme, auch wenn meine Mama immer sagt, dass man sie sich nicht ansehen sollte, weil es im wirklichen Leben keine Prinzen gibt, die kommen, um einen zu retten. Dabei denke ich, dass in Wahrheit *Cinderella* den Prinzen rettet. Schließlich ist sie diejenige, die alles macht. Sie macht sauber, um zum Ball gehen zu können, und macht und tut und kümmert sich sogar um ihr Kleid. Und dabei ist sie nett zu allen, und deshalb kommt die gute Fee, um ihr zu helfen. Wenn sie all das nicht getan hätte, hätte der Prinz sicher eine schreckliche Frau geheiratet, die nur sein Geld wollte so wie die bösen Stiefschwestern. Cinderella wünscht sich ein besseres Leben, und deshalb tut sie das alles, nicht einfach nur, um den Prinzen zu heiraten. Außerdem beklagt sich meine Mutter immer, dass es so wenig Filme gibt, in denen es um Frauen geht. In Prinzessinnen-Filmen aber geht es immer um Frauen und um das, was sie wollen, oder nicht?« Die Kleine krönte diese beachtliche Dosis an Weisheit, indem sie an die Decke blickte und mit den Schultern zuckte. »So seh ich das jedenfalls.«

Ich nahm mir vor, Yvettes komplette Argumentation zu übernehmen und in einen meiner Artikel für José Miguel einzubauen. Disney für Feministinnen. Vielleicht würde ich ja sogar einen Preis dafür bekommen.

Der LEGO-Film war zuerst vorbei, und Tito kam zu mir in die Küche, weil er ein Eis wollte, während Vero angesichts des Happy Ends für Cinderella zu Tränen gerührt war. Tito fuhr unterdessen mit dem Zeigefinger den Rand des Tisches entlang, als wolle er sich die Kontur einprägen. Wie wunderbar, ein Kind zu sein und das zu tun, was einem gerade in den Sinn kam, ohne sich Gedanken darüber machen zu müssen, dass die anderen einen für verrückt hielten, weil man seine Runden um den Küchentisch drehte! Als der Junge etwa bei der fünfzehnten Runde war, kam Jaime Chico, um die Kinder abzuholen. Er hatte wirres Haar und ein Post-Orgasmus-Grinsen im Gesicht, das bei mir eine Mischung aus Spott und wildem Verlangen auslöste. Nachdem all die Dinge, die die Kinder überall in der Wohnung verstreut hatten, eingesammelt und in den riesigen Rucksäcken verstaut waren, waren sie bereit, mit ihrem Papa ins Vips zum Essen zu gehen. Der war ein bisschen enttäuscht, als ich ihm erklärte, dass ich am nächsten Samstag nicht auf seine Sprösslinge würde aufpassen können, weil dies der große Tag war, an dem Pancho um Palomas Hand anhalten würde.

»Was heißt das: um eine Hand anhalten?«, wollte Tito wissen.

»Das bedeutet, dass ein Mann seine Freundin fragt, ob sie ihn heiraten will«, erklärte Jaime.

»Vor allen Leuten?«, fragte Tito mit einem Entsetzen in der Stimme, das ich teilte. Die Tatsache, dass dieses Unterfangen heutzutage in eine Massenveranstaltung ausartete, fand ich auch zum Grausen. Doch so war es üblich in unserem Land, und Pancho freute sich sehr darauf, Paloma vor möglichst vielen seiner Verwandten und Freunde seine Liebe zu erklären.

»Hast du Mama auch bei so einer Feier gefragt?«, wollte Yvette wissen.

»Ja. Na ja, es waren nur dein Onkel Rafael und deine Großeltern dabei. Deine Großmutter hat mir gesagt, dass ich der Sohn sei, den sie niemals hatte, als Onkel

Rafa gerade mal nicht zugehört hat. Woraufhin deine Mama sie beinah umgebracht hätte«, sagte Jaime. Und er lachte in zärtlicher Erinnerung, was ich ziemlich nett fand, wenn man bedachte, dass er sich von der Frau, um die es ging, inzwischen getrennt hatte.

Tito fragte mich, warum ich nicht verheiratet sei. Und er war überrascht, als er erfuhr, dass ich auch nicht geschieden war. Er hatte gerade gelernt, was eine Scheidung war, und dachte, dass alle Erwachsenen entweder verheiratet oder geschieden wären.

»Ah, also bist du noch ein Kind so wie wir«, meinte er dann, »ich dachte, du bist schon älter, so wie mein Vater.«

Seine Überlegung war durchaus berechtigt: Erwachsene heiraten. Was also war mein Problem? Ich war nicht verheiratet, demnach konnte ich keine Erwachsene sein. Vero war nur daran interessiert, dass Pancho mir den Ring gezeigt hatte, und wollte eine genaue Beschreibung. »Der Ring ist viel wichtiger als derjenige, der einem den Ring gibt«, erklärte sie. Ich fragte mich, ob Yvette mit ihrer Version von Cinderellas feministischem Einfluss Vero angesteckt hatte. Jaime Chico verabschiedete sich von mir, wobei er mir den Arm um die Schultern legte und sagte, dass ich richtig daran getan hätte, Emiliano nicht zu heiraten. Das war sicher nett gemeint – angesichts der Tatsache, dass unserer Beziehung zu Ende war –, doch seiner Stimme war anzuhören, dass auch er sich fragte, was wohl der Grund gewesen war.

Warum hatte ich Emiliano nicht geheiratet? Warum hatte er mich nicht geheiratet? Natürlich hatten wir über die Möglichkeit gesprochen. Doch seine Frage war damals so sachlich gewesen, dass ich irgendwie enttäuscht war. Obwohl ich selbst an dieser Sachlichkeit schuld gewesen war. Denn Emiliano hatte so gefragt, wie er dachte, dass ich gefragt werde wollte, weil ich mal gesagt hatte: »Du wirst mir doch wohl keinen Ring geben wollen, oder? Denn darauf hab ich überhaupt keine Lust. Außerdem ist das viel zu teuer, vollkommen überholt und heutzutage macht das kein Mensch mehr!« Doch in irgendeinem geheimen Winkel meines Unterbewusstseins war ich enttäuscht gewesen, dass er sich daran gehalten hatte. Denn die Sache mit dem »Wie wär's, wenn wir heiraten?« war so abgelaufen:

»Mari, wie wär's, wenn wir heiraten?«, meinte er mal so zwischendurch, als er, halb nackt und mit einer Hand auf meinem Busen, meinen Bauchnabel küsste.

»Aha und warum?«, fragte ich. Und diese Reaktion hatte dafür gesorgt, dass er aufgestanden war und sich angezogen hatte.

»Ich weiß nicht. Wär doch lustig«, fuhr er fort. »Wir sind seit Jahren zusammen. Und meine Mutter würde sich bestimmt freuen. Deine nicht?«

»So richtig heiraten? In Weiß und in der Kirche und mit dem ganzen Drum und Dran?«

»Vielleicht nicht unbedingt in Weiß, aber in der Kirche schon. Oder nicht?«

»Ich bin weder getauft noch sonst etwas. Ich müsste also allen etwas vormachen, lügen, dass ich all diesen Zirkus mitgemacht habe.«

»Du müsstest lediglich ein paar Tage vorher zur Vorbereitung in die Kirche gehen.«

»Ach Emi, wir glauben doch gar nicht an das ganze Zeug. Auch du bist doch nicht wirklich religiös.«

»Natürlich, wir sind nicht tief religiös, aber gläubig bin ich schon.«

»Du willst dich nur bei deiner Mutter beliebt machen.«

»Ja, das auch. Aber es ist auch einfach ein schönes Ritual. Irgendeine Zeremonie muss doch dabei sein, sonst brauchen wir nicht zu heiraten.«

»Aber das muss doch nicht unbedingt in einer Kirche sein.«

»Wo denn sonst? Das ist doch eine schöne Sache. Geprüft und abgesegnet. Willst du besonders originell sein und dein eigenes Ding machen?«

»Wir könnten auch ein Gedicht von Neruda vorlesen oder etwas anderes in der Art, was nicht mit der Kirche zu tun hat. Roberta könnte uns trauen. Oder ein Richter, und das war's.«

»Und anschließend noch eine kirchliche Trauung. Wir können doch beides machen. Oder denkst du, dass deine Mutter keine Kirche betreten würde?«

»Es ist nicht so, dass sie keine Kirche betreten will, sie hat es einfach nur noch nicht getan und würde nicht verstehen, wieso ich auf einmal damit anfange.«

»Weil es das normale Vorgehen ist. Was soll's? Es geht doch nur um das Ritual und ein Stück Papier.«

»Genau. Siehst du? Warum dann also der ganze Aufwand? Das kostet doch nur Geld und führt zu Auseinandersetzungen. Und das nur wegen irgendeines Rituals und eines Stücks Papier?«

»Alles klar.«

»Alles klar.«

Wir schwiegen bockig. Beide.

»Es ist schön, zu heiraten. Und ich möchte dich heiraten«, begann er dann wieder.

»Also gut. Ich dich auch. Wo?«

»Ich weiß nicht. Warum musst du gleich immer so praktisch sein? Das Wichtige ist doch, dass man sich verspricht, zusammenzubleiben.«

»Haben wir das nicht schon getan?«

»Doch, klar. Aber es geht um die Zeremonie.«

»Genau, es geht um die Zeremonie. Wir müssen eine finden, die uns beiden gefällt.«

»Also los, finden wir eine.«

»Und deshalb: Wo soll die Hochzeit stattfinden?«

»Ich weiß es nicht, María. Ich denke, in einer Kirche!«

Mist. Erneute Uneinigkeit. Schulterzucken. Augenverdrehen. Geschrei und Tschüss. Und so weiter. Bis:

»Emiliano!«, brüllte ich. »Wenn es dir so wichtig ist, mit mir zusammenzubleiben, hätten wir das Kein-Kind eben doch bekommen sollen. Eine engere Bindung gibt es nicht!«

»Willst du jetzt wirklich auch noch damit anfangen?«

»Nein. Du hast recht. Entschuldige. Vergiss es.«

»Du wolltest das Kein-Kind nicht haben!«

»Ich weiß.«

»Du wolltest es nicht, oder?«

»Ich wollte nicht.«

»Also, worüber reden wir dann eigentlich?«

»Manchmal hab ich mir gewünscht, dass du es doch gewollt hättest.«

»Das stimmt nicht. Das stimmt einfach nicht.« Er zitterte. »Verdammt, Mari!«

Und dann Tränen. Und dann gegenseitiges Verzeihen und Umarmungen und innige Küsse und noch mehr Verzeihen und zärtlicher, hemmungsloser, verliebter, eingespielter Sex. Und mit dem Licht des anderen in den Armen aufwachen. Und gegenseitiges Verzeihen und erneute Tränen. Und Gespräche über die Zukunft. Und die gegenseitige Überzeugung, dass es außer dem Raum zwischen uns beiden nichts anderes auf der Welt gibt. Und immer wieder dieses aufzehrende Sich-lieben-und-nicht-akzeptieren. Und das war's.

Es war lange her, dass ich zuletzt an das Kein-Kind gedacht hatte. Ich stellte mir vor, dass ich heute ein dreijähriges Kind haben könnte, und verfiel in Schwermut. Noch immer hatte ich Emilianos panisches Gesicht vor Augen, als ich es ihm damals sagte. Ich erinnerte mich, dass für mich absolut feststand, dass diese Möglichkeit nicht möglich war, und dass ich bis zu dem Abtreibungstermin noch eine Woche warten musste. Ich wurde traurig. Nicht wegen des Kein-Kindes, das nicht drei Jahre alt war und in diesem Moment nicht durch die Wohnung lief, all das erleichterte mich. Und diese Erleichterung war das, was mich traurig machte. Es machte mich traurig, weil es uns derart unmöglich erschienen war. Es machte mich traurig, dass wir nicht mal darüber nachgedacht hatten. Dass es nicht nötig war. Um der Erinnerung zu entfliehen, schaute ich mir den Rest von *Harry und Sally* an.

Paloma rief an, um zu fragen, wie es mir gehe. Ich sagte ihr, was ich gerade tat, und es folgte ein äußerst metaphysischer Moment, als sie den gleichen Film einlegte und wir weiter miteinander telefonierten, während wir uns die Szene ansahen, in der Harry und Sally sich den gleichen Film ansehen und dabei miteinander telefonieren.

»Wenn wir ein Film wären, wären wir eine in vier Viertel aufgeteilte Leinwand voller Menschen, die sich mögen«, sagte ich.

»Sehen wir uns morgen? Bitte, bitte!«

»Sicher.«

Ich liebe es, wenn Paloma »bitte, bitte« sagt.

7

Die Furchtbare Sache

Am nächsten Morgen kam Paloma so früh zu mir, dass ich noch im Bett lag, und sie legte sich zu mir. Ich mag es, sie zu umarmen. Sie hat einen sehr festen Körper, man hat das Gefühl, einen Delfin im Arm zu halten. Ich bin eher wie eine Katze, biegsam und weich. Außerdem gefiel es mir, ihr gegenüber ein Geheimnis zu haben, von der wunderbaren Überraschung zu wissen, die sie erwartete. Ich lud sie sogar für den kommenden Samstag zum Essen ein, in dem Wissen, dass sie absagen würde, weil sie mit Pancho und seiner Mutter zum Essen verabredet war. Sie beschwerte sich, dass sie überhaupt keine Lust dazu habe, und ich beschwerte mich, dass sie mich im Stich ließ. Während ich dachte, dass der nächste Samstag sicher einer der schönsten Tage in ihrem Leben sein würde, ohne dass sie davon wusste, ich hingegen wusste es schon!

Paloma schaltete ihren iPod ein und unterhielt uns mit ihrer Playlist *easy listening* aus den Neunzigern, dann kuschelte sie sich in meine Arme und jammerte weiter. Niemand verstand sich so aufs Jammern wie Paloma. Sie beschwerte sich über ihre Mutter und über ihren Vater und über ihre Therapeutin und über ihren Chef und über ihre wehen Füße und über Pancho. Sie beschwerte sich bitter über Pancho, in jenem Ton, in dem Liebende das kritisieren, was sie in Wirklichkeit fasziniert.

»Er ist so theatralisch, das kleine Dickerchen!«, begann sie. »Er stellt sich so dumm an, von wegen, dass wir uns nicht oft genug sehen. Dabei ist er derjenige, der eine bescheuerte Verabredung nach der anderen hat, und ich hab einfach keine Lust mitzugehen. Er ist sauer, wenn ich nicht bei ihm übernachte, aber ich hasse es, morgens im Haus von Señora Sandra aufzuwachen, weißt du? Also muss ich abhauen, bevor sie aufwacht. Heute bin ich aus dem Fenster geklettert.«

»Wirklich?«

»Wirklich. Gestern Abend war er wie ein kleiner Junge und wollte keine Ruhe geben mit seinem nervigen ›Bleib doch, bleib doch!‹«

»Paloma, du bist achtundzwanzig Jahre alt, da klettert man nicht mehr aus dem Fenster, um von der Mutter seines Freundes nicht gesehen zu werden.« Auch damit wollte ich sie nur anstacheln, sich zu beklagen, dass Pancho ihr noch keinen Heiratsantrag gemacht hatte.

»Das weiß ich doch. Denkst du, das ist mir nicht klar? Dieser Blödmann!«, schimpfte sie. »Kann ich den Sonntag bei dir verbringen? Dann kann er den Tag verplanen, wie er will.«

»Was hat er denn vor?«

»Emiliano beim Umzug zu helfen.«

»Beim Umzug, wohin?«

»In seine Wohnung?«

»Welche Wohnung?« Plötzlich hatte ich das Gefühl, als säße King Kong auf meiner Brust.

»Die, die er gemietet hat. Was ist los?«

Zufälligerweise spielte Palomas iPod gerade *Time after Time*, den Klassiker von Cindy Lauper. Den Song hatte ich noch nie gemocht, er war mir auch nie nahegegangen, dieser Schmachtfetzen, aber nun traf mich plötzlich jeder Satz mitten ins Herz: *if you're lost you can look and you will find me, time after time. Secrets stolen from deep inside. Suitcases of memories. Time after time.*

Emiliano hatte eine Wohnung gemietet. Für sich allein. Es war anzunehmen, dass er bei mir ausgezogen war, um woanders einzuziehen, aber doch nicht in eine eigene Wohnung! Denn nun stellte sich heraus, dass er mich verlassen hatte und nicht nur unsere Wohnung, dass er nicht nur vor dem unvermeidlichen Älterwerden davongelaufen war. Er hatte mich verlassen. Er hatte das Drehbuch fertig geschrieben. Er hatte eine Wohnung gemietet. *Time after fucking time.*

Seit er gegangen war, hatte ich nicht ein Mal geweint, doch nun floss mir eine solche Menge Wasser aus den Augen, dass ich völlig überrascht war, nicht komplett auszutrocknen. Trocken zu sein wie die Zweige eines Baumes im Herbst. Paloma nahm mich in die Arme. Sie war erschreckt von der plötzlichen Heftigkeit meines Kummers. Sie fühlte sich schuldig, weil sie Emiliano erwähnt hatte. Aber er und sein Bruder hatten ihr erzählt, dass wir zusammen gefrühstückt hatten und alles gut gewesen war. Dass es mir gut gehe. Daher hatte sie nicht weiter darüber nachgedacht. Wie ein unbeholfener Klempner versuchte sie, die Flut zu stoppen, die plötzlich aus mir hervorbrach.

Zum ersten Mal fehlte mir Emiliano wirklich. Ich vermisste ihn mit jeder Träne, die aus mir strömte, fühlte diese abgrundtiefe Leere. Ich vermisste ihn vor allem, weil Paloma, obwohl sie meine beste Freundin war und alles über mich wusste, keine Ahnung von der Ursache hatte, die diesen Tränenstrom erklärt hätte. Der einzige Freund, der ohne weitere Erklärung gewusst hätte, was der Grund dafür war, war mein Freund Emiliano. Ich klammerte mich an Paloma, die mich streichelte wie einen Shar-Pei. Doch ich weinte und weinte immer weiter, weil ich ihn so vermisste, weil er nicht da war, weil ich nicht hörte, wie er nach Hause kam, wie er mit dem Schlüssel im Schloss kämpfte, sein Pfeifen unterbrach und rief: »Mari! Ich bin's.« Es tat mir weh, dass ich ihn nicht mehr hereinkommen hören würde, es tat weh, dass er in eine andere Wohnung gehen würde, zum ersten Mal tat es wirklich weh.

Ich hatte immer gewusst, dass Emiliano ohne mich leben könnte, ohne mich auf eine Party oder eine Reise gehen könnte, ohne mich glücklich sein könnte. Was mir jedoch nicht klar gewesen war, war, dass er ohne mich *überleben* könnte. Deshalb war er zu seiner Mutter gezogen. Deshalb war es nicht möglich gewesen, an das Kein-Kind zu denken. Deshalb hatte ich jene Entscheidung und alle anderen Entscheidungen ohne ihn treffen müssen. Doch plötzlich traf er ständig eigene Entscheidungen. Nun kümmerte er sich um sich selbst, als wäre es das Logischste von der Welt. Wie hatte er in den wenigen Wochen gelernt, zur Bank und zum Supermarkt zu gehen? Die Gasrechnung zu bezahlen und Essen im Tiefkühlfach aufzubewahren?

Nicht ohne Toilettenpapier auf dem Trockenen zu sitzen? Das Motiv unserer Beziehung war immer gewesen, dass Emiliano ohne mich nicht funktionierte. Und nun stellte sich heraus, dass es umgekehrt war. Dass er derjenige war, der den Scheck für die Miete schickte, und ich diejenige, die nicht verstand, was er brauchte. Vielleicht hatte ich ihn zehn Jahre lang übermäßig bemuttert. Verhindert, dass er das machte, wozu er fähig war. Als wäre mich zu lieben, zu viel für ihn gewesen, sodass er, während er dies tat, nichts anderes hatte tun können. Und nun, da meine Liebe ihn nicht mehr wie ein Anker festhielt, erreichte er alles, was das Leben von ihm verlangte.

Ich dachte an die vielen Bücher, die ich gelesen, und die vielen Filme, die ich gesehen hatte, in denen die männlichen Protagonisten ihr Leben führten und Ängste hatten und jede Menge Schwierigkeiten, die sie ihren Frauen verschwiegen. Vielleicht lag es daran, dass die Mehrheit dieser Bücher und Filme von Männern erschaffen worden waren, aber in jedem Fall waren sie alle Lügner, die ihr wahres Leben versteckten. Emi hätte sich dazu nie in der Lage gesehen, doch was, wenn er es doch war? Was wäre, wenn das, was er mir von sich offenbart hatte, nur ein Bruchteil eines komplexeren Wesens gewesen war und er nun auch die anderen Teile benutzte, um unabhängig zu werden, sich selbst zu finden, sein Potenzial auszuschöpfen und sonst was?

Nachdem ich mich eine Weile in diesem bodenlosen Strudel verloren hatte, brauchte mein Körper eine Pause, und ich hörte auf zu schluchzen. Dies nutzte Paloma, um mit mir zu schimpfen, weil ich den Scheck zerrissen hatte.

»Dies ist wie eine Scheidung, María. Er ist dein Mann. Mir ist egal, was du darüber denkst, jedenfalls schuldet er dir das Geld.«

»Und was schulde ich ihm?« Nach dieser Frage strömten die Tränen erneut.

»Was ist passiert?«, fragte Paloma. Ich hatte sie noch nie so ernst erlebt. »Und jetzt fang nicht wieder mit diesem Blödsinn von dem Putzschwamm an. Ernsthaft: Was ist passiert?«

Das Problem war, dass ich ihr nicht sagen wollte, dass das genau auch meine Frage war. Ich würde zu gern herausfinden, was in dem ganzen Chaos passiert war. Was war Die Furchtbare Sache, die den Abgrund aufgerissen hatte, der uns auf einmal voneinander trennte. Ich versuchte mich zu erinnern. An den Anfang, als Emiliano zum ersten Mal unser Klassenzimmer betreten hatte. Und an den zweiten Anfang, als er in die Uni kam, um mich abzuholen. Und an den definitiven Anfang, als er diese Wohnung betreten und seinen Handrücken an den Türbogen gelegt hatte. Ich erinnerte mich an den glücklichen Nebel all dieser Jahre. Ich erinnerte mich daran, wie es hätte ausgehen können. Es war nicht so, dass ich nicht mehr erzählen wollte, sondern dass ich mich nur daran erinnern konnte, wie er durch all meine Türen hindurch zu mir gekommen war: an seinen kindlichen Körper, seinen Geruch, seinen Handgelenkknochen, sein aufgesetztes Lächeln, sein richtiges Lächeln.

Ich würde mich freuen, endlich die Waffe unter dem Bett zu finden, wie die Kommissare im Fernsehen, die damit triumphierend winkend zum Gericht rennen, weil sie den physischen Beweis für ihre Theorie gefunden haben. *Hier ist er, meine Damen und Herren! Der Beweis dafür, dass Emiliano und María am 3. September um elf Uhr morgens zentrale Standardzeit aufgehört haben, sich zu lieben, wegen Der Furchtbaren Sache, die ihnen passiert ist.*

Aber es gab keine Waffe. Es gab keinen Beweis. Es gab nicht den einen Grund.

Paloma konnte genau sagen, aus welchem Grund sie sich von jedem ihrer Exfreunde getrennt hatte: »Den hab ich mit seinem Bruder betrogen, also kann ich ihn nicht geliebt haben.« »Es hat sich herausgestellt, dass er schwul war. Er hat mich nur benutzt, damit es nicht herauskam.« »Der hat mir ein Lied vorgesungen, das er angeblich für mich komponiert hatte, und dann hat sich herausgestellt, dass es von Joaquín Sabina war. Was für ein blöder, billiger Trick ist das denn?« »Der hat mich belogen, und ich kann nicht mit Lügnern zusammen sein.«

Ich weiß nicht, wann unsere Liebe starb. Ich weiß nicht, was der Auslöser der Krankheit war, der Virus, der uns auseinandergebracht hatte. Es war nach und nach geschehen, in einer Art langsamer Erosion, anhaltender Zerstörung.

Als alles anfing, waren wir noch sehr jung. Unsere Beziehung war nicht gerade dazu prädestiniert, von Dauer zu sein, aber sie hielt. Dann waren wir erwachsen geworden. Konnte es so einfach sein? War das Die Furchtbare Sache, nach der ich auf der Suche war? Die Zeit und die Abnutzung? Der gescheiterte Versuch, das Gleiche zu denken? Der Wunsch, das zu sein, was wir nie waren, um wieder zum Ideal des anderen zu werden? Am Anfang – als es noch reine Liebe war – hatten wir uns immer gesagt, was für ein Glück es war, dass wir uns in so jungen Jahren kennengelernt hatten, weil wir uns dadurch wirklich kannten, weil wir von früher her über die Macken des anderen Bescheid wussten, auch wenn er sich nun verstellte, um schön Wetter zu machen. Aber das stimmte nicht ganz, weil wir gleichzeitig noch so jung gewesen waren, dass unser Charakter noch nicht voll ausgebildet war. Wir waren im Umgang mit dem anderen entstanden. Wenn ich mich heute sehe, weiß ich nicht, was von mir ist und was von ihm. Was von dem, was ich an mir hasse, durch seine Schuld entstanden ist. In den letzten Monaten war ich oft am frühen Morgen mit dem Gefühl aufgewacht, dass all meine Macken und schlechten Angewohnheiten von ihm stammen. Dass ich so vieles an mir hasste, nicht weil es ein Teil von mir war, sondern weil er es mir aufgezwungen hatte. An anderen Tagen waren wir ein Herz und eine Seele, war er mir so nah. Und diese Nähe führte dazu, dass er nicht mehr mit mir zusammen aufwachen wollte und ich nicht mehr mit ihm. Was davon kam zuerst? Das konnte niemand sagen. Emiliano hatte in solchen Fällen die gesunde Einstellung, das Thema zu wechseln. Dazu war ich nicht in der Lage. In mir wütete ein Monster, das unbedingt den Schuldigen finden musste. Was war Die Furchtbare Sache?

Sie war nicht das, was man vermuten könnte. Zum Beispiel.

War es nicht Raquel.

Vor acht Monaten hatte Emiliano mal sein Handy in der Küche vergessen, als er zum Supermarkt gegangen war. Ich ging ran, als es klingelte, und erfuhr auf diese Weise, dass Julio Castellanos in Wirklichkeit eine Frau namens Raquel war.

»Wem schreibst du?«, hatte ich mehrmals gefragt, wenn Emiliano abends um elf noch auf irgendwelche Nachrichten antwortete. Und als am Sonntagmorgen das Telefon klingelte, war er ins Wohnzimmer gelaufen, um ranzugehen.

»Julio Castellanos«, hatte er geantwortet und die Augen verdreht.

Julio Castellanos war angeblich ein Kunde von Nissan oder Fiat, ich erinnere mich nicht mehr genau, welche Lüge er benutzt hat. Julio Castellanos sei ein Idiot ohne jegliches Zeitgefühl, beklagte sich Emilio bitter. Julio Castellanos war die Pest und schlimmer als Zahnschmerzen. Julio Castellanos meldete sich am Freitagabend um acht und wollte das Ergebnis seiner Arbeit haben, sodass Emiliano ins Büro musste, um bis zwei oder drei Uhr nachts alles noch einmal zu überarbeiten. Julio Castellanos war so was von lästig! Er rief an, bis Emiliano im Supermarkt war und ich ans Telefon ging. Natürlich meldete sich am anderen Ende der Leitung nicht der imaginäre Julio Castellanos, sondern die kokette Stimme Raquels. Raquel: eine fünfundzwanzigjährige Texterin, die Emiliano an dem Tag, an dem er sie eingestellt hat, einmal erwähnt hatte, weil er sich schuldig fühlte, denn Moras hatte sie eine *Schönheit* genannt, und er hatte nicht mal in ihre Bewerbungsmappe geschaut, obwohl das Mädchen wirklich großes Talent als Werbetexterin hatte.

Als Emiliano mit seinem Sixpack aus dem Supermarkt zurückkam und mich mit der talentierten Raquel plaudern sah, fiel er im wahrsten Sinne des Wortes vor mir auf die Knie. Sein Blick war so flehend, wie ich ihn noch nie zuvor gesehen hatte. Er war zwei oder drei Mal mit Raquel im Bett gewesen. Nur drei Mal! Was ich getrost mal auf sechs aufrundete, weil ich den *modus operandi* von Emilios Libido gut genug kannte.

Seit wann? Seit drei Wochen. Seit drei Wochen. Seit dem Tag also, an dem ich ihm gesagt hatte, dass ich mir nicht sicher sei, ob wir noch eine gemeinsame Zukunft hätten, nachdem er mir an den Kopf geworfen hatte, dass er enttäuscht von meinem Mangel an Ehrgeiz sei, ein Vorwurf, der daher kam, dass ich ihm erklärt hatte, dass sein blödes Drehbuch mich nicht interessiere. War ein schlechter Tag gewesen vor drei Wochen.

In Wahrheit fand ich das mit Raquel gar nicht so schlimm. Ich war noch nie besonders eifersüchtig. Aber ich fühlte mich schrecklich wegen seiner Lüge. Die Erfindung von Julio Castellanos war für mich ein Verrat an unserer Freundschaft. Manchmal, vor allem kurz danach, dachte ich mit Widerwillen daran, dass Emilianos Hände eine andere berührt hatten. Aber ich konnte es verstehen. Hätte ich drei Wochen zuvor eine Raquel in Reichweite gehabt, hätte ich vielleicht das Gleiche getan. Auch ich hätte genossen, dass es jemand Neuen gab, der über meine Witze lachte, mich sehnsüchtig ansah, keine Ahnung von den schrecklichen Gespenstern der Vergangenheit hatte und sich nicht vorstellen konnte, in welchem Morast er herumwaten würde. Ich konnte verstehen, dass Emiliano in der Zeit unserer ersten – wirklichen – Auseinandersetzungen aus unserer Welt entfliehen wollte. Als wir uns zum ersten Mal Dinge sagten, die wir nicht bereuen konnten, weil sie der Wahrheit entsprachen.

Es war auch nicht Lalito Alcántara.

Lalito Alcántara war ein netter römisch-katholischer Junge, dem ich das Leben ruiniert hatte. Der einzige denkwürdige Freund, den ich während meines Studiums hatte, denkwürdig vor allem wegen dem, was passierte, nachdem er mein Freund gewesen war. Lalito Alcántara glaubte an die Jungfräulichkeit vor der Ehe, was mir ziemlich ungelegen kam, weil ich ihn unwiderstehlich fand. Er war groß, gut gebaut und sein weiches schwarzes Haar fiel auf seine beinahe durchsichtige Haut. Ich begehrte ihn über die Maßen, seinen Duft, seinen Körper, alles an ihm, sodass ich, als er mir einen Heiratsantrag machte, Ja sagte – in einem Anfall von Euphorie und was ich schon eine Viertelstunde später bereute. Dennoch hatte ich ihn noch vier weitere Monate mit meiner Geringschätzung gequält, indem ich ihn spüren ließ, dass ich ihn nicht so sehr liebte wie er mich, indem ich im Beisein seiner Eltern sagte, dass ich nicht an Jesus Christus glaubte, indem ich ihm nicht die Wahrheit sagte, die simple Wahrheit: Nicht mal betrunken würde ich dich heiraten! Erschreckt stellte ich fest, in was für einen furchtbaren Schlamassel ich mich hineinmanövriert hatte. Und wie ein Tiger im Käfig reagierte ich darauf rücksichtslos und ohne jegliche Vernunft. Ich machte mich über seine Überzeugungen lustig und ließ ihn sich schuldig fühlen für das, was er war. Ich ergötzte mich an seiner Scham, wenn ich von meiner Vagina sprach, daran, ihn naiv zu nennen, und daran, ihn schlecht zu behandeln, um gleich darauf wieder nett zu ihm zu sein. Und schließlich verließ ich ihn, nachdem ich zugelassen hatte, dass er sich in mich verliebte. Denn mir war klar geworden, dass nichts ihn dazu bringen würde, unsere Beziehung zu beenden. Daher zog ich den Schlussstrich, und er brauchte sechs Jahre, um darüber hinwegzukommen. Sechs Jahre. Eine Zeitspanne, die ich mir nicht aus den Fingern gesogen habe, sondern die eine Tatsache ist. Wieso? Meine Mutter hat es mir gesagt, die bis vor Kurzem Lalito Alcántara einmal im Monat zum Essen eingeladen hatte. Sie hatte sich schuldig gefühlt wegen dem, was ich dem armen Jungen angetan hatte, und sich zu Herzen genommen, dass er sich, wie ich ihr erzählt hatte, nur von Rosinen, Erdnüssen und Messwein ernährte – weil er nicht gern kochte und seine Eltern nicht in der Nähe lebten –, sodass sie sich um ihn kümmerte. Ich erschreckte mich zu Tode, als ich ihn, nachdem ich sein Leben ruiniert hatte, am Tisch meiner Mutter sitzen sah. Das war etwa einen Monat, nachdem ich »unsere Verlobung gelöst hatte«, wie er es ausdrückte. Mein Schreck war unter anderem so groß, weil ich seine Existenz vollkommen vergessen hatte.

Emiliano fand die Geschichte mit Lalito Alcántara ausgesprochen komisch. Er nannte Lalito meinen ersten Ehemann und konnte sich über die Sache mit den Rosinen totlachen. Und jedes Mal, wenn ich nach einem Beweis dafür suche, dass auch ich eine dunkle Seite habe und in der Lage bin, Böses zu tun, rufe ich mir in Erinnerung, dass ich einfach so Lalitos Leben zerstört habe. Es gab nichts, was ich zu meiner Verteidigung anbringen konnte. Schon gar nicht nach dem, was nach diesen sechs Jahren passiert war: Emiliano und ich hatten den schlimmsten Streit unseres ersten Lebens, woraufhin er das Haus verließ, ohne zu sagen, wohin er wollte. Ich folgte ihm über mehrere Häuserblocks und rief seinen Namen, und als er nicht wieder auftauchte, drehte ich mich auf dem Absatz um und ging zu Lalito.

Ich habe keine Ahnung mehr, worum es bei diesem Streit ging. In diesem Fall ärgert es mich mehr als sonst, dass ich es vergessen habe, denn vielleicht hatte es etwas mit Der Furchtbaren Sache zu tun. Jedenfalls war es ein heftiger Streit mit Geschrei, zerbrochenen Tellern und Flucht nach draußen. Emilio war in unsere Wohnung zurückgekehrt, nachdem er dreimal um den Block gegangen war, ich dagegen nicht. Ich verbrachte die Nacht in Lalitos Armen, während Emiliano die ganze Zeit über die Minuten zählte, meine Mutter anrief, alle meine Freunde, Salvador aus dem Büro (der immer gegen die Trennwand zwischen uns tritt) und schließlich die Polizei, weil er sicher war, dass ich kopflos irgendwo in einem Gully lag. In der Überzeugung, dass es seine Schuld war, weil er nicht umgekehrt war, weil ich mich in der Calle de Tacubaya verlaufen hatte, weil er zu stolz gewesen war, stehen zu bleiben, als ich ihm mitten in der Nacht in einer der gefährlichsten Städte der Welt nachgelaufen war. Und genau das musste Emiliano, mit den Tränen kämpfend, Roberta, Paloma, meiner Mutter und den Polizisten, die um drei Uhr morgens in unsere Wohnung gekommen waren, erklären: »Ich habe sie draußen zurückgelassen und weiß nicht, wo sie ist.«

Unterdessen hatte Lalito für mich eine Pizza liefern lassen, hatte er mir eine Geschichte vorgelesen, sich neben mich gelegt und mit seinen langgliedrigen Armen festgehalten. Ich hatte genau das bekommen, was ich gebraucht hatte: neben einem netten Mann zu schlafen, der nicht mehr von mir wollte. Ich schlief und fühlte mich sicher, geliebt, ohne daran zu denken, dass Emiliano ja auch noch existierte.

Als ich am nächsten Morgen nach Hause kam, sah ich mich einem Heer an Personen gegenüber, die mich verhörten, folterten und nur wegen Emiliano alles aus mir herausquetschten. Ich musste die Wahrheit sagen. Es waren zu viele Fragen. Emiliano wurde vom Bösewicht zum Betrogenen, seine Panik wandelte sich in Scham und Schande. Es dauerte Wochen, bis er mir das verzieh.

»Ich glaube, das, was mir am meisten wehtut, ist, dass ich nun nicht mehr über Lalito Alcántara lachen kann«, meinte er schließlich eines Tages. Was uns wiederum zum Lachen brachte und dazu, das Thema zu wechseln. Doch wenn Jahre später etwas zwischen Emiliano und mir stand, war da als stummer Vorwurf immer diese alte Wunde aus jener Nacht. Und es wurde ungesagt zum mildernden Umstand, als das mit Raquel passierte.

Alles zusammengenommen war also Lalito Alcántara in jedem Fall auch nicht Die Furchtbare Sache.

Und auch nicht das Kein-Kind.

Als ich schwanger wurde, waren wir beide sechsundzwanzig und nicht bereit, Eltern zu werden, sodass wir uns erschreckten, als wären wir erst dreizehn Jahre alt. Emiliano war kurz davor, seine Agentur zu schließen, weil sie gerade zwei wichtige Kunden verloren hatten; und ich hatte endlich erreicht, auf José Miguels Gehaltsliste zu stehen, wodurch ich für eine gewisse Zeit meine anderen Jobs aufgeben musste und mich sehr unsicher fühlte. Ich wollte kein Kind, das ich nicht notfalls auch allein hätte ernähren können – so wie meine Mutter es mit mir gemacht hatte, mit oder ohne Hilfe.

Es war nicht der richtige Zeitpunkt für Kinder, wenn auch nicht der schlechteste. Das ganze Jahr über hatten wir in verschiedenen Tonlagen über das Thema gesprochen. In jeglichen Tonlagen, die uns wieder im Ohr klangen, als sich herausstellte, dass das Thema plötzlich Realität geworden war.

»Wir haben kein Geld«, meinte Emiliano, während er sich das Haar raufte. Wobei ich, als er das sagte, schon beschlossen hatte, dass es allein meine Entscheidung war. »Und abgesehen vom Geld geht es auch nicht.«

Abgesehen vom Geld. Emiliano wollte es offenbar aus mehreren Gründen nicht. Er war gewohnt, dass Geld bei seinen Entscheidungen keine Rolle spielte, wie es bei Leuten der Fall ist, die genug Geld haben. »Abgesehen vom Geld«, wiederholte er, »geht es auch nicht.«

Ich hatte über meine Entscheidung gar nicht groß nachdenken müssen. Natürlich wollte ich irgendwann Kinder haben, doch es zu diesem Zeitpunkt in Erwägung zu ziehen war undenkbar. So als ob mir plötzlich jemand gesagt hätte, dass ich von nun an am Ende des Regenbogens leben müsste. Als Kind fand ich die Vorstellung, am Ende des Regenbogens zu leben, großartig. Es hörte sich toll an; ich hätte es gern mal ausprobiert. So dahingesagt. Bis auf einmal zwei rosafarbene Streifen zu sehen waren, als wollten sie sagen: *Am Ende des Regenbogens hast du gesagt? Na, dann pack schon mal deine Sachen, denn von morgen an wirst du für immer dort leben.* Nein, nein, im Moment war das mit dem Regenbogen unmöglich. Die Vorstellung, dass ein Wesen komplett von mir abhängig sein würde, verursachte mir weiche Knie; und das nicht in dem freudigen, aufregenden Sinne, wie man es manchmal in Filmen sieht, in denen Menschen, die noch nicht bereit sind, ein Kind zu haben, plötzlich eins bekommen und feststellen, dass mit ihnen das Leben schöner wird. Nein. Meine Knie wurden weich vor Angst, einer dumpfen Angst, gepaart mit der Gewissheit, dass ein Kind zu diesem Zeitpunkt einfach nicht infrage kam. Deshalb hatte ich es von Anfang an das Kein-Kind genannt. Weil es nicht möglich war. Auf keinen Fall.

Paloma ging mit mir zu dem Arzt, der ihr geholfen hatte, als sie achtzehn Jahre alt gewesen war und bereit, in Harvard zu studieren. Abtreibungen waren in Mexiko gerade erst legalisiert worden und immer noch ein umstrittenes Thema, was für diesen Arzt allerdings kein Problem war. Meine Mutter kannte ihn bereits seit Jahren über ihre Kontakte als Frauenrechtlerin. Meine Mutter sah es als ihre Lebensaufgabe an, für das Recht der Frau auf einen gesunden Körper, auf legale Abreibung, Verhütungsmittel und straffreie Prostitution zu kämpfen, alles Worte, die Señora Sandra nicht in den Mund nahm und die Emiliano von mir lernte. Als das Abtreibungsgesetz in Mexiko verabschiedet wurde, lud er meine Mutter und mich zur Feier des Tages zum Essen ein. Und anschließend bat er mich, seiner Mutter nichts davon zu erzählen. Ein Zeichen seiner Unreife. Was für ein mentales Chaos!

Doch ich war nicht besser, denn ich sagte Emiliano, dass er nicht mitkommen solle. Das heißt, ich sagte es ihm nicht nur, ich verbot es ihm, und er meinte mit einem Achselzucken: *Na schön.* Was ich ihm niemals verzeihen würde, auch wenn ich es so gewollt hatte. Also machte ich mich mit Paloma auf den Weg in dieses teure Krankenhaus, das im fernen Süden unserer riesigen Stadt lag und in dem alles weiß und sauber und angenehm war. Wo die Krankenschwestern mir sagten, dass alles in Ordnung sei, dass ich bildschöne, wunderbare Kinder haben würde, wenn ich sie wollte, dass dies nicht der richtige Zeitpunkt und dass alles gut sei. Ich bekam jedwede physische und psychische Unterstützung. Mir ging es nicht schlecht. Es ging mir sogar hervorragend, anders konnte es gar nicht sein. Dennoch warf ich Emiliano vor, mich nicht davon überzeugt zu haben, dass es das Wunderbarste gewesen wäre, dieses Kind zu behalten. Ich hätte mir gewünscht, dass er mich darum gebeten hätte, dass er sich gefreut hätte, auch wenn es mich in Panik versetzte. Wenigstens ein paar Zweifel auf seiner Seite wären ganz schön gewesen. Auch wenn ich mich daraufhin zugegebenermaßen unter Druck gesetzt gefühlt hätte. Zum Glück beeinflussten keine moralischen Gründe die Entscheidung. Es tat nicht weh, und ich konzentrierte mich auf die Hand der Krankenschwester und auf mein absolutes Privileg. Was hätte Frau Doktor Vegas für diese Krankenschwester gegeben.

Meine ganze Kindheit über hatte ich mir von meiner Mutter irgendwelche Horrorgeschichten anhören müssen, in denen von der Welt, ihren Eltern und »von der Regierung« verlassene junge Mädchen in einer Klinik mitten im Urwald oder in Nezahualcóyotl – der ärmsten Millionenstadt Mexikos – elendig krepiert waren. Sie starben in einer Lache ihres eigenen Bluts, von Fliegen umkreist, weil sie das Kind hatten herausreißen wollen, das sie das Leben kosten sollte. Mädchen, die von ihren Onkeln verführt oder von ihren Freunden vergewaltigt worden waren. Eine Geschichte nach der anderen von verzweifelten, einsamen Mädchen, die keine Wahl hatten und denen zu helfen meine Mutter sich zur Lebensaufgabe gemacht hatte. Und dabei hatte sie Frau Doktor Vegas kennengelernt, die durch das ganze Land reiste, um diesen Frauen heimlich zu helfen. Meine Mutter hatte all die verzweifelten Mädchen zu ihr geschickt, sodass sie mit ihren heilenden Händen kaum noch nachkam. Eines Tage kam die Ärztin ins Gefängnis. Jemand hatte sie verraten, nachdem sie einem Mädchen geholfen hatte, das, wie sich nachher herausstellte, die Nichte eines Polizisten aus Toluca war, der sich an der Ärztin rächen wollte, weil sie ihn wegen Erpressung angezeigt hatte, als er Geld von ihr verlangte, damit ihre Klinik nicht geschlossen würde. Seitdem hatte der Polizist es auf die Ärztin abgesehen, und als seine Nichte in Schwierigkeiten geriet, hatte er sie zu ihr geschickt, um Frau Doktor Vegas endlich dranzukriegen. Meine Mutter weinte zwei Wochen am Stück, als sie erfuhr, dass die Ärztin im Gefängnis war. Ihre Freundin Maura hatte es ihr erzählt. Das war sicher nicht mitten in der Nacht gewesen, aber wie bei allen dramatischen Vorfällen aus meiner Kindheit herrschte in meiner Erinnerung rabenschwarze Dunkelheit. Es traf mich sehr, durch die halb offene Zimmertür zu hören, dass jemand, den meine Mutter so sehr bewunderte, ins Gefängnis kommen konnte, weil er, im rechten Licht betrachtet, anderen geholfen hatte. Maura hatte beide Hände meiner Mutter genommen und gesagt: »Pass auf, wir werden die Nächsten sein.« Meine Mutter entgegnete, dass sie verrückt sei, dass es doch kein Verbrechen sei, eine Sache zu unterstützen. Woraufhin Maura – die noch radikaler und dramatischer als meine Mutter war – sie mit einem makabren, seltsamen Lachen als naiv bezeichnete, was mich sofort zurück ins Bett trieb. Die nächsten Monate verbrachte ich in der Überzeugung, dass meine Mama ins Gefängnis kommen würde. Während nun im selben Land, aber in einem anderen Universum, Palomas Arzt mir half, ohne viele Worte zu verlieren.

»Wie war's?«, fragte Paloma, als ich aus dem Behandlungszimmer kam, wo sie mich mit einer Wärmflasche, Blumen und jeder Menge Ibuprofen erwartete.

»Gar nicht schlimm«, antwortete ich. Verglichen mit anderen Dingen.

Als ich nach Hause kam, war Emiliano sehr nett zu mir. Er fühlte sich schuldig. Ich sah seinen Augen an, dass er sich wünschte, das Ganze wäre ihm passiert. Die armen Männer also, oder besser, die armen Männer, die so lieb sind wie er. Und geprägt von ihrer Machtlosigkeit. Ich hasste ihn ein paar Tage lang für eine Entscheidung, die nicht er getroffen hatte. Ich hasste ihn, wenn ich Unterleibsschmerzen hatte, ich hasste ihn, wenn der Tee, den ich mir gemacht hatte, sich als Kamillentee und nicht als Pfefferminztee herausstellte, ich hasste ihn, wenn er fragte, wann ich denn nun Kinder haben wollte. Es war ungerecht, ihn wegen all dieser Dinge zu hassen, an denen er nicht die Schuld trug. Dass er sie sich trotzdem zu Herzen nahm, sorgte dafür, dass ich ihn noch mehr liebte als vorher. Jede Menge Widersprüche. Dennoch war unser Leben danach wieder angenehm und glücklich. Es war eine wichtige Entscheidung gewesen, aber kein definitiver Einschnitt. Nein. Auch das war nicht Die Furchtbare Sache, die unsere Beziehung am Ende zerstörte.

Paloma sah aus, als hätte sie einen Krieg hinter sich. Inzwischen war es drei Uhr nachmittags, und wir saßen zwischen Bergen an Taschentüchern, ohne gefrühstückt zu haben, und unsere Gespräche drehten sich im Kreis. Zuerst regte Paloma sich über das mit Raquel auf, dann erinnerte sie sich an die kollektive Angst in der Nacht mit Lalito, dann zuckte sie mit den Schultern, schnaubte und versteckte sich wie ein sich schämendes Mädchen hinter ihrem Haar.

»Verdammt, ist das kompliziert!« Sie war erschöpft und nur noch dazu in der Lage, Offensichtliches festzustellen.

Es gab Keine Furchtbare Sache. Nur all die vergangenen Jahre. Die Jahre. All das, was wir durchgemacht hatten. All das ging uns nicht mehr aus dem Kopf. Unversöhnliche Meinungsverschiedenheiten, ich, die barfuß durch die Wohnung geht, schmutzige Teller, schwierige Entscheidungen, Raquels Augen, Lalito Alcántaras

Umarmungen. All das hatte uns beschäftigt, aber nichts davon hatte uns endgültig auseinandergebracht, weil in allem seine und meine Stimme mitschwang und die kleinen Momente enthalten waren, die uns unzertrennlich machten. Sein weißer Atem an dem Tag, an dem er mir in seiner dicken Wolljacke sagte, wie gern er in mich verliebt sei. Mein explodierendes Lachen nach einem seiner übelsten Witze. Die Tasse Kaffee, die wir uns am Morgen tausend Mal geteilt hatten. Kein Streit war größer als die anschließende Versöhnung gewesen. Es war die Summe, die uns geschafft hatte.

Paloma rief Pancho an, während ich uns etwas zu essen machte. Von wegen »dicker Idiot«, nachdem sie all das fremde Unglück gehört hatte, lag sie ihm zu Füßen.

Ich hörte ihre geflüsterte Liebeserklärung, den Rhythmus der sanften Worte, als mir mit der Plötzlichkeit eines Blitzschlags der exakte Moment unserer Trennung einfiel: Es war eine Woche vor der Kostümparty und dem Schwamm gewesen. In der Metrostation Bellas Artes.

Ich erinnerte mich nur noch an eine blinde Wut, ich weiß nicht mal, woher sie kam, doch ich konnte nicht denken, konnte nichts anderes mehr fühlen als bodenlosen Zorn. Wir schwiegen in einer Art Waffenstillstand, wie er vorkommt, wenn keiner von beiden erklären kann, was den anderen eigentlich stört, man sich aber eine Atempause gönnt. Die Verletzungen, die alles erklärten, lagen jedoch tiefer, waren innere Blutungen, die wir nicht in Worte fassen konnten.

Es gab einen Graben zwischen uns, und ich sah ihn da zum ersten Mal. Dort in der Tiefe lagen das Drehbuch, das Geld, die Keine-Hochzeit und das Kein-Kind, Julio Castellanos. Alles war da und formte diesen Abgrund, der jedoch unsichtbar war. Weit unten. Keines dieser Dinge ließ sich aus der Dunkelheit ins Gedächtnis bringen. Dort war ein tiefer Graben, sonst nichts, auf der einen Seite ich, auf der anderen Emiliano, wie in dem Cartoon mit dem Road Runner und Wile E. Coyote.

Die Metro fuhr weiter und hielt drei Mal, ohne dass wir den Blick hoben. Es war Samstag, und wir waren auf dem Weg ins Zentrum, um uns in der Menge zu betäuben, um neben dem Drehorgelspieler auf dem Platz vor der Kathedrale zu tanzen. Um eine Runde zu drehen wie in alten Zeiten. Doch stattdessen Schweigen, und in unseren beiden Köpfen herrschte Aufruhr, jedoch ohne dass wir uns an den Grund des Streits erinnern konnten, der gerade unterbrochen war, ohne an etwas anderes denken zu können. In diesem Moment war es vorbei. Waren zehn gemeinsame Jahre zu Ende. Wir warfen uns in diesem Streit keine Unverschämtheiten mehr an den Kopf, wir waren schändlich übersättigt, und eine Rückkehr war ausgeschlossen. Es war nicht möglich, in die Welt unserer Wohnung zurückzukehren, weiterzumachen. Ich war mir sicher. Ich spürte es. Dieser Streit, der wie so viele andere zu sein schien, war anders.

Emi saß mit gespreizten Beinen mir gegenüber auf seinem Sitz. Ich senkte den Blick zwischen seine Beine.

Keine Ahnung, wieso er diese Position eingenommen hatte, doch so eng wie seine Jeans saß, war ich davon überzeugt, dass es ihm genauso ging wie mir, auch er war so mit seinen Gefühlen beschäftigt, dass er keinen physischen Schmerz spürte. Die enge Jeans quetschte sein Geschlecht und teilte seine Hoden in ungleiche Teile, sodass es schien, als hätte er sechs anstatt zwei. Ich konnte den Blick nicht abwenden, hätte mich totlachen können, doch stattdessen fing ich an zu weinen. Denn ich dachte daran, wie sehr ich dieses Geschlecht vermissen würde. Viel mehr als ich mir vorstellen konnte, denn dieses Geschlecht war wie mein Sohn, mein Bruder, mein Ehemann, mein Vater, dieses vom Schritt der Hose geteilte Monster war Teil meiner Familie, und ich war dabei, es zu verlieren, würde es vermissen. Ich weinte, und mir lief die Nase, weil mir klar wurde, dass etwas für immer zerstört war und dass dieses Etwas unwiderruflich vorbei war. Ich hatte keine Erwartungen, und er kümmerte sich nicht um die seinen; meine Mutter verurteilte ihn, seine Mutter verachtete mich; er war ein Kind, und ich war eine Schlampe. Wir waren gemeinsam gewachsen: zusammen und jeder für sich allein. Als er mich weinen sah, tat er das, was er immer tat: Er kniete vor mir nieder und bat mich um Entschuldigung, dass er existierte. Dies war die beste Art, einen Streit mit Emi zu beenden, und ich war eine Scheiß-Heulsuse. Mir kamen immer die Tränen, bei der kleinsten Provokation; ich musste nie so tun, als ob ich weinte, um jemandes Mitleid zu erregen, ich versuchte immer, es zu unterdrücken, was aber nie gelang. Emiliano war nicht in der Lage, meine Tränen zu ignorieren, instinktiv tröstete er mich immer, und an dem Punkt war jeder Streit vorbei, sogar die allerschlimmsten. Doch dies war ein anderer Streit. Ich wusste es bereits, er würde noch eine Weile brauchen, um es zu bemerken. Auch wenn dieser Streit wie jeder andere zu Ende ging, war er anders. Alles war zerstört.

Die Metro fuhr weiter, und niemand achtete auf uns. Emiliano kniete auf dem schmutzigen Boden und umarmte meine Beine. Ein fliegender Händler, der Filme von Mauricio Garcés verkaufte, wollte vorbei und forderte Emi lautstark auf, den Weg frei zu machen: »*Modisto de Señoras!* In diesem Film gibt Mauricio sich als schwul aus! Nur zwanzig Pesos!« Emi lachte, und ich half ihm, sich zu erheben. Ich überließ ihm meinen Platz und setzte mich auf seinen Schoß. Er hielt mich fest und lachte weiter nah an meiner Wange. Ich sagte ihm, dass er besser aussehe als Mauricio Garcés; er sagte mir, dass niemand besser aussehe als Mauricio. Weiteres Lachen, weitere Umarmungen. Der Abgrund zwischen seinen Händen und meiner Taille.

Den Rest des Tages über waren wir regelrecht euphorisch. Vom Torre Latino aus betrachteten wir die riesige Stadt zu unseren Füßen: Die kreisförmig angelegten Grünanlagen vor dem Palacio de Bellas Artes schienen sich unaufhörlich zu drehen. In der grünen Alameda Central wimmelte es von Menschen, und wir schmiegten uns eng aneinander. *Mit uns ist alles in Ordnung.* Beinahe konnten wir unsere Gedanken hören. Doch irgendetwas war zerbrochen; das Geschlecht in der engen Hose, das in der Nacht noch zwischen meinen Schenkeln war, war nicht mehr das unsere. Die Metro, den Grund des Streits und die Tränen hatten wir dort in der Dunkelheit gelassen.

Fünf Tage später war Emiliano fort. Nicht weil die üblen Dinge uns so nah waren, sondern weil die guten Dinge so weit weg waren. Das Schreckliche hatten wir in dem Abgrund verloren, aber auch das Gute. Alles zusammen tief auf dem Grund, unerreichbar, untrennbar miteinander vermischt.

Das war sie, Die Furchtbare Sache.

8

Das Gute

Als ich Emiliano zum zweiten Mal wiederbegegnete, war es drei Uhr nachmittags, und ich schwitzte. Ich schwitzte nicht, wie man normalerweise schwitzt, mit kleinen Tropfen auf der Stirn und feuchtem T-Shirt, sondern so, als hätte jemand einen Wassereimer über mir ausgeleert. Er kam, um mich abzuholen, und um zum vereinbarten Treffpunkt zu gelangen, hatte ich von der einen Seite der Uni zur anderen rennen müssen, was ungefähr so weit war wie zu einem anderen Planeten. Er stieg aus, um mir die Autotür aufzuhalten, und ich gab vor, ein Mensch zu sein und kein im Meer lebendes Weichtier. Mit zwei Fingern strich ich mir den Schweiß aus den Haaren.

»Entschuldige. Ich bin gerannt«, sagte ich.

Emiliano zeigte sein wunderbares Lächeln, trat an mich heran und hüllte mich in jenen zu ihm gehörenden Duft nach Babypuder und teurem Parfüm. Er umarmte mich lange und ohne sich im Geringsten daran zu stören, dass ich dermaßen verschwitzt war.

»Mir rutscht die Unterhose«, sagte er dann.

Ich weiß nicht, warum ich mich gerade an diesen Schwachsinn erinnere. Mit Sicherheit hatte er an diesem

Tag Tausende andere Sachen gesagt, aber »Mir rutscht die Unterhose« ist der einzige Satz, der bei mir hängen geblieben ist. Das und dass er mir irgendwie zu verstehen gab, mich vermisst zu haben, dass er sich freue, mich zu sehen, wie unglaublich und lustig das Leben sei und wie schnell die Zeit vergehe.

Seit jenem Tag, an dem wir uns einfach so voneinander verabschiedet hatten, hatten wir nicht mehr miteinander gesprochen. Beinah vier Jahre an der Uni, im gleichen Studiengang, aber in zwei Parallelwelten, ohne ein Wort. Wir waren beide kurz vor dem Abschluss. Er blickte seinem Eintritt ins wahre Leben entgegen wie ein Kind, das mit verschränkten Armen in der Warteschlange vor dem Schwimmbad steht. Ich hatte bereits Jahre zuvor mit der Suche nach irgendeinem Job begonnen, um das Geld zu verdienen, das ich brauchte, um mein einziges Ziel zu erreichen: der Wohnung und dem Blick meiner Mutter zu entfliehen. Dabei hatte ich festgestellt, dass die Kommunikationswissenschaftler der Universidad Iberoamericana die Kommunikationswissenschaftler von der Universidad Nacional Autónoma gut dafür bezahlten, dass sie ihre Kurzfilme für den Studienabschluss produzierten, und damit verbrachte ich den Sommer. »Produzieren« hieß in diesem Fall nicht mehr, als sich zu versichern, dass alle gut gegessen hatten, die Kamera auf den richtigen Wagen geladen wurde und sich niemand in der Nacht, bevor es losging, betrank. Es ging also darum, die Crew zu bemuttern, und wenn ich eines konnte, dann, Leute und Dinge zu bemuttern, die dies eigentlich nicht brauchen sollten. Dank dieses Talents hatte einer von Emilianos Kommilitonen mich ihm empfohlen. Daher war er durch die Stadt gefahren, um mich abzuholen und über die Möglichkeit zu reden, mich zu engagieren. Das war um drei Uhr nachmittags, und um drei Uhr morgens war ich wieder zu Hause, ohne dass wir auch nur ein Wort über dieses Engagement verloren hatten.

Wir fuhren durch die Stadt und übertrafen uns gegenseitig mit denkwürdigen Geschichten aus unserer jeweiligen Zeit an der Uni. Ich gewann mit meiner Verlobung mit Lalito Alcántara. Wir tranken jeder hundert Gläser Bier und suchten Natalia auf Facebook, um ihr eine gemeinsame Nachricht zu schreiben, die sie sehr verwirrt haben dürfte. Ich zeigte Emiliano Fotos von Jaime Chicos Junggesellenabschied, bei dem ich – neben der exotischen Tänzerin, wie Jaime sie nannte – die einzige weibliche Teilnehmerin gewesen war. Vier Monate später gingen wir gemeinsam zu Jaime Chicos Hochzeit.

Emiliano betrat meine winzige, schmutzige Wohnung, und fasziniert von der Vorstellung, dass ich »unabhängig« war, begutachtete er alles. Er betrachtete meinen Alebrije – eine typisch mexikanische tierähnliche Fantasiefigur – neben der Tür, den wackeligen Acapulco-Stuhl, der am Tisch stand, die Weihnachtsbeleuchtung am Küchenfenster, die Einpersonen-Matratze auf dem Boden, meine Schultern, meinen Hals, jeden Zentimeter von mir. Wir verbrachten die Nacht mit der perfekten Mischung aus den Fantasien Sechzehnjähriger mit dem

Selbstvertrauen Zwanzigjähriger. Mit jeder Minute, die verging, zeigte sich auf seinem Gesicht eine wachsende Freude darüber, mit mir zusammen lebendig zu sein, was für mich zum Inbegriff des Glücks werden sollte.

Außerdem produzierte ich seinen Kurzfilm. Wir filmten in Puerto Escondido, in dem sehr impressionistischen Haus eines Freundes von Emilianos Großvater, das auf einem Felsen lag und zu zwei Seiten hin eine großartige Aussicht hatte. Das führte zu einer höchst glanzvollen Produktion und zu einem sehr mäßigen Film. Aber es war eine großartige Zeit. Eines Abends, nach vierzehnstündigen Dreharbeiten (denn einen schlechten Film zu machen ist genauso viel Arbeit, wie einen guten Film zu drehen), ließ ich mich völlig erschöpft in meinen Kleidern aufs Bett sinken und hörte, wie leise die Tür geöffnet wurde. Emilio kam zu mir ins Bett und rezitierte wie ein Gutenachtlied den Arbeitsplan für den nächsten Tag. Ich ließ mich umarmen, was sich anfühlte, als hätte ich einen geheimen Ort entdeckt, der absoluten Frieden barg. Ich küsste seine Stirn, seine Nase, seine Hände, und meine Müdigkeit verschwand.

»Warum lebst du allein?«, fragte er mich.

»Weil es mir gefällt.«

»Vermisst du dein Zuhause nicht?«

»Mein Zuhause ist da, wo ich bin.«

»Deine Wohnung gefällt mir.«

»Das kann nicht sein.«

»Warum nicht?«

»Weil ich mich in der Spüle waschen muss.«

»Also mir gefällt's.«

»Mein Traum ist, in einer Wohnung in Tacubaya zu leben. Mit hohen Decken, Holzboden und Bögen an den Eingängen wie bei den Porfirianischen Häusern. Mit gekachelter Küche und Bäumen im Innenhof.«

»Und warum tust du es nicht?«

»Weil ich es mir nicht leisten kann.«

»Du musst mit jemandem zusammenziehen.«

»Ich muss mit jemandem zusammenziehen.«

Ich zog mit ihm zusammen. Unter dem melancholischen Blick Señora Sandras verließ Emiliano schneller das Haus der Familie, um bei mir einzuziehen, als jene Küken auf dem Markt ihre Käfige verlassen und in die unsicheren Arme eines Kindes hüpfen, das sie vielleicht schon am selben Nachmittag aus Versehen umbringt oder ihnen das Leben bietet, von dem sie immer geträumt haben. Von da an schliefen wir bis zum Endgültigen Aus nie mehr als drei Nächte voneinander getrennt.

Ich machte meinen Abschluss und nahm einen grässlichen Job in einem Geschäft für Multimillionärinnen an, wo ich Taschen verkaufte und wohin Señora Sandra ihre Freundinnen schickte, um in einen Schal das Geld zu investieren, das meinem Gehalt von einem halben Jahr entsprach. Gleichzeitig schrieb ich mir, von Emiliano angefeuert, die Finger wund, arbeitete als freie Mitarbeiterin für jeden, der einen Artikel von mir wollte, bis ich dies schließlich zu meinem Beruf machte. Emiliano schloss ebenfalls sein Studium ab, fürchtete ein paar Monate lang, seinen Vater zu enttäuschen, indem er für ein Klatschmagazin schrieb, dem er die Fotos seiner Freunde aus dem Gymnasium zur Verfügung stellte. Dies war die Zeitschrift, in der José Miguel sich einen Namen machte, bevor er mich bei *CineAdictos* einstellte. Emiliano arbeitete anschließend für irgendeine Werbeagentur, lernte Moras kennen, eröffnete seine eigene Agentur, und wir begannen uns über unsere jeweiligen Erwartungen an das Leben zu streiten.

Und zwischen all diesen Dingen sahen wir uns gemeinsam Filme an. Wir konnten alles ertragen, wenn der Tag damit endete, dass er seine Beine auf meine legte und wir uns gemeinsam einen Film ansahen. Wir machten es uns gemütlich, wobei er seine Füße zwischen meine Knie steckte, und verloren uns in irgendeiner nahen oder fernen Welt, die die Leinwand uns bot. Wir sahen uns alles an, was uns in die Hände fiel. Es gab keinen Film, der für unser Sofa zu dämlich oder zu abgedreht war. Wir schauten uns *Einmal wirklich leben* genauso an wie *Findet Nemo*, *Los tres García* oder *Terminator* und dazwischen alles mögliche andere. Jeder Film war gut, wenn ich nur seine Füße zwischen meinen Knien spürte, die er hin und wieder ein wenig auf und ab bewegte, womit er meinen ganzen Körper zum Schaukeln brachte, als wolle er mich daran erinnern, dass er noch da war. Bis *Indiana Jones* plötzlich ein Klassiker sein sollte.

Wenig später wussten wir alles voneinander, unter anderem, weil es da nicht besonders viel zu erfahren gab. Wir hatten beide nicht viel erlebt ohne den anderen, hatten keine komplizierten Geheimnisse oder unverzichtbaren Angewohnheiten; jemanden von Grund auf kennenzulernen war nicht gerade schwer.

Die Wohnung in Tacubaya war ein Juwel. Und zusammen mit Emiliano darin zu leben führte bei mir zu seltsamen Anwandlungen, als würde ich zu einer jener Frauen werden, die aus ihrer Wohnung ein Zuhause machten, in deren Esszimmer man roch, dass sie kochen konnten, deren Badezimmer farblich sortiert und deren Spülschwämme in der Küche immer trocken waren. Alles Dinge, um die ich mich kümmerte und die Emiliano nicht auffielen. Ich sparte monatelang, um meinen Anteil von dem Waschbecken bezahlen zu können, das ich unbedingt haben wollte, auch wenn es nicht richtig passte und ich jedes Mal, wenn ich den Raum verließ, mit dem Hintern gegen den Handtuchhalter stieß.

Der Handtuchhalter war ein anderes Thema. Ich kaufte zwei dicke, unglaublich weiche Badetücher, wie es sie in den Hotels gab, in die uns am Wochenende Emilianos Vater einlud. Diese Handtücher hatten den alten Handtuchhalter heruntergerissen, der mit ein paar winzigen Nägeln an der Gipswand befestigt war, in die man, um die Fotos im Schlafzimmer aufzuhängen, problemlos Heftzwecken hineindrücken konnte. Also kaufte ich einen neuen Handtuchhalter – einen doppelten – Dübel und Alleskleber. Dann lieh ich mir bei meiner Mutter die große Bohrmaschine, die mir die nötige Macht verschaffte, den riesigen Handtuchhalter anzubringen, an dem ich mir später ständig den Hintern stieß, wenn ich das Badezimmer verließ. Nachdem ich dies mit viel Stolz und handwerklichem Geschick bewerkstelligt hatte, beschwerte sich Emiliano, dass die Handtücher so weich seien, dass man sich damit nicht richtig abtrocknen könne; ganz zu schweigen von dem Handtuchhalter. Am nächsten Tag nahm ich die Handtücher, wusch sie mit kochendem Wasser und Chlor und steckte sie dann drei Mal in den Industrietrockner der Nachbarin. Anschließend waren sie so steif und fest, dass sie einen ganzen Ozean von Emilianos Rücken aufgesogen hätten. Abends, als ich lesend im Bett lag, hörte ich, wie Emi aus der Dusche stieg und sich abtrocknete, wobei er Geräusche machte, als hätte er gerade einen wohlverdienten Orgasmus. Anschließend legte er sich nackt neben mich; seine Haut war warm und sein feuchtes Haar zurückgekämmt wie bei einem Schuljungen am Morgen.

»Diese Handtücher sind toll.«

Aus derartigen dummen, kleinen Siegen schöpfte ich über Jahre die Befriedigung, mich als *sein Zuhause* zu fühlen. Es gefiel mir, ihm ein Heim zu bieten, weil er dies auch für mich tat. Er leistete seinen Anteil, indem er mir in der Badewanne übers Haar strich und mit mir über Hitchcock redete, bis wir noch im Morgengrauen darüber diskutierten, ob *Vertigo* besser war als *Der Fremde im Zug* oder nicht. In den Nächten auf dem Sofa deckte er mich mit seinen Beinen zu und dann mit einer Decke und bewegte seine Füße an meinen Knien, in jener »Filmposition«, in der wir für das reine Glück bereit waren. Er kümmerte sich darum, dass es neben den Räumen, den Deckenbögen und den Badezimmern auch zwei Arme und zwei Füße gab, die *mein Zuhause* waren.

Ich hörte Emiliano gern zu, weil er immer etwas zu erzählen hatte. Seine Familie war ganz anders als meine. Sie waren jede Menge Leute; wenn man auf der Straße gegen eine Konservendose trat, konnte man sicher sein, einen seiner Cousins zu treffen. Meine Familie bestand aus zweieinhalb Leuten. Meine Mutter hatte keine Geschwister, sodass ich keine Cousins oder Cousinen hatte; und mein Vater, den ich nur halb dazurechnete, steuerte nur die seltsamen Tanten bei, die nicht wirklich zählten. Doch in einem Punkt stimmten wir vollkommen überein: Wir konnten reden ohne Ende.

Die Geschichte der Cerveras war noch komplexer als die griechische Mythologie: Onkel, die jede Menge Abenteuer erlebt hatten, und Tanten mit aufregender Vergangenheit, denen Emiliano und Pancho respektvoll begegneten wie einem Pantheon enger Freunde. Alles in der Vergangenheit war es wert, erinnert zu werden, alles im Leben war ein unerreichbares Ideal, zu dem man selbst dazugehörte und gleichzeitig auch nicht. Ich konnte tagelang zuhören, wenn von dem Onkel die Rede war, der aus Europa kam, Opernsänger an der Met in New York war und später nach Acapulco ging, um sich als Klippenspringer am Felsen La Quebrada einen Namen zu machen. Emilianos Geschichten ließen sich auseinanderziehen wie ein Akkordeon, je mehr Teilnehmer es gab. Pancho drückte auf einen Knopf, und Emiliano und seine Mutter begannen Geschichten zu erzählen, in denen sie von einem fernen Verwandten zum nächsten übergingen, bis wir tief in der Nacht noch immer an dem Tisch saßen, an dem wir zu Abend gegessen hatten, und der Kaffee längst kalt geworden war. Dabei hörte ich fasziniert zu, während Paloma gähnte. Ich klammerte mich an Emilianos komplexe Verwandtschaft wie an ein mythisches Land, in das man in die Ferien fuhr. Später wiederholten wir die lustigen Geschichten bei meiner Mutter, während wir um den Küchentisch saßen, betrieben Haarspaltereien, bis mit dem Licht des Tages auch die narrativen Verknüpfungen schwanden.

Als Emiliano anfing, in der Werbebranche zu arbeiten, fürchtete er plötzlich, als oberflächlich zu gelten, und nach dem Motto »Lieber spät als nie« begann er alle Bücher über Literatur und Philosophie zu lesen, die er sich während des Studiums gespart hatte. Es kam vor, dass ich frühmorgens ins Bad ging und er noch hochkonzentriert im Wohnzimmer saß und sich durch Aristoteles' *Poetik* arbeitete oder über Schopenhauers Kosmos dozierte. Er war unglaublich schlau – der Mistkerl – und konnte das, was er gelesen hatte, eine Minute später wiedergeben, im praktischen Leben anwenden und seine sämtlichen Gespräche mit äußerst komplexen Theorien anreichern, die er gerade gelernt hatte. Von der Erkenntnistheorie bis zu den Regeln der Republik. Wenn man nicht aufpasste, textete er auf einer Party die arme Paloma, die ihn anstarrte wie einen Außerirdischen, mit Spinozas Gott und der universellen Ordnung zu.

»Das ist das, woran Mari glaubt«, versicherte er. Diese Überzeugung beruhigte ihn, seit ich ihm gesagt hatte, dass ich, wenn ich an irgendetwas glauben müsse, an den Raum zwischen den Planeten und den Rhythmus, in dem der Rasen wuchs, glaubte. Und das war laut Emiliano Spinozas Gott, was sehr nützlich war, denn da ich nicht an den Gott seiner Familie glaubte, konnte er mit der Tatsache, dass ich zumindest an irgendeinen Gott glaubte, Señora Sandra beschwichtigen.

Er wurde ein Experte darin, komplexe Theorien in kleinen Weisheitspäckchen zu äußern, die in jedem Gespräch mit einem Kunden oder einem Koordinator in irgendeiner Agentur vorgebracht und leicht verdaut werden konnten. Das überzeugte die Menschen davon, dass er mehr als brillant war, und es erschien ihnen nur logisch, ihm ein viel höheres Gehalt zu zahlen, als er verdiente, um irgendein Zeug zu verkaufen, das mit Kierkegaard oder Ähnlichem überhaupt nichts zu tun hatte.

»Die Menschen ziehen es vor, sich dumm zu fühlen, als dass man sie spüren lässt, wie schlau sie sind«, stellte er eines Tages fest. Und das wurde zum Geheimnis seines Erfolges.

Deshalb war Paloma sein bevorzugtes Opfer, während er sich davor hütete, mit dem einzigen Menschen komplizierte intellektuelle Theorien auszutauschen, der sich darüber wirklich gefreut hätte: seinem Vater. Wenn er mit ihm zusammen war, redete er nur über Fanta und Bars. Irgendwie genoss er es, dass sein Vater ihn für simpler hielt, als er war, weil er so darüber jammern konnte, dass sein Vater ihn nicht achtete. Emilianos Familie war geprägt von überzogenen Erwartungen, und er reagierte in widersprüchlicher Weise darauf: Er wollte sie alle erfüllen und gleichzeitig zur Hölle wünschen. In dieser Familie war es unmöglich, sich nicht minderwertig zu fühlen. Emis Vater war bereits recht vermögend geboren worden, doch im Laufe seines Arbeitslebens war es ihm gelungen, Multimillionär zu werden. Er gehörte zu den Menschen, die die richtigen Leute nach Washington zum Essen einluden, damit die Aktienkurse stabil blieben.

»Niemand hat so viel Geld, ohne es jemandem gestohlen und viele Menschen ausgenutzt zu haben«, schimpfte meine Mutter.

Und, klar: Es war mir ein Rätsel, womit sich dieser Mann beschäftigte, aber er ging zum Frühstück in den Club de Industriales – den vornehmsten Ort, um Geschäfte zu machen – und lud uns abends alle nach Afrika zur Safari ein. Als ich später erfuhr, wie viel es gekostet hatte, zwischen Elefanten zu schlafen, musste ich mich übergeben. Danach konnte ich Emis Vater drei Monate lang nicht mehr in die Augen sehen, weil ich mich für mich schämte, so viel Geld einfach so verschwendet zu haben. Von da an nahm ich nicht mehr auch nur das kleinste Geschenk entgegen. Dabei war Emilianos Vater gar kein übler Mensch, zumindest merkte man es ihm nicht an. Er arbeitete ununterbrochen und hatte Millionen Angestellte, die nicht mal schlecht bezahlt wurden, wie sogar meine Mutter widerwillig zugeben musste. Das Einzige, was dieser Mann wollte, war, dass seine Söhne es noch weiter brachten als er, was schwierig war, da »weiter« in diesem Fall eine finanzielle Komponente war, und dabei noch weiterzukommen als er selbst, wäre obszön gewesen. Emiliano befiel angesichts dieser Erwartungen eine lähmende Angst. Vor allem, wenn er daran dachte, dass sich sein Bruder Pancho Schritt für Schritt dem annäherte, was ihr Vater sich für seine Söhne erträumte: Er hatte an einer Elite-Uni studiert und war mit Paloma zurückgekommen, die sehr intelligent und sehr hübsch war, und mit einem Abschluss, der es seinem Vater leicht machte, ihn in seinem Unternehmen einzustellen. Man musste dem Mann nicht sehr nahestehen, um mitzubekommen, wie er jeden Tag mehr von Pancho schwärmte, was ihn vergessen ließ, dass Emiliano Filme machen wollte und Chips verkaufte, wenn er nicht unbezahlt am Set irgendwelcher Hungerleider arbeitete.

Emiliano war glücklich mit seiner Agentur; er war sein eigener Chef und verdiente schon nach kurzer Zeit so viel Geld, dass er seinen Vater um nichts mehr bitten musste. Dennoch überwies ihm sein Vater jeden Monat eine Summe, die Emiliano ihm dann zurückgab. Keiner der beiden verlor ein Wort darüber, worin Emiliano die Bestätigung dafür sah, dass es nichts gab, was er tun konnte, damit sein Vater ihn zur Kenntnis nahm, geschweige denn, sich über ihn freute. Meiner Meinung nach war die Sache jedoch viel einfacher: Sein Vater ärgerte sich darüber. Pancho verdiente selbst viel Geld und gab seinem Vater die viel höhere Summe, die er ihm überwies, nicht zurück. Für Emilios Vater wäre es eine Beleidigung gewesen, hätte sein Sohn gesagt: »Behalt dein Geld, mir geht's gut, ich brauche es nicht mehr.« Beide bogen die Angelegenheit für sich so hin, dass sie sie dem anderen übel nahmen: Emiliano glaubte, dass er das Geld weiterhin erhielt, weil sein Vater ihn für unfähig hielt. Und sein Vater dachte, dass Emiliano ihm das Geld zurückerstattete, weil es ihm an Respekt mangelte und es ihm unangenehm war, ihm etwas zu schulden. Für mich war es dagegen ziemlich klar, dass die beiden sich einfach zu ähnlich waren und deshalb nicht miteinander konnten. Am Anfang hatte ich Emiliano gebeten, die Sache noch mal zu überdenken, dass sein Vater unglaublich nett sei, dass ich mir einen solchen Vater gewünscht hätte, der das für mich tat, dem ich so viel bedeutete, dass ich ihn enttäuschen konnte. Doch wenn ich mit Emiliano über seinen Vater reden wollte, sagte er kein Wort mehr, griff in seine Locken – die er auf meinen Wunsch hin lang trug – und zog sie mit der Hand nach unten, sodass sich sein Kopf wie bei einer griechischen Statue hob, wodurch er mir zu verstehen geben wollte, dass ich meinen Mund halten sollte, weil ich in Wahrheit gar nichts verstand.

Ich mochte Emilianos Vater gern, ohne etwas dagegen tun zu können, genauso wie Emiliano meine Mutter mochte. Ich nehme an, dass wir auf diese Art gegen unser Zuhause rebellierten. Denn man wird erwachsen und verlässt sein Elternhaus, behält jedoch seine jugendlichen Komplexe. Emiliano machte seine »Du-verstehst-gar-nichts«-Geste, doch später kam er zu mir ins Bett, kuschelte sich an mich und weinte still um die Liebe, die sein Vater nicht für ihn hatte.

In dieser lange zurückliegenden Zeit fing er damit an, dass er ein Drehbuch schreiben wolle. Was ich – warum soll ich es leugnen? – nicht weiter beachtete. Ich mag Fiktion, ich denke gern an sie und lerne gern aus ihr, doch um danach zu streben, selbst Fiktion zu erschaffen, braucht man ein Selbstbewusstsein, das ich nicht nachvollziehen kann und das mich bei Leuten, die es haben, abstößt. Das ist ein Widerspruch, weil ich Fiktion bewundere. Doch ich bewundere sie bei Woody Allen, Leo Tolstoi und Jane Austen, begnadete Köpfe in unendlicher Ferne. Wenn jemand, der mir nahestand, mir erzählte, dass er einen Roman oder ein Drehbuch schrieb, also etwas erfand, was die ganze Welt beachten sollte, bekam ich eine Gänsehaut. Ich schämte mich fremd nach dem Motto: Für wen hältst du dich? Jene kreative Leidenschaft, die Emiliano so oft überkam, wenn er plötzlich nachts um zwei aufwachte, weil er seine Protagonisten vermisste, ist mir fremd. Mal ehrlich: Das ist doch lächerlich! Ich schreibe, weil ich es tue, aber nicht, weil ich dazu berufen bin, als würde ich von einem lästigen Schamanen ständig dazu aufgefordert. Für Emiliano war schreiben oft wie atmen, er hatte keine

Gewalt darüber, vergaß dabei zu essen. Und das gefiel ihm. Vielleicht war doch etwas Wahres an dem Klischee, dass ein kreativer Geist mit der Realität nicht kompatibel ist, vielleicht stimmte es, denn wenn Emiliano an sein Drehbuch dachte, ließ er manchmal die Autotür auf oder ging im Regen nach draußen oder er tat sonst etwas Seltsames.

Nach und nach gelangte ich zu der Überzeugung, dass das nicht ganz echt war, sondern der Wunsch, besonders zu sein, dahinterstand, der Glaube, einzigartig und unvergleichlich zu sein, sich für schlauer als die anderen zu halten. Es entsprang dem gleichen Impuls wie obsessive Lektüre, über die man in den unangebrachtesten Momenten zu schwafeln beginnt. »Was für ein Kultbuch, einfach brillant!« In unserer Zeit des »Folge deinen Träumen« und »Jeder ist, was er aus sich macht« muss man besonders sein. Etwas, worauf ich keinen Wert lege. Denn besonders zu sein ist ein Fulltime-Job.

Vielleicht war Emi ja wirklich besonders. Zum Beispiel hat er gesungen. Weder gut noch schlecht. Er sang nicht falsch, aber mühelos. Er kam singend von draußen rein, aus dem Büro, aus der Dusche. Was bei anderen unerträglich gewesen wäre, war bei ihm zauberhaft, weil das Leben manchmal so willkürlich ist. Emiliano kam die Treppe herauf und sang ein Lied von José Alfredo. Ich hörte seine Stimme vom Eingang her bis in die Küche: *»Me están sirviendo ya, la del estribo. Ahorita, ¡ya no sé si tengo fe! Ahorita solamente yo les pido, que toquen otra vez*

¡La que se fue!« Und dann kam er ins Haus, zerrte mich auf den Küchenboden, obwohl ich mich beschwerte, dass der Kaffee gleich kochen würde, und gab mir einen Kuss auf den Bauchnabel. Bei einem der ersten Male, als er mich in seinem Auto mitnahm, wurde im Radio ein Lied der Fabulosos Cadillacs gespielt, das ihm gefiel. Er hörte die ersten Akkorde und strahlte. Mit den Händen am Lenkrad begann er mit einer Inbrunst zu singen, die mir beinah Angst machte. Als ob er nur für sich allein singen würde, aber das in voller Lautstärke. So war Emiliano: dazu gemacht, dabei beobachtet zu werden, wie er alles nur für sich tat. Ich erinnere mich noch, dass ich das Gefühl hatte, plötzlich in einem anderen Auto zu sitzen, dass er ein vollkommen Unbekannter wäre, und ich wollte ihn für immer so anders bei mir haben. *»Glori-glori-a voa-morirme en tus brazos de luz, el amor no me deja pensar!«* Er sang, während wir eine dunkle Straße entlangfuhren, mit einer beneidenswert lebendigen Euphorie in der Kehle. Als das Lied zu Ende war, drehte er das Radio leiser und gab ein derart glückliches Seufzen von sich, als hätte er jemandem einen gelungenen Streich gespielt.

Ein anderes Mal traf ich ihn im Treppenhaus an, wo sein Handy in voller Lautstärke ein Lied von Juan Luis Guerra spielte, wozu er mit einem jungen Mädchen tanzte. Er wirbelte seine unfreiwillige Tanzpartnerin herum, die, wie sich nachher herausstellte, die Schwester unseres Nachbarn war, die nicht wusste, wie ihr geschah, nur weil sie angeboten hatte, den Müll runterzubringen. Ach, Emi!

»Ich konnte einfach nicht widerstehen«, sagte er zu mir, nachdem er sein ahnungsloses Opfer losgelassen hatte. Dann umfasste er meine Taille und tanzte weiter, woraufhin ich völlig vergaß, dass ich ihn eigentlich umbringen wollte, weil er mich – in seinem tänzerischen Enthusiasmus – in der Redaktion vergessen hatte, wo er mich eigentlich abholen wollte. Er entschuldigte sich nicht dafür. Und ich vergaß ihm zu sagen, dass ich eine Entschuldigung erwartete, weil er eben besonders war.

Manchmal, wenn er beim Schreiben nicht weiterkam, wandte er sich an mich: »Stell dir vor, ich weiß nicht, was ich machen soll, weil mein Protagonist sich in diese Frau verliebt hat, die seine Gefühle nicht erwidert. Aber gleichzeitig ist diese Frau mit einem gravierenden Problem beschäftigt. Ich muss jetzt eine Möglichkeit finden, wie sie ihm zu verstehen gibt, dass sie ihn wegen dieser Sache nicht liebt, dass ihr einfach nicht der Sinn danach steht, sich zu verlieben, weißt du?«

Nein! Ich weiß nicht! In der ersten Zeit bemühte ich mich noch. »Was hat die Frau denn für ein Problem?«, fragte ich. Später tat ich nur noch so, als ob es mich interessierte, und zog mich aus der Affäre, indem ich irgendeinen Film oder eine Serie zitierte, wo etwas Ähnliches vorkam. In der letzten Zeit hatte ich nur noch gesagt: »Ich weiß es nicht, Emi, keine Ahnung.« Und einen Anflug von Enttäuschung in seinen Augen gesehen.

In seinem Kopf hatte so vieles Platz, aber manchmal war es mir einfach egal. Zum Ende hin, als er mich nicht mehr bezaubern konnte, hatte er mich angesehen wie ein geprügelter Hund, als hätte ich ihn gezwungen, ein gewöhnlicher Mensch zu sein, sich um so profane Dinge wie Geld, Miete und das tägliche Leben Gedanken zu machen, als ob es meine Schuld wäre, dass ich nicht zu Höherem berufen war, als hätte ich die Liebe zu dieser Verrücktheit aus ihm herausgepresst, ihm einen Teil seiner Persönlichkeit genommen. Er war traurig wegen sich, wegen mir, wegen all der Liebe für jemanden, der es nicht besser hinbekam.

Die Klarheit von früher begann verloren zu gehen, die Frische, mit der man ein Gefühl empfängt wie eine Droge, die nicht nur heilend, sondern auch erregend wirkt. Sich zu lieben ist eine Glücks-Injektion und keine Salbe, um die Spur der Tage, die bereits vergangen sind, zu entfernen. *Das Kind liebt mich.* Reine Emotion auf einer reinen Basis. Doch nach und nach hatten wir sie durch etwas gleichzeitig Hässlicheres und Schöneres ersetzt. Eine stärkere Basis, die geprägt war von allem, was wir aus der Mitte des anderen wussten, durch alles hinter seinen Augen, was uns bewegt hatte, all das Ätherische, das Magische, das Irdische, die Abende auf dem Sofa und die Filme mit den sich bewegenden Beinen. Und dazu die Anstrengung, sich zurechtzumachen, der verlaufene Kajal an den Sonntagen, ungeputzte Zähne, die Routine im Bad, unerwartete Krankheiten, unvermeidliche Ansteckung, verschlissene Spitzenunterwäsche, die vertraute Haut. Das Lob musste sich echt anfühlen, um es auszusprechen, und es fiel immer schwerer. Erwartete

Liebeserklärungen, für die es keinen Dank gab. *Der Herr des Hauses liebt mich.* Na ja, schlecht, wenn es nicht so wäre. Er liebte mich, aber ich wusste auch, dass er mich manchmal hasste und ihm manche Dinge an mir wehtaten, während andere ihn faszinierten. Wir hatten gelernt, miteinander zu leben, mussten uns darüber klar werden, was wir wollten. Man verleugnet sich selbst so sehr, wenn man mit jemandem zusammenlebt, man feilt so viel an sich selbst herum, um zu dem anderen zu passen, sodass *Ich liebe dich* zu sagen fast eine Erleichterung ist, weil es bestätigt, dass das Opfer sich gelohnt hat. Ich liebe dich trotz allem, was wir verloren haben, ich liebe dich und schätze die klaren Grenzen, die du dir gesetzt hast, damit wir in dasselbe Bett passen.

Eines Dienstags kuschelte sich Emiliano an meinen Hals und seufzte eher, als dass er sagte: »Ich liebe dich, Mari. Ich liebe dich. Ich gehöre zu diesem Hals. Ich liebe dich.« Er versenkte sein Gesicht und seine Hände in mein Haar und atmete langsam, als wollte er, eingehüllt in das, was er fühlte, sterben. An jenem Dienstag um Mitternacht war diese Innigkeit reines Adrenalin. Ich spürte, wie das Blut erwachte. So viele Jahre zusammen, und das Blut erwacht. Dann, an einem anderen Dienstag, am frühen Abend, sahen wir uns von der Seite an, ich sagte etwas Böses, und er seufzte, von derselben Liebe angetrieben: »Wie unausstehlich du manchmal bist.« Und dann das *Ich liebe dich* für den Rest der Woche, das erneut wie Balsam wirkte. Nach und nach gewöhnten wir uns an den Strudel der Intimität, der von allein entstand, von Dingen gespeist, die keiner Worte bedurften. Verlobt, ohne über die Zukunft zu reden, bequem eingerichtet an diesem Ort der Welt, zu dem wir gehörten. Eine unverbesserliche Liebe, krank, alltäglich, glücklich. Zu gut, um wahr zu sein.

Und nun verloren. Ich habe nichts aufgebaut. Wir haben in einer Mietwohnung gelebt, die man einfach so verlassen kann, ohne eine Spur davon zu hinterlassen, dass hier einmal ein geteiltes Leben war.

9

Palomas Verlobung

Mit den Schuhen in der Hand und ungeschminkt rannte ich raus auf die Straße. Emiliano wartete im Auto auf mich, im Halteverbot auf der Avenida Revolución. Der Wagen war bis obenhin mit silberfarbenen Luftballons vollgestopft. Letztendlich hatte er die Luftballons abgeholt und mich irgendwie davon überzeugt, ihm zu helfen, das Haus damit zu schmücken. So etwas wie eine neue Normalität war zu spüren, als ich ins Auto einstieg und ihn begrüßte, als wäre er nicht er. Ich quetschte mich irgendwie auf den Beifahrersitz und versuchte mich zwischen all den festlichen Kugeln anzuschnallen. Mein nächstes Ziel war es, den Spiegel runterzuklappen und mir eine Schicht Farbe aufzutragen, da ich nicht mehr in dem Alter bin, in dem man mit ungeschminktem Gesicht dem Ex-Freund gegenübertritt. Er sah beunruhigt aus, vielleicht weil er beim Fahren absolut nichts sehen konnte, vielleicht aber auch aus einem anderen Grund. Mehr als fünf Minuten lang saßen wir schweigend nebeneinander. Möchten Sie eine Wahrheit hören? Fünf Minuten sind eine Ewigkeit.

»Wie geht es Pancho? Ist er nervös?«, fragte ich schließlich, um irgendwas zu sagen.

»Nervös, ja.«

Mehr hatte der Kerl nicht zu bieten. Und dafür wollte er mich sieben Stunden, bevor die Party begann, abholen? Um kein Wort an mich zu richten?

»Welches der Häuser werden wir dekorieren?«

Emilianos Elternhaus bestand aus einem großen und einem kleinen Haus. Das kleine Haus lag hinten im Garten und war eine Art schick ausgebauter Schuppen mit einer Bar, wo sämtliche Partys der Kinder stattfanden, als sie noch Kinder waren, später die jugendlichen Saufgelage, als sie Jugendliche waren, und auch als Erwachsene hatten sie bis zu diesem Tag immer dort gefeiert. All das, damit das Chaos nicht in Señora Sandras elegantem Wohnzimmer im großen Haus Einzug hielt, wo nur stilvoll gefeiert wurde. Bei der Verlobungsparty war ich unsicher, ob sie als verrückte Party oder formale Zeremonie geplant war.

»Das kleine Haus«, sagte Emiliano. Was bedeutete, dass es ein kollektives Besäufnis zur Feier der zukünftigen Ehe werden würde. Sehr gut.

Nach ein paar weiteren Sekunden des Schweigens wagte ich das zu fragen, worauf ich die Antwort nicht wissen wollte:

»Paloma hat mir erzählt, dass du eine Wohnung gemietet hast?«

»Ja«, sagte er schlicht.

»Und? Wie ist es so?«

»Gut.« Unendlich lange Pause. »Ein wenig einsam.«

»Klar. Warum bist du nicht zu Hause geblieben?«

»Weil es nicht mein Zuhause ist.«

»Immerhin hast du es dir auf den Rücken tätowieren lassen.« Das war nicht im übertragenen Sinne gemeint. Nachdem wir etwa drei Jahre in Tacubaya wohnten, war Pancho eines Tages krank vor Heimweh von Harvard zurückgekommen, und die beiden Brüder hatten sich einen Saufabend gegönnt, bei dem sie sich – tatsächlich – die Fassade ihres Elternhauses mit der Adresse und allem auf den Rücken tätowieren ließen, wegen ihrer Kindheit und so.

»Ich kann jetzt nicht mehr da wohnen. Schließlich bin ich über dreißig«, sagte Emi.

»Das stimmt.«

»Diesem Argument kann niemand …«

»… widersprechen«, vollendete ich seinen Satz. »Aber der Vertrautheit auch nicht.«

»In der Nacht, in der du mich nach Hause gebracht hast, ins Haus meiner Eltern …« Emiliano stockte. »Als ich in mein Zimmer kam, lag mein Vater in meinem Bett. Er schläft seit etwa fünf Jahren dort.«

»Warum?«

»Weil meine Mutter nicht mehr neben ihm schlafen will. Und er nicht mehr neben ihr.«

Ich stellte keine weiteren Fragen.

Emiliano hatte mir mit einer Niedergeschlagenheit erklärt, dass seine Eltern nicht die Verkörperung ehelicher Perfektion waren, als hätte er gerade erfahren, dass es das Christkind nicht gibt. Ich hätte es nicht erwartet, aber ich teilte seine Traurigkeit. Denn Señora Sandra und Emis Papa gehörten zu den Paaren, die sich vor dem Frühstück mit einem Kuss Guten Morgen wünschten, die an den Abenden zusammen lachten, Hand in Hand spazieren gingen und voneinander wussten, was sie dachten.

»Vielleicht schnarcht dein Vater oder so was. Oder deine Mutter schläft gern mit eingeschalteter Klimaanlage.«

»Es ist mehr als das«, sagte er. Ich hörte an seiner Stimme, dass er mir für den Versuch, das Ganze zu verharmlosen, dankbar war. »Ich glaube, es gibt jemanden. Aber ich weiß nicht, auf welcher Seite. Keine Ahnung.«

»Besser so.«

»Viel besser.«

Es gab also einen Grund, warum Emi zu Hause ausgezogen war. Dort hatte er versucht, die Unschuld wiederzufinden, die es zwischen uns nicht mehr gab, um sie nicht vollständig zu verlieren. Ich erzählte ihm, dass mein Vater wieder da war. Er fragte mich, für wie lange, und ich sagte ihm, dass ich meine Mutter nicht gefragt hätte. Ich war froh, dass ich ihm nicht mehr erklären musste. Nach einigem Hin und Her über den Gefühlsstatus unserer Eltern hatten wir alles verstanden und uns war danach, über etwas anderes zu reden. Wobei Emiliano genau das falsche Thema wählte.

»Paloma hat erzählt, dass du meinen Scheck zerrissen hast.«

»Darüber will ich nun wirklich nicht reden«, sagte ich lächelnd. »Paloma, die alte Tratschtante!«

»Kein falscher Stolz, Mari.«

»Das ist es nicht. Ich brauche das Geld einfach nicht, und ich will es auch nicht.«

Ich merkte, wie ich wütend wurde.

»Du brauchst es nicht? Und wo ist dein Auto?«

»Was soll ich mit der alten Schrottlaube. Man bekommt sowieso nie einen Parkplatz.«

»Du kriegst die Miete nicht zusammen.«

»Doch, natürlich.«

»Mir brauchst du nichts vorzumachen.«

»Ich habe überhaupt kein Problem damit, die Miete meiner neuen Wohnung zu bezahlen.«

»Welcher neuen Wohnung?«

»Die in Tacubaya ist viel zu groß für mich allein. Roberta hat eine Wohnung in ihrem Haus für mich gefunden.« Ich hasste es, das zu sagen. Mir war zum Heulen zumute, doch ich riss mich zusammen, denn ich wäre lieber tot umgefallen, als Emiliano gegenüber wegen Geld in Tränen auszubrechen.

»Willst du wirklich weg aus Tacubaya?« Wieder diese Enttäuschung in der Stimme.

»Hilft alles nichts, Emi.« Ich klappte den Spiegel hoch und wandte mich ihm zu, weil ich nicht länger über die Realität reden wollte. »Ist mir der Lidstrich am linken Auge verrutscht?«

Er versuchte, durch die Luftballons zu schauen. Dann hielt er an.

»Ich weiß es nicht, ich kann überhaupt nichts sehen.«

Lachend stiegen wir aus dem Wagen und betraten das kleine Haus mit Heliumballons und Partystimmung beladen. Eine Weile überlegten wir, wie wir die Ballons am besten dekorieren sollten, und ich brachte sie dort an, während Emiliano weitere Ballons mit Helium aufblies. Währenddessen unterhielten wir uns darüber, an welchen Artikeln ich gerade schrieb, was bedeutete, uns darüber auszutauschen, welche Filme wir gesehen hatten. Dabei waren wir uns einig darüber, was mir nicht gefiel, aber er mochte den neuen Film von Judd Apatow und ich nicht. Dann erklärte er mir, woher das Essen für die Party kam und wann es eintreffen würde. Wir verbrachten eine Stunde so, plaudernd ohne irgendwelche Zwischenfälle. Einfach so. Es war sehr seltsam, mit ihm so lange zusammen zu sein, nachdem er all die Zeit über nicht bei mir gewesen war. Die Intimität und die Distanz zwischen uns waren in etwa so, wie wenn wir mit meiner Mutter oder seinen Eltern zusammen waren. Wir gingen sehr höflich miteinander um, als wollten wir uns davon überzeugen, dass wir uns noch nie nackt gesehen hatten. Wir waren sehr nett zueinander und verhielten uns der Situation angemessen, wenn auch falsch wie Blechmünzen. So weit waren wir also nun, wenn wir unter uns waren, als wenn irgendwelche imaginären Eltern anwesend wären, die uns zwangen, nicht an die Bereiche zu denken, die wir von einem Tag auf den anderen nicht mehr berühren durften. In genau diesem wohlerzogenen und korrekten Tonfall brachte er mir ein Bier, und dann sagte er etwas, was mir die Luft nahm.

»Ich muss dir etwas erzählen«, meinte er. »Ich habe für heute Abend jemanden eingeladen.« Pause, damit ich mich so weit zusammenreißen konnte, dass ich nicht umkippte. »Sie heißt Marina.«

»Okay«, entgegnete ich.

Ich spürte, dass mir die Galle hochkam, wie es sonst nur alten Omas passierte. Nie im Leben wäre ich auf den Gedanken gekommen, dass es eine Marina geben könnte. Ich war wütend auf mich selbst, weil alle Anzeichen dafür sprachen. Deshalb hatte er sich Sorgen gemacht, deshalb wollte er bei mir vorbeikommen. Ich ließ den Luftballon los, den ich gerade anbringen wollte, öffnete einen der Wandschränke des kleinen Hauses und begann eine imaginäre Suche nach irgendetwas, damit er mein Gesicht nicht sehen konnte. Alle Schränke und Schubladen von Señora Sandra dufteten nach Lavendelwasser. Manchmal, wenn Emiliano zu Hause zum Essen gewesen war, war der süße Duft in seine ganze Kleidung gezogen. Es roch so, wie ein Zuhause riechen sollte, kitschig und heimelig, als wenn alles, was es in diesem Haus gab, aus freien Stücken hier wäre, aber gleichzeitig lag eine gewisse Magie darin, als ob etwas des Aromas der Bewohner dieses Hauses den Duft in den Räumen zurückließe. In Wirklichkeit ging Señora Sandra ins Geschäft und kaufte den Duft in Dosen, doch es war der Geruch ihrer Familie, ihres Hauses, und sie nahm ihn mit in ihre Schränke und die Kleidung ihrer Söhne, als brächte sie ihnen so den Duft ihrer Haut. »Komm, Junge, so riecht der Ort, an den du immer zurückkehren kannst, der bestehen bleibt, wenn du gehst, unverändert, der auf dich wartet, genau so riechst auch du. Ich erkenne ihn sofort in der Welt außerhalb der unseren.«

»He, hast du gehört, was ich gesagt habe?«, unterbrach mich Emiliano in meinen Gedanken.

Ja, ja, ich habe alles gehört, ich versuche nur gerade, es zu ignorieren.

»Ja, ich habe es gehört. Ich habe doch ›okay‹ gesagt.«

»Okay.«

»Wohnst du mit ihr zusammen?« Ich weiß nicht, warum ich diese Frage stellte, wahrscheinlich, weil es die war, die mir am meisten Angst machte.

»Nein! Natürlich nicht.« Er lachte, der Mistkerl.

»Ist sie dann der Grund, warum du umgezogen bist?«

»Ich hab dir doch gesagt, warum ich umgezogen bin.« Er schlug den Tonfall des Unverstandenen an; wie konnte ich nur so schnell den traurigen Status der Ehe seiner Eltern vergessen!

Dabei hatte ich gar nichts vergessen, es war nur so, dass der Status der Ehe seiner Eltern mir egal war. Ich wollte nur wissen, ob das Kind allein ausgezogen war oder mit der neuen Freundin zusammenwohnen wollte; ich wollte wissen, ob es stimmte, dass er gegangen war, um erwachsen zu werden und all diese Dinge, oder ob er einen Ersatz gefunden hatte, der ihm seine Handtücher kaufte.

»Also wohnst du nicht mit ihr zusammen?«

»Nein. Heute ist das erste Mal, dass ich mit ihr verabredet bin.«

»Das erste Mal?«

»Nun ja, das zweite Mal. Wir sind vor Jahren schon mal zusammen ausgegangen. Wir waren an derselben Uni. Ich habe sie vor zwei Wochen auf einer Party wiedergetroffen; danach haben wir uns ein paarmal geschrieben, und ich hab sie für heute eingeladen. Mehr nicht.«

»Also warum hast du es mir dann erzählt?«

»Wie, warum ich es dir erzählt habe?«

»Muss ich das wissen? Musstest du es mir sagen? Willst du mir wehtun, oder was?«

»Nein!« Jetzt machte er sein »Wie-kommst-du-denn-darauf«-Gesicht. »Ich hab es dir erzählt, weil sie kommen wird. Ich wollte nicht, dass du was auch immer empfindest. Ich wollte einfach nur, dass du weißt, dass sie kommt. Mehr nicht.«

»Du wolltest nicht, dass María Marina sieht, mehr nicht.«

»Das mit dem Namen ist Zufall.«

»Ist doch super. Wenn du mal aus Versehen María zu ihr sagst, macht das gar nichts.«

Ich hatte genug von diesem Gespräch. Ich hatte einen heißen Kopf, und am Körper war mir kalt.

»Also was jetzt?« Er ließ nicht locker.

»Was soll sein? Marina kommt. Bitte stell sie mir nicht vor.«

»Ihr kennt euch schon. Sie erinnert sich jedenfalls an dich. Sie hat mal eine Rolle in einem Kurzfilm gespielt, an dem du mitgearbeitet hast.«

Marina, Marina. Natürlich erinnerte ich mich an Marina. Sie war eine der Frauen, die man nie vergisst. Eine jener beeindruckenden Frauen. Sie sprach leise, und anstatt zu gehen, schwebte sie auf ihren winzigen Füßen. Doch gleichzeitig war es unmöglich, sie zu übersehen, denn sie war ein Wesen, das den Raum, den sie betrat, erhellte. Sie verstand sich mit jedem; sie setzte sich zum Essen ins Gras und bot dem, der gegen sie intrigierte, ihren Platz an. Die Aura ihres blonden Haars war wie eine Schar Glühwürmchen, die sie stets überallhin begleitete; sie hatte schlanke Hände, riesige Augen, Beine, die bis zu den Schultern reichten, und ein Flehen auf den Lippen, das zu sagen schien: »Liebe mich, denn alles, was ich will, ist, dass du mich magst« und »Ich brauche dich nicht; ich brauche niemanden«. Alles auf einmal. Für eine Sekunde hatte ich mir vorgemacht, dass Emiliano sich in dem pathetischen Versuch, mir nahe zu sein, wegen unserer Namensgleichheit für sie interessierte. Nun, da ich mich an Marina erinnerte, war mir klar, dass dies garantiert nicht der Grund war, warum er sich mit ihr verabredet hatte.

Schweigend beschäftigte ich mich wieder mit den Luftballons. Emiliano kam zu mir herüber, um mir eine Schere zu reichen, als er sah, wie ich mit dem Verschluss kämpfte. Spät, aber immerhin.

»Sei nicht sauer«, erlaubte er sich, mir aufzutragen.

»Ich bin nicht sauer.«

Oder besser, ich war es nicht. Bis dahin war ich nur traurig gewesen, bis er mit dieser Aufforderung kam. Warum wollte er nicht, dass ich sauer bin? Was hatte er davon? Wollte er, dass ich ihm meinen Segen gab? Dass ich mich für ihn freute? Verzweifelt versuchte ich, mich wie eine vernünftige Erwachsene zu verhalten, nicht voller Hass, sondern großzügig. Mir schmerzte der Kiefer, so sehr biss ich die Zähne zusammen.

»Sag doch was«, forderte er mit jenem mir so vertrauten frustrierten Blick, den er nur für mich hatte. Plötzlich fiel mir auf, wie eingebildet er war. Keine Ahnung, woher er das nahm, denn schließlich war er derjenige, der mit einer anderen rummachte und wollte, dass ich ihn beglückwünschte, während ich nur Zeit für das *post mortem* unserer ehemals glücklichen Beziehung gehabt hatte. Doch ich wollte auf keinen Fall etwas in dieser Art laut sagen. Diese Schublade wollte ich nicht öffnen. Also riss ich mich mit aller Kraft zusammen und meinte:

»Nun ja. Es ist jetzt zwei Monate her. Ist doch logisch, dass da eine Marina kommt.«

»Man muss glücklich sein, wo man glücklich sein kann, nicht, wo man glücklich sein will.«

»Wer lässt dich denn nicht glücklich sein, wo du glücklich sein willst? Ich etwa?«

Er zuckte mit den Schultern. Das war wieder die alte Leier, wonach ich ihm etwas schuldete, da er der Meinung war, dass, auch wenn er gegangen war, ich ihn verlassen hatte. Unsere Blicke trafen sich, nachdem wir aus entgegengesetzten Ecken des kleinen Hauses den Blick des anderen gesucht hatten. Er kam auf mich zu, ohne zu wissen, was er tun sollte, und legte schließlich seine Stirn auf meine Schulter. Ich spürte, dass die Niederlage ihn zittern ließ.

»Mari«, hauchte er.

In dem Moment kam der Catering-Service mit dem Essen und wollte wissen, wo das Büffet aufgebaut werden sollte.

Fünf Minuten später kam der DJ, und nach weiteren fünf Minuten waren hundert Leute zum Feiern erschienen. Alles wurde von Emi mit einer Präzision dirigiert, die ich nicht fassen konnte. Ich empfing unterdessen Palomas Freundinnen und zeigte ihnen, wo sie sich während des großen Ereignisses aufhalten sollten, als ich Marina kommen sah. Sie begrüßte Emiliano mit einem Kuss auf den Mund – das erste Mal, dass sie sich trafen, dieser Scheiß-Lügner! Ich war wie angewurzelt und beobachtete sie, denn so sind sie, die Augen eines Masochisten. Tatsächlich war es etwas Neues, was auch immer sie miteinander hatten. Denn nach diesem Begrüßungskuss fühlten sie sich unwohl, unwohl, aufgeregt, stotternd, Schmetterlinge im Bauch und in den Augen – all die guten Dinge von etwas Neuem. Natürlich spürte Marina meinen bohrenden Blick im Rücken und kam, um mir Guten Tag zu sagen. Sie war eben einfach nett, man konnte ihr nicht böse sein, eine Tochter des strahlenden Morgens. Zuerst begrüßte sie mich nahezu ehrfürchtig, was für mich einen leicht pathetischen Geschmack hatte, da ihr Verhalten hundertprozentig daher rührte, dass Emi ihr von seiner langjährigen Beziehung erzählt hatte, die gerade erst vorbei war, dass sie ihm eine Chance geben und ihm Zeit lassen solle. Anschließend hatten wir uns absolut nichts mehr zu sagen, und sie verabschiedete sich mit jenem Lächeln, das nur neue Freundinnen haben, nach dem Motto: Es tut ihnen leid, dir wehzutun, aber sie können es gleichzeitig kaum erwarten, dir noch viel weher zu tun. Ich sah, wie sie auf Emiliano zuging, und glücklicherweise hielt Robertas Ankunft mich davon ab, ihr zu folgen.

Es war vier Monate her, dass ich Roberta zuletzt gesehen hatte, da sie die ganze Zeit über in Veracruz gewesen war, um alle drei Stunden die Temperatur an der Küste zu messen. Sie hatte eigentlich keine Lust gehabt zu kommen, doch ich hatte sie so sehr angefleht, dass sie weich wurde und doch kam, wenn auch spät, aber bereit, moralische Unterstützung zu leisten. Sie zog einen äußerst seltsamen Lover hinter sich her, der mich nicht begrüßte, da er angeblich »gegen solche konventionellen Gepflogenheiten« war.

»Dann wird er sich bei dem, was gleich kommt, vermutlich umbringen«, erklärte ich. »Hab ich dir nicht gesagt, was der Anlass der Feier ist?«

Keine Ahnung, wo Roberta immer diese seltsamen Typen auftrieb. Alle fünf, sechs Monate einen anderen, und sie waren generell entweder stumm oder hatten eine irre laute Stimme; Schizos mit einem Gesichtsausdruck, der fürchten ließ, dass sie jeden Moment eine Waffe zogen und Amok liefen oder impertinente Säufer, die mich angrapschten, sobald Roberta mal eben in die Küche ging. Einer von ihnen hatte Roberta etwa zwei Jahre, nachdem Schluss war, noch verfolgt. Sie begegneten sich immer »rein zufällig«. Jeden Tag. Wir hatten ihn Marcos-der-mögliche-Mörder genannt, weil er immer ein so böses Gesicht gemacht hatte, obwohl er in Wirklichkeit ein armer Kerl war. Dabei half es nichts, wenn er lächelte, da man ihm dabei anmerkte, wie sehr er sich anstrengte, und seine spitzen Zähne sah. Am Ende wurden sie Freunde, weil Roberta so ein ahnungsloses Wesen ist. »Er liebt mich so sehr! Ich muss einfach seine Freundin sein.« Gott segne Roberta, der man alles vorwerfen konnte, außer langweilig zu sein. Ihr einziger großer Fehler war, dass sie Paloma abgrundtief hasste. Ständig saß ich zwischen zwei Stühlen, weil die beiden Personen, die mir am nächsten standen, sich gegenseitig auf den Tod nicht leiden konnten. Und es war kein Fall von *letztendlich sind sie sich zu ähnlich, deswegen hassen sie sich*. Nein. Wenn ich nicht zwischen ihnen vermittelte, konnten sie nicht mal in derselben Galaxie nebeneinander existieren. Sie waren so unterschiedlich, dass ich mir manchmal vorstellte, dass sie eines Tages unzertrennliche Freundinnen wären – wie in dem Video über den Elefanten, der sich mit einem kleinen Hund anfreundete –, die Hand in Hand durchs Leben gingen.

Um Punkt acht Uhr erhielten Emiliano und ich je eine dringende Nachricht von Pancho. »Wir sind draußen.« Das war das Zeichen, dass es losging. Emiliano schaltete das Licht aus, und ich bat alle Anwesenden darum, sich zu verstecken und ruhig zu sein, was wunderbarerweise gelang, obwohl wir gefühlte Millionen Menschen waren und schon reichlich Tequila getrunken hatten. Das Ganze war insgesamt so gut organisiert, dass sogar Robertas Lover keine dummen Witze machte.

Wie in einem schlechten Film beklagte Paloma sich gerade, dass sie Bauchschmerzen habe und dass Pancho ihr schwören solle, dass sie so früh wie möglich wieder gehen würden, als plötzlich das Licht anging und sie uns alle vor sich sah, sodass sie den Schreck ihres Lebens bekam. Ihre Freundinnen, Panchos Freunde, Emiliano und ich standen gleichzeitig auf. Denn wir waren damit beauftragt, die Schilder zu enthüllen, die zusammen den Satz *Paloma, bitte heirate mich!* bildeten. Es gefiel mir, dass Pancho es nicht als Frage formuliert hatte, sondern als Bitte. Als Paloma klar wurde, was da gerade passierte, drehte sie sich um und sah ihn auf den Knien mit dem Ring der Urgroßmutter in der Hand, den er ihr in der kleinen Schachtel entgegenhielt, wobei er Dinge sagte wie, dass er erst geboren wurde, als er sie zum ersten Mal sah, und dass er, wenn er einmal sterben muss, in ihre Augen schauen möchte. Paloma brach in Tränen aus und kniete sich zu ihm, um ihn zu küssen. Dann streckte sie die Hand aus, damit Pancho ihr den Ring anstecken konnte, doch er rührte sich nicht. Es entstand eine unbequeme Stille.

»Ich habe noch nicht Ja gesagt, stimmt's?«, brachte sie zwischen dicken Tränen hervor.

»Nein!«, schrie Pancho.

»Ja! Natürlich! Ja! Tausend Mal Ja!«

Von da an war von Seiten der Zuschauer allgemeines Schniefen zu hören, angefangen mit mir, die ich nach all meiner Skepsis so gerührt war, dass ich mich hinsetzen musste. Paloma flüsterte Pancho etwas ins Ohr, woraufhin er dem Publikum verkündete:

»Ihr ist jetzt nicht mehr schlecht, und die Bauchschmerzen sind erträglich.«

Gelächter und noch mehr Geschniefe. Die beiden waren glücklich wie das strahlende Paar auf der Hochzeitstorte. Panchos Freunde nahmen Paloma auf die Schultern und trugen sie überall herum. Das wirkte wie ein Startschuss: Los! Und jetzt wird gefeiert bis zum Umfallen! Ich hielt mich an meinem Glas fest und an Roberta, deren Lover sich in eine Ecke verzogen hatte, aber wenigstens nicht störte, was ihn zu einem meiner Lieblinge in Robertas bunter Reihe machte. Mein einziges Ziel auf dieser Party war, nicht an Marina zu denken. Doch ich dachte nur an Marina.

Ich sah, dass Emiliano sie seinen Cousins anvertraute, um mit Señora Sandra zum Tisch des DJs zu gehen. Sie wollten, dass er ein bestimmtes Lied spielte, weil die Eltern eine Rede vorbereitet hatten. Alle vier waren sie da, die Eltern und die Schwiegereltern, je nachdem, von welcher Seite aus man es betrachtete. Palomas Eltern wirkten wie eine nicht mehr ganz so taufrische Version der Eltern von Pancho und Emiliano. Diese Verbindung war eben einfach eine logische Sache. Jeder von ihnen sagte etwas, und dann ließen sie die jungen Leute unter sich. Señora Sandra umarmte ihre Söhne innig und ging dann an der Hand ihres Mannes zum Wohnzimmer im großen Haus hinüber, um dort mit Panchos zukünftigen Schwiegereltern zu plaudern. Ich sah auf die so natürlich wirkende Verbindung ihrer Hände, die Emiliano für gestellt hielt. Ich war mir da nicht so sicher. Das mit den getrennten Schlafzimmern musste nicht unbedingt ein schlechtes Zeichen sein. Das hieß nicht automatisch, dass sie heuchelten oder infrage stellten, sich zu lieben oder geliebt zu haben. Vielleicht war es inzwischen einfach nur noch eine Vernunftehe oder sie waren nach so langer Zeit wie Bruder und Schwester. In jedem Fall lag in der Verbindung der Hände von Emilianos Eltern eine mythische Liebesgeschichte.

Emiliano sagte immer, dass er sich durch die Art, wie seine Eltern sich liebten, gleichzeitig ausgeschlossen und sicher gefühlt hatte. Er wusste, dass sein Vater seine Mutter so sehr liebte, dass, sosehr sie ihm auch auf die Nerven ginge, er die Familie niemals verlassen würde und deshalb niemals weggehen würde, wie mein Vater es mit meiner Mutter gemacht hatte. Ich weiß nicht, wieso, aber mir war immer klar gewesen, dass mein Vater nicht mich, sondern meine Mutter verließ. Ich war nie so unvernünftig, dass ich sie dessen für schuldig erklärt hätte, aber es hatte mir immer Mut gegeben, dass er seine Frau und nicht seine Tochter verlassen hatte. Was das anging, waren wir, abgesehen von anderen feinen Unterschieden, niemals Komplizen, da mir bewusst war, dass seine

Abwesenheit ihr viel mehr wehtat als mir. Ich würde sagen, dass sie mir den Vater locker ersetzte, doch ich konnte die Lücke nicht füllen, die ein Ehemann hinterließ, wenn er ging. Mein Vater brauchte mich nicht so sehr, dass er wegen mir geblieben wäre, aber nicht ich war es, den er verließ, sondern sie. Für Emiliano gestaltete sich die familiäre Logik genau umgekehrt, denn sein Vater würde seine Söhne vielleicht verlassen, seine Frau jedoch niemals. Die gerade herausgefundene Tatsache des nächtlichen Arrangements seiner Eltern hatte ihm eine für ihn fundamentale Sicherheit geraubt. Für die Kinder ist es manchmal leichter, wenn die Dinge eindeutig sind: dass die Väter wegen etwas bleiben oder gehen, dass es keine feinen Unterschiede gibt.

In Señora Sandras Wohnzimmer gab es ein Foto, das erklärte, woher diese Sicherheit kam und warum er so große Angst davor hatte, sie zu verlieren. Darauf waren Emiliano und Pancho etwa zehn Jahre alt und standen vor ihrer Mutter. Sie hatte in einer zufälligen Geste jede ihre Hände jeweils auf die Brust eines ihrer Söhne gelegt, was bewies, dass sie sie an jedem Tag gegenüber allem verteidigen würde. Emiliano lehnte sich an sie, und das Bild strahlte einen allgemeinen Frieden aus. An der Wand von Palomas Zimmer hing ein anderes, aber ähnliches Foto. Darauf lehnte sie sich, auf einem Sofa sitzend, an ihren Vater. Auf dem Bild war sie zwanzig Jahre alt, sie hätte aber auch fünf Jahre alt sein können. Ihr Vater hatte den Arm um sie gelegt und blickte auf ihre Schläfe, als sei er von ihrem Haar, ihrem Kopf, fasziniert, von allem, was zu ihr gehörte und in diesem Moment ein Teil von ihm sein könnte. Sie blickte auf den Horizont, ins Nichts, vollkommen beschützt. Ich hatte kein solches Foto. Es gab kein Foto von mir, auf dem mich jemand umarmte. Auf den Fotos aus meiner Kindheit war ich immer zusammen mit meiner Mutter zu sehen, Arm in Arm, gleichwertig. Ich kannte dieses Loslassen und Sich-beschützt-Fühlen nicht. Na ja, das waren so die Dinge, über die man nachdachte, wenn man drei Tequila getrunken hatte und bei seinem Ex-Freund zu Hause in Gesellschaft seiner neuen Freundin und seiner Mutter gefangen war.

Als ob Emiliano meine Gedanken hatte lesen können, kam er zu mir, und wir tanzten. Wir hatten schon immer sehr gut zusammen getanzt, Emi und ich. Er war vom Feiern verschwitzt. Er gefiel mir. Nach und nach gingen die Gäste. Es bildeten sich kleine Grüppchen, eine in der Kochnische des kleinen Hauses und eine andere, die sich in irgendeiner Ecke des Gartens sinnlos betrank. Ich ging hinaus, um Roberta zu verabschieden, und plauderte ein wenig mit dem zukünftigen Ehepaar über dies und jenes, wobei ich Pancho half, einen bildschönen Joint zu bauen, der der Eleganz seiner zukünftigen Frau angemessen war.

»Legal in Kalifornien gekauft«, klärte Pancho mich auf, bevor ich meinen Unwillen äußern konnte. Im Grunde war mir völlig egal, was die anderen mit ihrem Körper anstellten, doch als Tochter meiner Mutter war es mir unmöglich, nicht immer wieder zu predigen, dass in unserem Land das Nichtbeachten der Gesetze einen fundamentalen Teil des riesigen allgemeinen Problems ausmachte. Und Alkohol war doch auch gut, und durch ihn starben bedeutend weniger Menschen.

Mit dieser und tausend anderen vertrauten Diskussionen im Kopf, standen wir zu dritt zusammen, während von allen Seiten Leute kamen, um sich zu verabschieden. Keine Ahnung, wann Marina gegangen war, doch als ich es bemerkte, lag Emiliano mit Paloma auf dem Sofa, und nur wir vier waren übrig geblieben. Wie immer. Wie in den guten alten Zeiten. Emiliano fiel ein, dass er Pancho noch verprügeln musste, und er stand auf, um es zu tun. Das machten die beiden traditionell auf jeder fröhlichen Feier: sich gegenseitig verprügeln. Auf ihren Geburtstagspartys verfolgten sie sich, wo sie sich auch befanden, bis das Geburtstagskind bereit war, sich zur Feier des Tages schlagen zu lassen. Emiliano verpasste dem zukünftigen Bräutigam ein paar Faustschläge, kräftige Hiebe, sodass dessen Zukünftige rief, dass er aufhören solle, dass dies nun ihre Aufgabe sei und ha, ha, ha, wie nett wir doch alle waren, wie lieb wir uns hatten, wie gut es uns ging.

Paloma schlief schließlich ein wie immer, wenn sie etwas rauchte, und Pancho tanzte ausgelassen mit zwei besoffenen Freunden, von denen wir gedacht hatten, sie wären schon gegangen, die aber plötzlich aus der Kochnische herausgestolpert kamen. Ich verwechselte regelmäßig die Namen von Panchos Freunden, da sie sich nicht wie normale Menschen benahmen, sondern genauso waren wie er und alle gleich wirkten. Ein paar Stunden zuvor hatte einer mich damit zugetextet, wie schade es sei, dass Pancho jetzt heirate, da ein anderer ihrer Freunde nach New York gezogen sei und Pancho neben diesem von der ganzen Sauftruppe am besten aussah und jede Menge Chancen hatte. Ich hätte mich über den Kommentar aufregen können, aber es war ziemlich schwierig, einen erwachsenen Mann zu rügen, der das Wort *Sauftruppe* in den Mund nahm.

Wie so viele Male zuvor blieben Emi und ich allein in der gemütlichen Ecke des kleinen Hauses zurück. Mir war kalt, und Emiliano nahm eine Decke aus einem der Wandschränke, was mich zu dem Kommentar veranlasste, dass sie nach seinem Zuhause rieche. Er sagte mir, dass ihm noch nie aufgefallen sei, dass alles in seinem Elternhaus nach Lavendel rieche, und ich hatte ihm gegenüber nie erwähnt, dass es mir aufgefallen war.

Was noch? Er wollte alles wissen. Ich erzählte ihm die ganze Geschichte, wie ich mir vorstellte, dass seine Mutter genau plante, wie das Heim ihrer Kinder riechen sollte, und dann danach suchte, um es an sie weiterzugeben. Emiliano fing an zu weinen; er war untröstlich. Er berichtete von seiner Mutter, seinem Vater, von allem, was er nicht wusste, davon, wie naiv und verloren er sich fühlte, dass er sich in diesem Haus wie ein kleines Kind vorkam, dass er vielleicht ein kleines Kind war, wie ich immer gesagt hatte. Es tat ihm unglaublich weh, dass es die Wohnung in Tacubaya bald nicht mehr geben würde. Wir dachten an den Türbogen, unsere Tänze und das

Sofa. Er hörte nicht auf zu weinen. Vor Angst, wie er mir sagte. Er habe Angst, dass es ihnen nicht gelingen würde, dass Geld für seinen Film aufzutreiben, aber noch mehr Angst, dass es ihnen gelingen würde und er den Film tatsächlich machen müsse. Er habe Angst, sich zu irren, Angst, verurteilt zu werden, Angst, dass ich nicht da sein würde, um sie ihm zu nehmen. Alles mache ihm Angst: seine neue Wohnung, seine neue Freundin, dass die Zeit verging.

»Ich sterbe vor Angst, Mari.«

»Du bist betrunken, meine Liebster.«

»Es muss ja einen Grund dafür geben, dass ich dir die Wahrheit sage.«

Er hatte den Kopf auf meine Beine gelegt, und ich strich ihm übers Haar und das Gesicht. Er klammerte sich an meinen Körper wie an einen Rettungsring.

»Ich vermisse dich. Ich vermisse dich so sehr. Du bist meine beste Freundin, und wir können uns nicht sehen, ich kann nicht mit dir zusammen sein.« Er sagte es, als wäre es eine Tatsache. Und ich konnte ihm nicht widersprechen. »Das ist furchtbar. Das ist furchtbar, Mari!«

Er klammerte sich an meine Taille. Ich legte beide Hände auf seinen Rücken. So blieben wir lange Zeit sitzen.

10

Die Graue Kiste und der Hut

Ende des Monats ertrank ich in Rechnungen, die ich nicht bezahlen konnte, und musste die Wohnung in Tacubaya aufgeben. Ich enttäuschte Jaime Chico, da ich nicht auf seine Kinder aufpassen konnte, weil ich den ganzen Samstag vom Morgengrauen an mit dem beklemmenden Gefühl verbrachte, wahllos alles einpacken zu müssen. Ich begann in der Küche, wo ich die Teller aufbewahrte, die sich mit der Zeit angesammelt hatten. Vier passten zusammen, die anderen sechs kamen Gott weiß woher. Die beiden weißen Teller hatte Emiliano von zu Hause mitgebracht, als wir zum ersten Mal zu sechst zu Abend gegessen hatten; den geblümten hatte ich einfach behalten, nachdem die Nachbarin uns mal einen Kuchen gebracht hatte; und die anderen drei mussten aus einer anderen Dimension in unserem Schrank gelandet sein. Ich packte sie alle in Zeitungspapier und Luftpolsterfolie ein, ohne mir weitere Fragen zu stellen. Als Nächstes widmete ich mich dem Besteck, das komplett zusammenpasste, denn als Paloma es uns zu unserem sechsten Jahrestag geschenkt hatte, hatte ich das Blechbesteck weggeworfen, womit wir uns vorher begnügt hatten. Was ich nachher bereut hatte, da das von Paloma, was wohl besonders elegant sein sollte, extrem schwere Griffe hatte und ständig vom Teller fiel und das Essen durch die Luft katapultierte. Danach waren die Plastikschüsseln an der Reihe, die roten geflochtenen Tischsets, die schweren Gläser und die falschen aus Acryl, die dann benutzt wurden, wenn Gefahr bestand, dass sie betrunkenen Gästen aus der Hand fielen. Ganz hinten im Vorratsschrank stieß ich auf eine vergilbte Trinkflasche, von der das Gesicht des Hulk mich böse ansah, als wollte er sich darüber beklagen, wie schmutzig und einsam er sei. Es war beinah nichts mehr zu essen da, weil ich mich in den letzten Tagen bemüht hatte, bis zur letzten Thunfischdose nach und nach alles zu verspeisen, um es nicht mitnehmen zu müssen. Übrig geblieben waren nur die Chilisauce, die Worcestershiresauce und die Maggiflasche; eine Dose gesundes Müsli, das Emi so gern mochte, und die Dosen mit Zucker, Mehl und Reis.

Schließlich war alles in Kisten verpackt. Als ich ins Wohnzimmer kam, hatte ich keine Lust mehr zu sortieren und packte alle Bücher ein, ohne nachzusehen, um welche es sich handelte und ob ich sie behalten wollte. Ja, ich wollte. Desgleichen die Filme, ich würde alle mitnehmen, gute, schlechte und durchschnittliche. Ich floh vor der Möglichkeit, in diesem Umzug die Gelegenheit wahrzunehmen, zu einem erleuchteten Menschen zu werden, der sein Leben ordnete, seine Sachen durchging und zu dem Schluss kam, dass er vieles von dem ganzen

Zeug gar nicht wirklich benötigte. Nein. Ich war gerade dabei, eine Riesensache aufzugeben, und hatte kein Interesse daran, mit irgendwelchen kleinen Dingen das Loslassen zu üben. Alles kam mit. Ich würde alles in eine Kiste stopfen, an der ich mir einen Bruch heben würde, wenn ich sie in den Wagen hinuntertragen musste, den die gute Roberta gemietet hatte, um mir zu helfen. Die Kissen aus dem Wohnzimmer steckte ich in leere Müllsäcke und packte die typisch mexikanischen Alebrijes dazu. Die Sachen aus dem Bad füllten eine Anzahl an Umzugskartons, was mich überraschte. Allein die Medikamente machten eine komplette Kiste aus. Der Kleiderschrank kam als Letztes dran, da ich seinen Inhalt fast vollständig in Koffern verstauen würde: Kleidung, Cremes, Nagelfeilen, winzige Walzenspieldosen, von denen wir auf jeder Reise eine gekauft hatten, sofern es eine gab, und sonstigen Plunder.

Ich verabschiedete mich nur von den Möbeln, weil ich keine andere Wahl hatte. Weniger als die Hälfte davon würde mit mir in die neue Wohnung umziehen, da die anderen nicht hineinpassten. Ich hatte Fotos der Möbel, die ich nicht mitnehmen konnte, zusammen mit dem Umzugsdatum an Emiliano geschickt, falls er vielleicht irgendetwas davon haben wollte, doch er hatte nur mit einem rätselhaften: »Danke« geantwortet. Also wurden die Sachen auf Ebay versteigert.

Alles erinnerte mich an Emiliano. Es gab nichts in dieser Wohnung, was nur mir gehörte. Sogar die Lichterkette am Fenster in der Küche, die ich aus meiner winzigen Wohnung damals mitgebracht hatte, gehörte ein bisschen ihm. Denn sie erinnerte mich daran, dass er jedes Jahr die kleinen Birnen ausgewechselt hatte, anstatt eine neue zu kaufen.

Alles gehörte uns beiden. Sogar die Zahnpasta hatten wir gemeinsam ausgewählt. Deshalb packte ich einfach alles ein, ohne genauer hinzusehen, und ersparte mir unangenehme Entscheidungen. Als ich sah, dass ich nicht mehr genug Kartons hatte, fing ich an, die Sachen gnadenlos in den Müll zu werfen. Das erste Opfer war ebenjene alte Lichterkette. Ab in den Müll. Die Fotos, die ich hatte ausdrucken lassen, um sie irgendwann mal einzurahmen. In den Müll. Ein Paar Socken von Emi, die er ganz hinten in einer Schublade vergessen hatte. Adiós. Als ich fertig war, war der Nachmittagshimmel marineblau und tauchte die nackten Wände und die staubigen Ecken in ein melancholisches Licht, das für jemand anderen, der weniger verbittert war, gedacht war. Zehn Minuten später kam Roberta, und wir verbrachten den Rest des Tages damit, Kisten zu schleppen, als müssten wir für irgendetwas Buße tun.

»Wo kommt das ganze Zeug her? Was willst du damit? Du hast eindeutig ein Problem!«, schimpfte sie, während sie die Kartons keuchend Stufe um Stufe mit mir hinunterschleppte.

Wir brachten alles außer dem Bett in die neue Wohnung, die unter der von Roberta lag, in einem jener Gebäude, die vor zehn Jahren neu gewesen waren und heute älter aussahen als die Gebäude, die vor vierzig

Jahren gebaut worden waren. Die Wohnung hatte niedrige Decken und Fenster mit Aluminiumrahmen. Die Wände waren aus Rigips, sodass man das Gefühl hatte, mit den Nachbarn in einer Wohnung zusammenzuleben. Das Badezimmerfenster ging direkt zur Mixcoac-Brücke hinaus. Hey, wenn ich meinen sozialen Tag hatte, konnte ich den Leuten in den Autos zuwinken, die dort im immerwährenden Stau standen. Insgesamt konnte ich mich nicht beklagen: Die Wohnung war klein, aber auch ich war klein und passte prima hinein. Sie war hässlich, aber nicht schrecklich. Vor allem war sie billig, was ich dringend brauchte. Was wollte ich mehr. Auch wenn nicht zu übersehen war, dass die Küche gleich neben dem Schlafzimmer lag und alles aus Plastik bestand. Ich fand die Wohnung genauso vergilbt und traurig wie die alte Hulk-Trinkflasche.

»Bist du dir sicher, dass du heute nicht bei mir übernachten willst?«, fragte Roberta, die sah, wie ich alles mit tieftraurigem Blick in Augenschein nahm, und sich sicher gerade sehr zusammenriss, um mir nicht an den Kopf zu werfen, dass ich eine verwöhnte Kuh war. Sie lächelte mir aufmunternd zu. »Dann komme ich morgen mit, um das Bett zu holen und die Schlüssel zu übergeben.«

»Nein danke. Dafür hab ich mich schon mit meiner Mutter verabredet«, erklärte ich.

»Aber du wirst total deprimiert sein, wenn du in dem leeren Bett in der ausgeräumten Wohnung schläfst.«

»Es ist meine letzte Nacht.«

»Dann geh. Offenbar ziehst du es vor, dich in Selbstmitleid zu suhlen, weil du nun kein Zuhause mehr hast, im wahren und im metaphorischen Sinne. *Ich leide. Ich leide. Was für ein Glück!*«

»So ein Unsinn.«

»Na schön, aber ich lasse dich nur gehen, wenn du mir versprichst, dass du dich nicht daran berauschst.«

»Wie? Berauschst? Spinnst du?!«

Sie sah mich mit ihren kugelrunden kaffeebraunen Augen an, in denen eine angeborene Skepsis stand. Ich konnte ihr nicht böse sein, nur weil sie mich besser kannte als jeder andere. Außerdem war sie gerade eben sechs Stunden lang mit meinen Sachen treppauf und treppab gelaufen. Also ignorierte ich ihren Einwand einfach. Ja, ich würde mich daran berauschen, allein in meiner verlassenen Wohnung zu schlafen, um mich zu verabschieden. Na und?

Roberta fuhr mich bis vor die Haustür in Tacubaya, und ich lief außer Atem die Steintreppen hinauf. Ich kämpfte mit dem Schlüssel, trat ein und machte nur ein Licht an, damit die Leere so richtig zur Geltung kam. Dann verabschiedete ich mich von jedem Winkel: dem dunklen Holz, den Regalen im Wohnzimmer, dem Boden aus abgenutztem Pinienholz, das im Flur perfekt schräg verlegt worden war. Im Badezimmer trat ich mit nackten Füßen auf den Marmorboden. Schließlich legte ich meine Hand an die Türrundung am Eingang. Ich war wie Tito, ich berührte alles, worauf ich Lust hatte, mit den Händen: die Ecken der Leisten, den Handtuchhalter und das riesige Waschbecken. Als ich das Bad verließ, stieß ich mir den Hintern, was mir genau der richtige Abschied von diesem Raum zu sein schien.

Zuletzt kam ich zum Schlafzimmerschrank, in dem der Rest meiner Kleidung hing. Ich öffnete die Türen und sah mich den ganzen teuflischen Verkleidungen gegenüber sowie den Brautjungfernkleidern, die ich bei den Hochzeiten von Emilianos Cousinen getragen hatte; hinten in den Schubladen lagen jede Menge verwaschene Unterhosen und Strümpfe. Ich zog die letzte Schublade auf, wo ich die Badesachen und einen riesigen Strandhut aufbewahrte, von dem ich mich wohl niemals trennen würde. Da attackierte mich plötzlich ein zur Kugel gerolltes Ding aus kaffeebraunem Filz, und ich stieß gegen die Fensterbank.

Es war der Indiana-Jones-Hut, den ich zum Spaß mal irgendwo im Zentrum für Emiliano gekauft hatte. An jenem Abend hatte er nur den Hut angezogen, und wir waren, mit geröteten Gesichtern und zu Scherzen aufgelegt, durch die ganze Wohnung getollt.

»In den Müll!«, sagte ich mit strenger Stimme. Doch dann holte mich der ganze vergangene Tag ein, an dem ich brav die Tapfere gespielt hatte. Indiana. Indiana. Indiana war tapfer und gut. Indiana war der Held der tapferen, guten Kinder. Nicht von jenen infantilen Idioten, sondern von reinen, lebendigen väterlichen Seelen. Ein *Indiana-Jones*-Fan war immer voller Lebensfreude. Und so war Emiliano: voller Lebensfreude. Was brauchte man sonst noch? Ich lief zu meinem Handy und suchte seinen Namen, aber ich wollte nicht mit ihm sprechen. Dieser verdammt Hut hatte die Drama-Queen in mir geweckt. Ich wollte ihn sehen. Kurz überlegte ich, Paloma anzurufen, aber die würde mir mit rationalen Argumenten kommen, die mich im Moment nicht interessierten. Ich rief Pancho an.

»Hallo, Pancho? Wie geht's? Sag mal, hast du zufällig Emilianos neue Adresse?« Ganz zufällig.

»Sicher. Ich schicke sie dir gleich.« Fertig. Als mein Handy den Eingang der Nachricht mit einem zarten Pling meldete, saß ich bereits im Taxi.

Ich dachte an die Verlobungs-Party für Paloma. Emilianos Hände, die meine Taille umschlangen, seine Tränen, die mein Kleid durchnässten, das vorhin gnadenlos in den Müll gewandert war. Er vermisste mich. Er vermisste mich. Aber das brauchte er nun nicht mehr. Die Trennung war nötig gewesen, aber nun reichte es. Wir gehörten zusammen. Er wusste jetzt, wie es war, allein zu leben, und hatte sein Drehbuch geschrieben. Es wurde Zeit, dass diese Auszeit beendet wurde und ich zu Indiana Jones zurückkehrte. Wir konnten ja noch eine Weile getrennt leben, miteinander gehen wie verliebte Teenager, in der Mitte unseres Lebens den traditionellen Anfang erleben, den wir nie hatten. Der Gedanke trieb mir ein unfreiwilliges Lächeln ins Gesicht. Seine neue Wohnung lag im ersten Stock eines mehrstöckigen Hauses. Zwei Blocks von einer Grundschule entfernt, umgeben von kleinen Häusern, in denen Familien mit durchschnittlich zwei Kindern in Schuluniformen lebten. Ich hatte ein Loft in der obersten Etage in einem wesentlich schickeren Viertel erwartet. Dieser Emiliano war immer für eine Überraschung gut. Dieser Emiliano war einfach wunderbar. Zu Recht war dieser Emiliano der Mann meines Lebens. Ich wurde immer aufgeregter, und die Gefühlsaufwallungen stiegen in mir hoch wie schäumende Wellen.

Das Taxi drehte in der Straße, wo Emiliano wohnte, und ließ mich an der nächsten Ecke aussteigen. Im Licht einer gelben Straßenlaterne rannte ich zu seiner Tür. Ich fühlte mich wie die Heldin einer romantischen Komödie und sprang der Liebe entgegen. Das Haus war nicht sehr hoch; im Efeu, mit dem die Gittertür bewachsen war, suchte ich seine Klingel. Dahinter lag ein erleuchtetes Fenster. Seines? Ich beugte mich vor. *Ja, seines.* Er lag auf dem Sofa im Wohnzimmer in einer intimen Haltung, die ich gleich wiedererkannte. Es war wie ein Faustschlag in die Magengrube. Seine Beine waren um Marinas Knie geschlungen, und seine Füße strichen an ihrem Körper auf und ab, während das flackernde Licht eines Films einen wechselnden Schatten auf ihre Gesichter warf. Wie viel besser wäre es gewesen, sie nackt und verschwitzt gegen die Wand gelehnt vorzufinden. Denn das, was ich sah, war viel schlimmer und ließ mich fest die Augen schließen, wie es kleine Kinder taten, wenn sie einen Film schauten, der ihnen Angst machte, ich kniff die Lider zu, bis ich leuchtende rote Punkte sah.

Die Wellen, die an mir hochgeschlagen waren, sanken rapide in sich zusammen, bis ich nur die kalte Luft an meinen Beinen spürte. Ich war in einem ärmellosen T-Shirt gekommen, in Shorts und Turnschuhen. In dem, was ich für den Umzug angezogen hatte. Ich brauchte keinen Spiegel, um mir bewusst zu werden, dass dies das mieseste Outfit war, das man tragen konnte, wenn man auf eine Enttäuschung dieser Art traf. Eine gemeine Kraft, die nicht die meine war, bewegte meinen Finger an die Türklingel und ließ ihn mehrere Sekunden darauf drücken. Ich sah nicht mehr durchs Fenster, doch ich konnte mir vorstellen, wie sie den Film anhielten und sich fragten, wer das wohl sein mochte. Der Pizza-Service?

Ich hätte weglaufen sollen, doch die gleiche Kraft, die nicht die meine war, hatte meine Füße zu Beton werden lassen. Ich wollte ihn sehen. Ich wollte, dass er die Tür öffnete und ich sein Gesicht sah, seine Überraschung. Doch niemand öffnete die Tür, da es seit etwa vierzig Jahren jene magischen Apparate gab, die man *Sprechanlagen* nennt. Daher hörte ich auf mein Klingeln hin plötzlich Marinas helle, melodische Stimme die Frage stellen: »Wer ist da?«

»Hola …, ich bin's, María.« Ich sah vor mir, wie sie sich umwandte, um Emiliano mitzuteilen, wer geklingelt hatte, und wie er ein Gesicht machte, das besagte: Verdammt, was, zum Teufel, will denn María hier?

»Ah, warte.« Es ertönte das laute Plärren, das Sprechanlagen von sich gaben, wenn aus der Distanz die Tür geöffnet wurde. »Die erste Tür links.«

Ich drückte die Haustür auf; Emiliano erwartete mich bereits in der offenen Wohnungstür, ein höfliches Gastgeberlächeln im Gesicht.

»Was gibt's, María?«

»Hallo.«

»Was ist passiert? Alles in Ordnung?«

»Ja. Ich wollte dir das bringen.« Ich übergab ihm den kaffeebraunen Filzhut, den ich in meinen Händen knetete.

»Indiana Jones!« Er tat sein Bestes, um vorzugeben, dass alles ganz normal wäre, der Arme.

»Ich hab ihn beim Umzug ganz hinten im Schrank gefunden.«

»Du bist schon umgezogen?«

»Ja, heute.« Zum Beweis wies ich auf mein Outfit.

»Und wie war's? Furchtbar, so ein Umzug, nicht?«

»War okay.«

Schweigen. Ich hörte, wie Marina sich hinten in der Wohnung bewegte.

»Möchtest du reinkommen und dir die Wohnung mal ansehen?«, fragte Emiliano, doch für mich klang es wie eine Drohung.

»Gut«, antwortete die gemeine Kraft, weil sie mich hasste.

Ich machte die schnellste Besichtigungsrunde, die es je gegeben hat, unter anderem, weil ich plötzlich in der Lage war, die gemeine Kraft zu besiegen, und verzichtete darauf, mir die Räume näher anzusehen, auf die Emiliano wies. Nachdem ich Marina mit einem Wangenkuss begrüßt hatte, blieb ich im Wohnzimmer und warf nur einen Blick in die anderen Zimmer, als Emiliano nach und nach aufzählte: »Das ist die Küche, das ist das Bad, und das hier will ich als Büro nutzen, also für mich ist es das Büro.« Bis zu diesem Zeitpunkt hatte ich in meinem Leben noch nie den Wunsch gehabt, im Boden zu versinken. Doch jetzt war es so weit. Ich hoffte, dass die Erde sich spalten und ich darin verschwinden würde.

»Echt cool.«

Er hatte die Wohnung selbst eingerichtet. Ziemlich sparsam, aber verdächtig geschmackvoll. Der Mistkerl!

»Na schön, ich geh dann mal wieder, ich wollte dir nur den Hut vorbeibringen.« In meinem Kopf hörte sich meine Stimme übertrieben zufrieden an, als hätte ich ihm sein Handy gebracht oder etwas anderes, was er wirklich brauchte. Dabei hätte ich am liebsten verzweifelt geschrien: *Das ist nur ein Vorwand, denn ich bin gekommen, um dir zu sagen, dass ich dich liebe, was ziemlich offenkundig ist, denn warum hätte ich sonst hier unangekündigt auftauchen sollen, mit einem Hut, der ein Symbol unserer Zusammengehörigkeit ist.* Ich verließ die Wohnung in dem Wissen, dass Emiliano mir nachsah; ich hörte, wie er erst die Tür schloss, als ich wieder an der Straße stand.

Der Taxifahrer, der mich zurück nach Tacubaya brachte, muss sich gefragt haben, ob er mich nicht besser in ein Krankenhaus hätte bringen sollen, ich schluchzte auf dem Rücksitz wie eine Wahnsinnige. Dann schleppte ich mich die Treppen hinauf, denn aus meiner genussvollen Melancholie war tiefste Verzweiflung geworden, bis ich die Wohnung betrat und mein Telefon klingelte. *EMILIANO* stand in Großbuchstaben auf dem Display.

Geh nicht ran, geh nicht ran!

»Ja?« Ich ekelte mich vor mir selbst.

»Was ist los, Mari?«

Diese mit müder Stimme gestellte Frage war der Beginn eines furchtbaren Gesprächs, in dem er als Nächstes um Verzeihung bat, dass ich nicht hatte bleiben können oder er mich nicht dazu aufgefordert hatte. Das Gespräch stockte, und ich hatte nicht die Kraft, die Leere zu füllen.

»Marina ist gerade gegangen, entschuldige, dass ich nicht vorher angerufen habe.«

Hör auf, dich ständig zu entschuldigen!

»Nein, nein. Ich muss mich entschuldigen, weil ich dir nicht Bescheid gesagt habe. Wie peinlich!«

Ich hasste das Wasser, das mir in die Augen stieg. Ich wollte jemand anderes sein, ich wollte dieses verdammte Wettrennen gewinnen, in dem Emiliano mich im Moment abgehängt hatte. Ich wollte wieder das Gefühl haben, dass ich ihn verlassen hatte, obwohl er gegangen war, sodass ich von ihm verlangen konnte zurückzukommen, wenn mir danach war.

Jedes Wort, das er von sich gab, das so nett gesagt war, machte mich fertig. Ich fühlte, dass er hin und her gerissen war. Zwischen zwei Stühlen saß: auf der einen Seite unsere Geschichte und was er ihr, weil sie so schön war, schuldete; auf der anderen Seite ein reiner Horizont, zu dem ich nicht gehörte und den Marina für ihn darstellte und noch viel mehr als sie.

Gerade, als ich an Marina dachte, begann Emiliano mit seiner Erklärung: Warum sie bei ihm gewesen war und welchen Film sie sich angesehen hatten. Dabei war seine Rechtfertigung noch schlimmer als alles andere.

»Sie wird in dem Film mitspielen.«

»In welchem Film?«

»Na, in meinem.«

»Wirst du ihn denn machen?«

»Ich glaube, ja.«

»Hast du das Geld bekommen?«

»Ja. Ich wollte es dir schon seit ein paar Tagen sagen.«

»Emi, das ist großartig! Herzlichen Glückwunsch.«

Das war das erste Mal an diesem Tag, dass ich die Wahrheit sagte. Ich freute mich, ich freute mich wirklich.

»Ja, nicht wahr? Marina wird darin auch eine Rolle spielen, deshalb haben wir ein paar Filme studiert.« Er lachte. »Es wird ein kleiner Film. Aber es ist echt cool.«

»Es ist unglaublich.«

Er bat mich noch mal um Entschuldigung. Und diese Entschuldigung war die schlimmste von allen, denn er entschuldigte sich dafür, auf der Verlobungs-Party für Paloma dermaßen betrunken und melodramatisch gewesen zu sein.

»Na, jedenfalls vielen Dank, dass du mir den Hut gebracht hast«, kam er zum Ende.

»Keine Ursache. Entschuldige, dass ich ihn dir gebracht habe.«

»Nein. Glaub mir, ich versteh das schon.«

Nein. Ich glaubte nicht, dass er das verstand. Doch ich sagte nichts, denn ich starb vor Angst davor, dass Emiliano die ausgesuchte Höflichkeit, mit der er dieses Gespräch führte, vergessen und mich zwingen könnte, aufrichtig zu sein, dass er mich fragen könnte, was ich eigentlich in seiner Wohnung zu suchen hatte, oder was ich mir erhofft hatte.

Doch dann beendeten wir das Gespräch, ohne die Wahrheit gesagt zu haben, auch wenn sie die ganze Zeit über unterschwellig zu hören war.

Ich schickte ihm eine Nachricht: *Herzlichen Glückwunsch noch mal zum Film. Wie aufregend!* Er antwortete mit vielen glücklichen Icons.

Ich überlegte, mir einen Film auf meinem Handy anzusehen, doch alles erschien mir zu oberflächlich. Also legte ich mich in mein von der Leere umgebenes Bett und zwang mich einzuschlafen. Was für ein Vorteil, schlafen zu können! Was machten Schlaflose, um nicht vor Trauer zu sterben?

Unglücklicherweise konnte man nicht mal schlafend seinem eigenen Gehirn entkommen. Mein Unterbewusstsein servierte mir ein paar derart für sich sprechende Träume, dass, hätte ich wie Paloma eine Psychologin gehabt, diese sich den Tag hätte freinehmen können. Mein Gehirn war nicht gerade zimperlich. Es sandte mir eindeutige, klare und unangenehme Botschaften. Ich träumte, dass Marina schwanger wäre und Emiliano mich aufforderte, mir das Kind anzusehen. Marinas Bauch war durchsichtig, was in meinem Traum völlig normal war, sodass das Baby im Bauch der Mutter gut zu sehen war. Daher luden sie Leute ein, es sich anzuschauen. Von außen gesehen, spielte sich das Ganze in Emilianos Wohnung ab, so wie ich sie gerade kennengelernt hatte, doch als ich die Türschwelle überschritt, stand ich in einer feudalen Villa, die der von Señora Sandra ähnlich war. Wunderschön, voller Wärme und mit hinreißend gemütlichen Ecken. *Klar,* dachte ich in meinem Traum, *sie weiß, wie man ihm ein Zuhause bereitet. Es ist nur logisch, dass meine Wohnung trotz all meiner Mühe hässlich ist, ihre dagegen so perfekt, als wäre dies ein Kinderspiel. Denn es kommt auf die Persönlichkeit an und nicht auf die Mühe, die man sich gibt.* Ich dachte dies, als wäre es eine Tatsache, mit jener dumpfen Emotion, mit der man im Traum furchtbare Dinge hinnimmt. Marina war eine Frau ohne Fehler, voller Liebe, die Kinder wollte, ohne daran zu zweifeln, die sein kreatives Genie bewunderte, die ihn ohne Einschränkungen und Vorwürfe liebte. Deshalb erschaffte sie mit ihrer Gegenwart ein Heim, anders als ich, egoistisch wie ich war, die ich ihn geringschätzte und nur Leere mitbrachte, anstatt eines hausgemachten Potpourri-Duftes. In der Mitte des Wohnzimmers befand sich Marina mit ihrem Bauch, in dem das wunderhübsche rosafarbene Baby zu sehen war, das in ihr wuchs und die ganze Zeit lächelte. In meinem Traum zogen sich meine sämtlichen Eingeweide zusammen, bis ich nur noch ein winziger Schatten war.

Schweißgebadet und mit vor Kälte zitternden Beinen wachte ich auf. Ich stieg aus dem Bett und sah das blutige Laken. Mir war völlig entfallen, dass ich meine Periode bekam. Die roten Flecken erleichterten mich für einen Moment, da sie aus dem schwarzen Flecken kamen, zu dem in meinem Traum mein Körper geworden war. Zuletzt war auch mein Bett nicht mehr als Zufluchtsort in diesem leeren Raum zu gebrauchen. Es war Zeit zu gehen.

Draußen auf der Treppe sitzend, wartete ich auf meine Mutter und umarmte sie, als sie kam, wie einen Rettungsring. Sie half mir, die Matratze zum Lieferwagen zu tragen, na ja, »helfen« bedeutete in diesem Fall, dass sie mich eingehend musterte. Sie begleitete mich zu meiner neuen Wohnung und half mir, all meine Sachen zu verstauen. Dort ließ sie mich um acht Uhr, fertig eingerichtet und zu neuen Taten bereit, zurück, in der neuen Wohnung, die sie Die Graue Kiste getauft hatte. Bevor sie ging, machte ich ihr noch eine Bohnensuppe, denn sie wirkte traurig. Sie wollte mir nicht sagen, warum, aber ich ahnte, dass sich bei meinem Herrn Vater abzeichnete, dass er wieder mal genug hatte und bald verschwinden würde. Wie konnte dieser Blödmann die Frau verlassen, die ihm ein noch besseres Heim bot, als Marina es jemals könnte? Mein Vater war einfach dämlich!

Ich legte mich ins Bett. Dabei stellte ich fest, dass alles in Der Grauen Kiste anders roch außer meinem Bett, das nach Emiliano duftete, was keinen Sinn machte, da die Kissen neu waren und die Bettwäsche frisch gewaschen.

Jedenfalls erreichte irgendetwas von seiner Essenz mich unter meiner Decke und klebte an mir. Oder war es so, dass ich vielleicht an ihm klebte?

Ich beschloss, Tagebuch zu führen, um den Übergang in mein neues Leben festzuhalten.

Montag, 13. Oktober
Die Küche in Der Grauen Kiste befindet sich direkt neben meinem Schlafzimmer, sodass sie mich von Emilianos Geruch ablenkt. Ich bin in der ersten Nacht drei Mal von einem wie eine Beschimpfung klingenden Geräusch geweckt worden, das zu sagen schien: »Raus, geh weg, du Eindringling!«

Dienstag, 14. Oktober
Tagsüber wird der lärmende Kühlschrank zum größten Teil von den Geräuschen der Nachbarn und der Autos auf der Mixcoac-Brücke übertönt. Aber die Krönung war, dass mir die Dusche heute Morgen das warme Wasser verweigerte. Also musste ich mein Haar in der Spüle waschen, um zu meinem Interview gehen zu können, doch am Abend genoss ich glücklich das warme Wasser und stellte fest, dass die Dusche der beste Ort in Der Grauen Kiste ist.

Mittwoch, 15. Oktober
Leider kann man sich nicht ständig in der Dusche aufhalten. Schade. Wegen der seltsamen Geräusche kann

ich nicht schlafen. Der Kühlschrank macht mir Angst. Sein Lärm hört sich an wie im Krieg.

Donnerstag, 16. Oktober
Ich muss zwei Filmkritiken schreiben. Die erste ist sehr negativ und zornerfüllt. Ich muss mir einen Job suchen, der mich von dieser Wohnung erlöst. Den Rest des Tages habe ich damit verbracht, den leisesten Kühlschrank zu suchen, den es auf dem Markt gibt. Mehreren Foren entnehme ich, welche Firma die garantiert leisesten Kühlschränke anbietet, allerdings sind fast alle ihre Geräte French-Door-Kühlschränke, die nicht in die Plastikküche Der Grauen Kiste passen. Ich brauche einen mit getrennten Türen und der Tiefkühltruhe oben. Es ist unglaublich, wie man sich an einer Sache festbeißen kann, an die man vorher noch nie einen Gedanken verschwendet hat.

Freitag, 17. Oktober
Ich mache Kartoffelsalat, der für die nächsten sechs Monate reichen würde. Allerdings habe ich Angst, den Kühlschrank zu öffnen, um ihn hineinzustellen, denn bald ist es Schlafenszeit, und wenn man die Kühlschranktür öffnet, verärgert das seinen Motor, und er legt sich mit doppelter Kraft ins Zeug. Also werden die Kartoffeln wohl schlecht werden.

Andererseits hat José Miguel mir meinen monatlichen Scheck überreicht. Nichts macht mich glücklicher als mein monatlicher Scheck.

Samstag, 18. Oktober
Ich habe die Kinder an diesem Wochenende nicht, weil sie bei ihrer Mutter sind. Also werde ich den Kühlschrank von der leisen Marke kaufen, der dreitausend Pesos mehr kostet als das, was ich eigentlich anlegen wollte, aber die Verkäuferin hat mir gesagt, dass das Angebot nur noch bis heute gilt. Meine Kreditkarte muss ran. Den Rest des Monats über werde ich nur noch Reis und Fertigsuppen essen. Der alte Kühlschrank hat in der Nacht noch mal alles gegeben. Er weiß wohl, dass er weg muss. Den Stecker rauszuziehen ist der Höhepunkt der Woche.

Sonntag, 19. Oktober
In der Hoffnung, etwas Frisches in den Magen zu bekommen, lade ich mich zum Frühstück bei Roberta ein. Doch Fehlanzeige: Das Einzige, was sie hat, sind ungetoastetes Brot und Rührei mit Ketchup. Roberta ist fast nie zu Hause, weshalb ihre Graue Kiste *sie* längst nicht so sehr stört wie mich meine. Sie hat noch gar nicht gemerkt, wie abartig laut der Kühlschrank ist. Den ganzen Tag über macht sie sich über meine Verzweiflung lustig. Find ich gar nicht witzig.

Montag, 20. Oktober
Noch zwei Tage bis zum neuen Kühlschrank.

Dienstag, 21. Oktober
Noch einen Tag bis zum neuen Kühlschrank.

Mittwoch, 22. Oktober
Ein Mann namens Manuel vom Walmart bringt meinen neuen Kühlschrank. Er entfernt die Plastikfolie sowie sämtliche Etiketten und platziert ihn in der Nische, in die er gerade so hineinpasst. Dies ist der leiseste kleine Kühlschrank, den er in all seiner Zeit als Kühlschrankmonteur erlebt hat. Er nimmt den alten Kühlschrank und seinen verdammten Motor mit und wirft ihn ohne jegliche Vorsicht auf die Ladefläche seines Lieferwagens, sodass er auseinanderbricht. Ein komischer Typ, dieser Manuel.

Donnerstag, 23. Oktober
Ich kann nicht schlafen, denn der neue Kühlschrank ist zwar leise, aber er macht ein anderes Geräusch, das genauso unerträglich ist. Ich weine die ganze Nacht in mein Kissen, wo mich dieser verdammte Geruch erwischt, den Emiliano zurückgelassen hat.

Schluss mit diesem blöden Tagebuch!

11

Die Bestie

Das Bemühen darum, mich selbst zu finden, war ein Vollzeitjob. Denn die Frage war, ob ich davor floh, wie ich wirklich war, oder ob ich mir selbst hinterherlief, weil ich mich nicht wirklich kannte. Das Ganze hatte mit Emiliano zu tun, aber gleichzeitig auch nicht. Denn die Welt änderte sich. Ich war bereits dreißig Jahre alt, doch plötzlich überkam mich eine Wehrlosigkeit, die nicht zum Erwachsensein passte. Das Problem war, dass ich vor dem Hintergrund von etwas erwachsen geworden war, was bald nur noch eine Lücke sein würde. Und all das versetzte mich nicht nur in Angst, sondern regelrecht in Panik. Ich fühlte mich wie ein unbeschriebenes Blatt, jedoch nicht glänzend und frisch hergestellt, sondern wie im Regal eines Schreibwarenladens vergessen, mit bereits vergilbten Ecken. Eine Frau, die mit dreißig Jahren ein unbeschriebenes Blatt war, war einfältig und nicht frisch und knackig. Und genauso fühlte ich mich: einfältig. Einfältig und identitätslos.

»Hallo, ich bin's, María«, sagte ich zum Spiegel, wie um mich selbst davon zu überzeugen. Ich schlief weinend ein und wachte weinend auf, zwischen meinen

Laken, die, sooft ich sie auch wusch und wechselte, nach Emiliano rochen. Die Zeit dazwischen war zweigeteilt, in der einen Minute war ich damit beschäftigt, Die Wilde Bestie zu nähren, die alles verschlang, was ich tat, in der nächsten stand der Versuch, mir vorzumachen, dass Die Wilde Bestie nicht existierte. Und so ging es munter hin und her. Die Wilde Bestie war in mir, manchmal wütend, manchmal verzweifelt. Sie ernährte sich von meinen Zweifeln und meiner Reue. Wenn Emiliano mir eine Nachricht sandte oder ich mit ihm sprach oder Paloma ihn vorsichtig mir gegenüber erwähnte, diente dies nur dazu, mich daran zu erinnern, dass ich ihn liebte und er nicht der meine war. Auf Die Bestie hatte dies alles keinen Einfluss. Sie war voller Groll. Die Bestie war vernünftigen Argumenten nicht aufgeschlossen. Sie wütete, während ich schrieb, während ich arbeitete, während ich schreiben und arbeiten wollte; es war, als stünden mir nur zehn Prozent meiner Gehirnkapazität zur Verfügung, weil Die Bestie den Rest mit grausamen Fragen besetzt hatte: Wer bin ich, wenn ich nicht mit Emiliano zusammen bin? Welcher Film gefällt mir, wenn ich nicht mit ihm darüber reden kann? Welche Musik mag ich nicht nur, weil ich sie mit irgendeinem Moment in Verbindung bringe, in der sie uns begleitet hat? Warum bin ich auf der Welt, wenn ich nicht sein *Zuhause* bin?

Komm, hör auf!, sagte ich zu Der Bestie. *Wir sind unabhängige Frauen und brauchen keinen Mann, um unser Dasein zu verstehen.*

Nein, antwortete Die Bestie, *wir brauchen keinen Mann. Wir brauchen Emiliano!*

Und weil ich sie ließ, fuhr sie fort: *Die zehn Jahre, die du mit ihm verbracht hast, sind die zehn Jahre im Leben, in denen man zu dem wird, was man ist. Warum braucht er dich nicht, um zu wissen, wer er ist? Er müsste dich brauchen. Was hast du falsch gemacht?*

Ich weiß es nicht, entgegnete ich.

Siehst du?, fiel sie mir ins Wort, *ohne ihn weißt du gar nichts.*

Lass mich in Ruhe!, befahl ich Der Bestie. *Ich habe Hunger,* sagte ich zu ihr. *Ich muss intelligente Dinge schreiben und gute Artikel abliefern.*

Ich lass dich aber nicht in Ruhe, antwortete Die Bestie, *denn Ruhe kann man nur haben, wenn man weiß, wer man ist.* Da war es spätabends, und ich begann zu weinen. Die Bestie gab sich auch mit Tränen zufrieden, wenn der Rest meiner Neurose sie nicht ernährte. Und am nächsten Morgen fing alles wieder von vorne an.

So ging es die ganze Woche seit dem Vorfall mit dem Hut. Mein tägliches Leben wurde von Der Bestie bestimmt: Ich musste aufstehen, mich waschen, zum Sender gehen, die Wohnung putzen, mich an den Computer setzen. Alles während sie herumtobte. Es überraschte mich, wie schnell einfach so die Zeit verging und dass sie nicht genauso betäubt war wie ich.

José Miguel rief mich in sein Büro. Er hatte den Ausdruck einer Kritik von mir über einen Bollywood-Film in der Hand, den alle Welt ganz wunderbar fand. Ich hatte nicht gewusst, was ich davon halten sollte.

»Genau das ist das Problem«, meinte er. »Man hat den Eindruck, dass du nichts zu sagen hast.«

Ich konnte ihm schlecht erklären, dass Die Bestie meine Erinnerung daran blockierte, was mir gefiel und was nicht. Was ziemlich tragisch war für jemanden, der davon lebte, seine Meinung zu äußern. Ich nahm den Ausdruck, den José Miguel mir hinhielt, und wandte mich um, um den Text zu überarbeiten.

»Was ist los?« Er hielt mich zurück. »Weinst du?«

Ich hörte die Panik in seiner Stimme, dass er sich nun auch noch mit so etwas beschäftigen musste.

»Nein.« Ich betastete mein Gesicht, um sicherzugehen, denn in jenen Tagen konnte man nie wissen. »Nein. Alles in Ordnung.«

»Du hast extrem rote Augen.« Ich war gerührt, als ich hörte, wie sich der Ton in seiner Stimme veränderte und nicht mehr die Angst darin mitschwang, es mit einer weinenden Mitarbeiterin zu tun zu haben, sondern die Befürchtung, eine Mitarbeiterin zur Raison bringen zu müssen, die über die Stränge schlug und womöglich ein ausschweifendes Leben führte. Der kleine Streber fürchtete, dass ich heimlich Gras rauchte und er mit mir schimpfen musste oder – noch schlimmer – er vorgeben musste, dass es ihm nichts ausmachte, da er genauso *cool* wie diese Zeitschrift war. Armer Pepe Mike! Ich brachte ihn in Bedrängnis. Und plötzlich wünschte ich mir, dass meine Augen morgens um zehn gerötet wären, weil ich über die Stränge schlug, denn die Wahrheit war wesentlich peinlicher.

»Ich habe gestern viel geweint«, sagte ich.

»Warum?«

»Weil ich mir *Casablanca* angesehen habe.« Was der Wahrheit entsprach, denn ich hatte Der Bestie tatsächlich *Casablanca* vorgesetzt, weil Herz-Schmerz-Filme sie manchmal beruhigten.

»Wieso bringt *Casablanca* dich zum Weinen?«, fragte José Miguel.

»Wie bitte?«

»Der Film ist doch gar nicht so traurig. Er hat doch ein Happy End.«

»Reden wir von demselben Film?«

»Ja. Ingrid Bergman geht mit ihrem Mann, und sie entkommen den Nazis. Alles gut.«

»Sie lässt die Liebe ihres Lebens zurück, und der arme Mann wird wahrscheinlich in seiner Bar in Casablanca vor Langeweile sterben!«

»Aber nein. Bogart reicht es vollkommen, dass er Louis hat. Und sie liebt ihren Mann. Auf ihre Weise.«

»Miguel!«, provozierte ich ihn. Wir waren beide überrascht über die Vertraulichkeit, mit der mir dieses »Miguel« rausrutschte. Ich betastete erneut mein Gesicht und fand darin ein ziemlich dämliches Lächeln. Für einen Moment verstummte sogar Die Bestie, da mein Gehirn vollauf damit beschäftigt war, den Schock zu verarbeiten, dass José Miguel mich tatsächlich überrascht hatte! Denn es war eine Überraschung wert, auf eine Seele zu treffen, die derart mit sich und der Welt im Reinen war, dass sie in der Lage war, in dem Triumph der Ehe über die Leidenschaft ein Happy End zu sehen. Der Arme. Seine Scheidung musste für ihn ein furchtbares Unglück sein. Und da ich zum ersten Mal seit Tagen einen freien Kopf hatte, dachte ich, dass der Bollywood-Film mir gefallen hatte, dass er wirklich ganz wunderbar war, wenn er auch am Ende ein wenig nachließ und der Stil für eine solche Geschichte etwas zu traditionell war.

»Ich schreibe die Kritik sofort um. Ist es okay, wenn du sie in einer halben Stunde bekommst?«

»Ja, ganz prima.«

Ich drehte mich um und machte mich auf den Weg zu meinem Arbeitsplatz.

»Hör mal«, meinte er da, »willst du vielleicht Inés Aguirre interviewen?«

An diesem Tag hatte José Miguel bei mir jede Menge Punkte gesammelt.

Inés Aguirre war Sängerin und Komponistin in einer Rockband gewesen, die ihre größten Erfolge in den ersten Jahren des neuen Jahrtausends gefeiert hatte. Roberta und ich hatten, auf ihrem Bett stehend, Inés' Lieder über das allgemeine Unverständnis gesungen, wobei wir uns wie die Königinnen des Universums gefühlt hatten, bereit, die Welt zu erobern. In den letzten Jahren hatte sie, längst nicht mehr in abgetragenen Jeans, mit gegelten, halb geflochtenen Zöpfen und purpurroten Lippen, Filmmusik komponiert und mich als ihren treuesten Fan gewonnen. Ihre Melodien waren furchtbar traurig, aber wunderbar und verschönerten jedes Bild, das sie begleiteten; in diesem Fall handelte es sich um den Film einer argentinischen Regisseurin, die ganz tolle Geschichten voller böser Frauen und Männer, die mit extrem rauer Stimme sprachen, in Szene setzte.

In dem Moment, als ich ihr Studio betrat, stellte ich fest, dass Inés Aguirre genauso spektakulär und einfühlsam war wie ihre Musik. Die Bestie war nur ganz leise zu hören, als sie mir einflüsterte, dass Emiliano vor Neid platzen würde, wenn er wüsste, wo ich war. Ich ignorierte Die Bestie. Inés' zarte Hände gestikulierten heftig, während sie von ihrer Liebe zum Film und ihrer Faszination von dem Talent der argentinischen Regisseurin sprach. Dabei erinnerte sie mich an meine Mutter, wenn sie von etwas begeistert war. Einen guten Teil der zwanzig Minuten, die sie für mich hatte, verbrachte ich damit, ihr meine Liebe zu erklären. Aber es blieb noch genügend Zeit, dass sie mir erklären konnte, wie sie, von dem Raum zwischen den Charakteren ausgehend, ihre Melodien erdachte und wie sehr sie es mochte, die Schauspieler am Set um Playlists mit der Musik ihres Alter Ego zu bitten. Wir führten eines jener Gespräche, wie man sie nur mit intelligenten, großzügigen Menschen führen kann, die einem dabei das Gefühl geben, so brillant wie sie zu sein.

Inés' Toningenieur ließ ein Klingeln ertönen und sagte ihr, dass Aguch bereits eingetroffen sei. Das war mein Stichwort, dass meine Zeit zu Ende war. Ich erhob mich und freute mich darauf, nach Hause zu kommen und die Euphorie in Worte zu fassen, in die es mich versetzt hatte festzustellen, dass jemand tatsächlich so besonders war, wie man ihn sich vorgestellt hatte.

Aguch betrat das Studio. Er komponierte Elektromusik und nahm gerade gemeinsam mit Inés ein Duett ihres bekanntesten Songs auf, der Anfang des Jahrtausends ein Hit gewesen war. Inés stellte ihn mir unter dem Namen Agustín Meza vor. In dem Moment, da er einen Schritt auf mich zu machte und mich unangebracht lange auf die Wange küsste, merkte ich, dass er sich sehr freute, mich kennenzulernen.

»Nenn mich Aguch; alle meine Freunde nennen mich Aguch.« Er war entzückt von der Vorstellung, wie bedeutend ich mich fühlen musste, dass er mich zu seinen Freunden zählte. Ich ließ ihn in dem Glauben, weil es mir egal war. So wie er wirkte, war er ein Mensch, der es gewohnt war, dass die geringste Aufmerksamkeit, die er jemandem schenkte, für große Aufregung sorgte.

Als er hörte, dass ich gekommen war, um Inés zu interviewen, bestand er darauf, dass ich blieb, bis sie fertig waren, und dann auch ihn interviewte.

»Aber ich arbeite nicht für eine Musikzeitschrift«, wandte ich ein.

»Dann bewahre es auf, bis auch ich mich dazu herablasse, fürs Kino zu arbeiten. In jedem Fall ist es ein guter Vorwand, um ein bisschen mit dir zu plaudern. Oder willst du etwa nicht mit mir plaudern?« Fehlte nur noch, dass er mir zuzwinkerte. Ich wusste nicht, ob ich über die Tatsache, dass er sich wie Pepé Le Pew verhielt, lachen oder weinen sollte.

»Setz dich in die Kabine.« Es klang beinah wie ein Befehl. Gegen so viel Selbstbewusstsein kam man nicht an. Also blieb ich und hörte mir seinen Song an. Es war eine melancholischere Version als das rockige Original, die mir sehr gefiel. Zwei Stunden später sang ich verträumt jede Note des Lieds vor mich hin und war in der richtigen Stimmung, um Aguch zu interviewen. Das Ganze wirkte wie ein großes Netz, das Die Bestie die ganze Zeit über, die ich an diesem Ort verbrachte, in Schach hielt.

Aguch war der Typ Mann, der wusste, dass er gut aussah, und es immer gewusst hatte, seit seine Tanten, seine Kindermädchen, die Lehrerinnen in der Schule, später die Mädchen am Gymnasium und letztendlich der Rest der Welt es ihm gesagt hatten. Es war eine Art von Schönheit, der man nichts entgegensetzen konnte und die deshalb etwas von Größenwahn hatte. Er war gerade dabei, sein erstes Soloalbum fertigzustellen, und die Zusammenarbeit mit Inés war der äußerst persönlichen Beziehung geschuldet, die die beiden miteinander verband, da Aguch der Bruder ihres Toningenieurs war, mit dem sie zufällig auch verheiratet war. Dennoch sprach Aguch von seiner Entwicklung und seiner Vision, als wäre er bereits ein internationaler Star mit einem Heer an Fans, die seinem musikalischen Genie huldigten. Er machte sich unglaublich wichtig, und die meiste Zeit unseres »Interviews« über reihte ich mich unter die vielen Menschen ein, die ihm nach dem Mund redeten, vielleicht weil ich zu bequem war, ihm die ernüchternde Wahrheit zu sagen. Denn es ist ein gutes Stück Arbeit, jemandem die ernüchternde Wahrheit zu sagen, und wenn man ihn kaum kennt und für die Zeitschrift »Nicht vorhanden« interviewt, wäre es einfach nur ungezogen gewesen. Also beugte ich mich mit journalistischem Ernst vor und bat ihn, mir doch bitte, bitte mehr über seinen elektroalternativen Ansatz und was auch immer zu erzählen.

Seine Musik war wirklich gut, und es erschien mir unglaublich, dass etwas so Schönes von einem so simpel gestrickten Menschen kam. Aber vielleicht war diese Einfachheit ja auch der Grund für die Schönheit. Ich sah ihn reden und reden wie einen Schlangenbeschwörer, und dabei operierte er auf einem derart oberflächlichen Niveau der Verführung, dass es ein Leichtes gewesen wäre, den Schleier zu lüften und den Schmutz darunter zutage zu bringen. Doch warum? Sein affiges Getue war wie ein gründlich gesaugter Teppich, was machte es da, dass der Boden darunter dreckig war?

Ich weiß nicht, wie es kam, doch am Ende hatte ich Aguch von Indiana Jones' Hut und dem ausgedrückten Spülschwamm erzählt, was ich besser für mich behalten hätte. Beinah hätte ich ihn Der Bestie zum Fraß vorgeworfen. Doch irgendetwas Seltsames hielt mich davon ab, nämlich der mir bisher unbekannte Wunsch, zu beeindrucken.

»Wie kann jemand so dumm sein, dich zu verlassen?«, meinte er. Und nun zwinkerte er mir tatsächlich zu und, ja – nun lachte ich wirklich darüber.

»Er hat mich nicht verlassen, ich hab ihn abserviert«, log ich. Ich denke schon, dass das gelogen war. Aber was spielte das für eine Rolle?

»Das gefällt mir!«, rief Aguch triumphierend.

Mein gespieltes Interview mit Aguch dauerte Stunden, bis der Assistent von Ines' Mann uns, lange nachdem Inés sich verabschiedet hatte, genervt aus dem Studio warf. Wir sagten uns Gute Nacht und umarmten uns heftig über den schlafenden Körper Der Bestie hinweg.

Am darauffolgenden Samstag brachte Jaime Chico mir die Kinder zusammen mit Vero, die inzwischen zur Familie gehörte. Sie fanden meine Wohnung genauso hässlich wie ich, Gott schütze sie, falls er existiert. Tito begutachtete alles mit missmutiger Miene.

»Die ist ja noch hässlicher als die von Papa. Und die von Papa ist schon furchtbar.«

»Tito!«, schimpfte Yvette. Doch sie widersprach ihm nicht. Das Einzige, was sie mir – in wunderbar tröstendem Tonfall – anbieten konnte, war die Tatsache, dass es in der Wohnung ihres Vaters keinen so großen Fernseher gab, geschweige denn einen Beamer. Um sie nicht zu enttäuschen, verzichtete ich darauf, sie aufzuklären, dass beides Erbstücke von Emiliano waren. Denn so konnten wir uns darüber freuen, dass das, was sie an unseren gemeinsamen Nachmittagen am meisten interessierte, auch nach dem Ortswechsel noch vorhanden war. In Der Grauen Kiste gab es eine Wand, einen Beamer und den Film der Woche, was von den Kindern »Die Riesenleinwand« getauft wurde. Da sie sich nicht einigen konnten, sahen wir uns zwei Filme an: *Die Goonies* und *Die unendliche Geschichte.* Diese Kinder verfügten tatsächlich nicht über Eltern, denen ihre filmische Erziehung am Herzen lag. Selbst absolute Selbstverständlichkeiten weiteten ihr Bewusstsein und ließen sie große Augen machen.

Ich informierte Jaime über die Doppelvorstellung, was ihm erlaubte, mehr Zeit mit seiner Freundin zu verbringen. Er war genauso begeistert, als hätte der Schuldirektor ihm freigegeben. Als er am Abend kam, strahlte er vor Glück aus jedem Knopfloch. Die Kinder lagen schlafend in meinem Bett, da sie nach dem doppelten Achtzigerjahre-Abenteuer auf der Riesenleinwand drei Stunden damit verbracht hatten, Fuchur, der fliegende Drache zu spielen und im Treppenhaus auf Schatzsuche zu gehen; danach hatte ich ihnen mit jeder Menge Kakao den Rest gegeben.

Jaime und ich setzten uns in das blaue Licht des Beamers. Es war Jahre her, dass wir zuletzt miteinander geredet hatten. Obwohl wir uns in letzter Zeit so häufig sahen, war dies seit langer Zeit das erste Mal, dass wir uns wirklich *sahen.* Ich bot ihm Wein an, doch er trank lieber den Kakao aus, den die Kinder übrig gelassen hatten.

»Das tut mir überhaupt nicht gut, aber ich liebe Kakao«, sagte er, während er sich den braunen Kakao-Schnurrbart abwischte.

Er erzählte von seinem Job, davon, wie sehr ihm sein Chef auf die Nerven ging und wie gut er sich mit irgendeinem Kunden verstand, und von Marta, der Mutter seiner Kinder. Der Übermutter. Sie gehe immer alles so praktisch an, ohne Lust oder Wehmut, alles sei absolut keimfrei, was sofort mein Mitleid erregte. Als ich ihn bat, mir zu erzählen, was geschehen war, brauchte er nicht lange zu überlegen:

»Du weißt ja, dass ich schon immer ein Faible für kontrollsüchtige Frauen hatte …« Für einen Moment überlegte ich, ob ich ihm zu verstehen geben sollte, dass ich mich angesprochen fühlte; er lachte, als könnte er meine Gedanken lesen. »Marta ist genauso. Sie ist eine Frau, die gern Probleme löst, so gern, dass sie manchmal Probleme erfindet, wo gar keine sind. Sie schnappt sich alles und lässt es erst wieder los, wenn es in einzelne Teile zerlegt ist; sie ist in der Lage, die Welt mit den Händen zu reparieren, deswegen ist sie eine so gute Mutter. Aber ich hatte schon eine Mutter, ich will keine zweite.«

Ich fühlte mich auf kosmische Art mit Jaime Chicos armer Ex-Frau verbunden. Natürlich redete sie noch mit Tante Moni. Ich redete ja auch noch mit Pancho, und wenn ich mit einem Mann zwei Kinder hätte, würde ich mich absolut im Recht fühlen, wenn ich mit Tante Moni oder wem auch immer sprach. Jaime erzählte mir die Geschichte, wie ihre Beziehung zu Ende gegangen war, und sie war genauso einzigartig und identisch mit allen anderen wie jede Geschichte einer Trennung.

Ich erzählte ihm nicht die meine. Doch Jaime nahm meine Hand und sagte ohne jeden Hintergedanken, wie jemand, der einem Kind mit einer kleinen Ermahnung ein Heftpflaster aufklebt: »Irgendwann wirst du aufhören, dich nach ihm zu sehnen.«

»Ich will nicht aufhören, mich nach ihm zu sehnen, ich will ihn zurück.«

»Und warum seid ihr dann nicht wieder zusammen?«

»Weil er was mit dieser Blondine hat.«

»Vielleicht bald nicht mehr.«

»Vielleicht bald nicht mehr, aber was, wenn er dann trotzdem nicht wieder mit mir zusammen sein will?«

»Vielleicht willst du dann auch nicht mehr mit ihm zusammen sein.«

»Vielleicht.«

»Wer weiß das schon? Man kann nie wissen, liebe Mari.«

Man kann nie wissen. Er schien mit dieser Unsicherheit kein Problem zu haben. Jaime Chico war nicht aus der Ruhe zu bringen. Wenn es diese Ruhe doch nur zu kaufen gäbe!

»Erzähl mir von dem Mädchen«, bat ich ihn.

»Von welchem Mädchen?«

»Na, deiner Freundin.«

»Sag nicht ›Mädchen‹ zu ihr!«

»Das Einzige, was ich von ihr weiß, ist, dass sie vierundzwanzig Jahre alt ist.«

»Hör auf! Das klingt ja furchtbar. Sag nichts mehr. Sie heißt Lorena.«

Als er von seiner Freundin sprach, leuchtete etwas in seinem Gesicht auf, nicht nur in seinen Augen, er freute sich. Es war, als erstrahlte sein Verlangen wie ein Stern auf seiner Stirn. Ich beneidete ihn. Er erzählte, wie sehr Lorena ihm fehle; wie die Luft zum Atmen; er habe beinah Entzugserscheinungen, wenn er sie nicht sehe; sie zu berühren sei, wie einen Motor anzumachen; sie zu spüren sei, wie mit Hochgeschwindigkeit zu starten. Ich erinnerte mich an dieses Gefühl. Auch wenn es lange her war, zehn Jahre. Daran zu denken, Emiliano zu berühren, startete meinen Motor, doch gleich darauf prallte ich auf die Garagentür. Aber es geschah noch etwas, als ich Jaime Chico von seiner Begierde reden hörte: Es weckte meine. Bevor Die Bestie über mich herfallen konnte, traten Aguchs lange Beine nach ihr. Jaime lachte über meine plötzlich geröteten Wangen. Was für eine Ironie des Schicksals, dass er in mir für einen Moment das sah, was er jeden Samstag, wenn er durch meine Tür kam, mitbrachte.

Die Kinder wachten auf, und Jaime trug sie zum Auto.

Drei Stunden später rief er mich an, um mir mitzuteilen, dass er die Kinder zu ihrer Mutter brachte, weil Lorena ihn zu einer Party eingeladen hatte.

»Ich fühle mich irgendwie schuldig, weil ich dich mit laufendem Motor stehen gelassen habe«, sagte er. »Komm mit uns, und wir suchen jemanden, der in dein Auto steigt.«

»Ich liebe deinen unanständigen Humor.«

Ich schminkte mir die Lippen rot, und die Party konnte beginnen. Das Dumme war, dass es eine Terrassen-Party von Zwanzigjährigen war. Schon als Jugendliche hatte ich mich für derartige Feste zu alt gefühlt, doch nun war ich definitiv zu alt für derartige Feste. Ganz zu schweigen von Jaime. Seine Freundin stieß einen Jubelschrei aus und warf sich in die Arme eines ihrer Freunde. Jaime nahm mich an der Hand und führte mich zu dem Tisch, auf dem die alkoholischen Getränke standen.

»Wir sind hier völlig fehl am Platz«, stellte ich fest.

»Unübersehbar«, antwortete er grinsend. Doch gleichzeitig gab er mir ein Glas Tequila,.

Es muss schließlich einen Grund geben, warum *sex, drugs and rock'n'roll* immer zusammen genannt wurden. Schon ziemlich betrunken, stürzte ich mich in die ohrenbetäubende Musik, und einer von Lorenas Freunden legte mir den Arm um die Taille wie einen Hebel, der mich hin und her bewegte. Her mit dem Alkohol, dem Arm des Freundes, der Abstraktion der Sinne, dem Wunder eines Atemzuges. Die Augen schließen, um die rauchgefüllte Luft nicht zu spüren, zwischen Trockeneis und Menschen, die nach einer gewissen Zeit das Rauchverbot des Gastgebers nicht mehr beachteten. Schweiß, körperliche Nähe, Liebesschwüre, die nichts bedeuteten, mit den Armen in der Luft und der Leere im Herzen tanzen.

Alles super, bis der Freund mit dem Arm rote Pillen und ein paar weiße Linien hervorzauberte. Das war illegal. Ich hatte keine Lust, eine Strafpredigt zu halten. Es war Zeit zu gehen. Jaime Chico war in seine Freundin verknotet und wusste nicht mehr, wer er war, geschweige denn, wer ich war. Ich rief ein Taxi, und auf dem Rücksitz war mein laufender Motor stinkwütend, vor allem, als ihm wieder einfiel, dass es sein Schicksal war, in Laken zu schlafen, die nach etwas rochen, das längst verloren war.

Der Tequila hatte eine überzeugende Wirkung. Ich nahm mein Handy heraus und rief Aguch an. Es war drei Uhr morgens, aber er ging ans Telefon. In dem Moment, als ich seine wache Stimme hörte, umgeben vom Lärm einer Party, wie ich sie gerade verlassen hatte, wurde ich von Panik ergriffen. Ich hörte ihn schreien und mich beinah lallen – was für eine pathetische Aktion, um etwas mit dem ersten Mann anzufangen, der mir zugezwinkert hatte. Ich sagte ihm, dass er es vergessen solle, dass es mir leidtue, dass einfach alles Mist sei. Er lachte raunend. Ich legte auf. Mein Körper war erhitzt und angespannt. Noch immer hielt ich das Telefon in der Hand. Für eine Weile.

Und nach dieser Weile flüsterte mir Die Bestie ein, dass ich Emiliano anrufen solle. Ich rief ihn an. Wisst ihr, warum, Kinder? Weil Tequila eine Droge ist und Drogen einen zerstören.

Er ging ans Telefon, vollkommen verschlafen. Das Taxi drehte auf der Mixcoac-Brücke, während Emiliano sich bemühte, im Halbschlaf mit mir zu reden. Ich erzählte ihm von Jaime Chicos Freundin, von den *Goonies* und der *Unendlichen Geschichte.* Das weckte ihn auf. Wir unterhielten uns den Rest des Weges über. Er hörte, wie ich das Taxi bezahlte, wie ich zu meiner Wohnung hinaufging und wie ich schallend über alles lachte, was er mir einflüsterte.

Gleichzeitig hörte ich plötzlich Aguch rufen: »Hier bin ich, María! Und was hast du jetzt mit mir vor?«

Da stand er in all seiner Schönheit vor meiner Wohnungstür. Ich hatte einen Flashback wie in einer Karikatur von dem Moment, an dem ich ihm in Inés' Studio meine Adresse gegeben hatte, damit er mir sein Album in Vinyl schicken konnte. Dann hatte ich ihn um drei Uhr morgens angerufen, und da war er, wobei sein Motor nicht nur auf Hochtouren lief, sondern regelrecht Kapriolen schlug.

Und an meinem Ohr Emiliano:

»Wer ist da?«, fragte er mit unterdrückter Wut.

»Ein Typ, den ich kennengelernt habe. Keine Ahnung, was er hier will«, flüsterte ich.

»Ich schon.«

Aguch kam auf mich zu und begrüßte mich mit einem langen Kuss, wie ich es schon von ihm kannte.

»Na, dann lege ich wohl besser auf«, sagte Emiliano an meinem Ohr.

»Nein, warte!« Doch er hatte das Gespräch bereits beendet.

Ich sah mir Aguch näher an. Mitten in der Nacht trug er Hut und Sonnenbrille und ein Shirt mit Schildkrötenkragen; die Hose hatte er bis knapp unter dem Knie aufgekrempelt. Mit so einer Lebenseinstellung konnte man nur rumlaufen, wenn man einen solch perfekten Körper hatte. Er nahm die Brille ab, hob die Brauen und strahlte mich an. Seine Augen und sein Dreitagebart glänzten. Wenn jemand so verdammt gut aussah, war es nicht leicht zu erkennen, was sich dahinter verbarg. Ich ließ ihn in meine Wohnung, und er bediente sich bei dem erstbesten Getränk, das er finden konnte, während ich ihm sagte, dass er kurz auf mich warten solle, und ins Schlafzimmer ging, um noch mehr Blödsinn anzustellen.

Ich schrieb eine Nachricht an Emiliano: *Entschuldige, ich hatte keine Ahnung, dass der Typ hier aufkreuzen würde.* Und danach noch eine: *Es wird nichts zwischen uns passieren.* Dann hielt ich den Atem an. Schließlich kam seine Antwort: *Macht nichts, María. Ist in Ordnung.* Und dann: *Das, was bei dir passieren wird, passiert hier jeden Tag.* Und auch wenn er das nur hinzugefügt hatte, um mich zu ärgern, war es trotzdem die Wahrheit.

Ich hatte absolut nicht die Absicht gehabt, irgendwas mit Aguch anzufangen, doch angesichts dessen, was ich gerade gelesen hatte, hatte ich nun doch Lust, ihn an Stellen zu berühren, von deren Existenz er bisher nichts gewusst hatte. Die Bestie verließ das Schlafzimmer, rannte zu Aguch hinüber und stürzte sich auf ihn.

In den letzten zehn Jahren hatte ich außer Emiliano niemanden geküsst. Das war das Einzige, woran ich denken konnte, als ich auf Aguch zueilte. Ich nahm ihm das Glas aus den Händen, er nahm meine Hände, um sie festzuhalten, und beugte sich zu mir herunter. Als ich anschließend mit den Fingern über sein Gesicht strich, fühlte sein Bart sich so unwahrscheinlich weich an wie die Haut, die er bedeckte. Es war, als berührte ich die Wolken. Er gab mir auf äußerst kitschige Art einen Kuss auf die Stirn, als wolle er mir beweisen, dass er ein seriöser Mensch sei, obwohl er um drei Uhr morgens vor meiner Haustür stand. Ich wollte nichts, als diesen Kuss zu erwidern, die Augen zu schließen und ihn erneut zu küssen. Ihm die unmögliche Pflicht aufzuerlegen, Die Bestie zum Schweigen zu bringen, die mir unaufhörlich zuraunte: *Das, was bei dir passieren wird, passiert hier jeden Tag.*

Ich konnte nicht anders, als alles, was geschah, zu vergleichen. Es fühlte sich so seltsam an, neue Hände auf meiner Haut zu spüren, dass ich plötzlich lachen musste, was ich mühevoll unterdrückte. Ein neuer Geruch, diese schlanken Finger, die weichen Lippen. Plötzlich musste ich an Alejandra Guzmáns Song denken: *Hacer el amor con otro* – mit einem anderen schlafen. Und dann wieder die verdammte Litanei Der Bestie. Ich musste mein Gehirn abschalten.

Aguch gab sich große Mühe, begann zärtlich und wurde dann leidenschaftlich, und ich war mehr mit den Dingen in meinem Kopf beschäftigt als mit ihm, auch wenn seine Augen mich hin und wieder zu dem, was gerade passierte, zurückriefen. Ich fühlte mich mächtig, dann schwach, dann völlig verzückt. Ein furchtbares Durcheinander. Ich suchte nach einem Kondom. Aguch kam nach fünf Minuten mit lautem Schnauben und Dankesworten zum Höhepunkt. Dann machte er sich ans Werk, mich zu befriedigen. Ich war dankbar für den Versuch, aber nicht für die Methode. Er war viel zu schnell, abwechselnd mit den Händen und der Zunge, wie ein Superheld, der falsch über den weiblichen Orgasmus informiert wurde.

Am nächsten Tag erwachte ich mit heißem Kopf und frierendem Körper, während mein Magen in Aufruhr war und die diffuse, viel zu hell strahlende Welt mich anfiel. Ich war genervt, sagte »nie wieder« zu mir selbst und hatte es wohl auch ausgesprochen, denn als Aguch es hörte, sagte er mit rührendem Selbstvertrauen: »Na ja, ich hatte das Gefühl, dass es dir zumindest für eine Weile gefallen hat.« Ich hatte keine Lust, ihm die Illusion zu lassen, dafür ging es mir viel zu schlecht. Vorsichtig rutschte ich zu ihm hinüber, gab ihm den Kuss auf die Stirn von der vergangenen Nacht zurück und meinte: »Letzte Nacht gab es viel, was ich genossen habe, aber nicht das, woran du denkst.«

Er wurde sehr ernst.

»Nein?«

»Nein.«

Ich beruhigte mich mit dem Gedanken, dass ich ihm einen Gefallen tat; sollte er doch eine *Cosmopolitan* lesen und im Interesse der nächsten armen Unschuld, die auf seine wirklich überwältigende Schönheit hereinfiel, seine Technik ein wenig verbessern. Aguch sah mich an und schüttelte wie ein Hund das Regenwasser ab, was er gerade gehört hatte. Dann erklärte er, während er sich die Sonnenbrille aufsetzte: »Na, dann bist du mir eine Revanche schuldig.« Sein Selbstbewusstsein war einfach unerschütterlich. Es war unglaublich!

Wir verabschiedeten uns mit vielen Küssen und versprachen uns in dem Wissen, dass es eine Lüge war, miteinander zu telefonieren. Dann verließ er meine Wohnung, und ich fühlte, wie mir ein Stein vom Herzen fiel. Ich wollte alles möglichst schnell vergessen, bis die Bettwäsche, die ich abzog, um sie in die Waschmaschine zu stecken, plötzlich Aguchs Geruch verströmte und gleichzeitig Die Bestie tötete. Es war das erste Mal nach zehn Jahren, dass mein Bett nicht nach Emiliano roch. Was für ein Fest!

Ich zog frische Bettwäsche auf, und als ich am Abend schlafen ging, war Emi wieder da. Nun stand fest, dass dieser verdammte Geruch nach ihm von mir stammte. Aber ich hatte eine kurze Zeit des Friedens genossen, eine andere Luft, die Die Bestie vertrieben hatte. Einen Moment, dem ich unbedingt nachgehen musste.

12

Die Verfolgungsjagd

Die Zeit verging gleichzeitig viel zu langsam und wie im Flug. Die Woche über versuchte ich so viel wie möglich zu arbeiten, beinah manisch, fügte dem Stamm meiner monatlichen Auftraggeber weitere Zeitschriften und Blogs hinzu, ertränkte mich in Bildern und Buchstaben. Dabei litt meine grundsätzliche Bereitschaft, jede Art von Film zu mögen, gewaltig. Nur wenige der mehreren Dutzend Filme, dich ich jede Woche sah, gefielen mir. Ich war genervt von all der Jugend und dem, was Hollywood für sie produzierte, affige Idioten für idiotische Kinder, Tod dem *comic hype* und so weiter; den Liebesgeschichten fühlte ich mich moralisch überlegen nach dem Motto »Was wisst ihr denn schon, ihr Lügner!«; meine natürliche Intoleranz für angeberische Künstler und ihr verlogenes Geschwätz – »Kameraeinstellungen von zwanzig Minuten, für wen hältst du dich, du Wichser!« – drohte mich zu ersticken. Wenn mir etwas gefiel, wobei es sich meistens um einen düsteren nordischen Thriller handelte, füllte ich meine übertriebene Lobhudelei mit einer guten Portion Fatalismus im Stil von: »Diesen Film wird sich niemand ansehen, weil es kein wirklich informiertes Publikum mehr gibt.« Zumindest war ich wieder in der Lage, mir eine Meinung zu bilden. Die in der Regel vernichtend, gemein und manchmal einfach ungerecht war. Mein Bankkonto freute sich: Mein wütendes Gegen-beinah-alles-Sein verschaffte mir Arbeit für Publikationen, die mich bisher keines Blickes gewürdigt hatten, was meinen üblen Verdacht bestätigte, dass Bitterkeit und kindische Verachtung die beste Kombination ist, um einem Kritiker zum Erfolg zu verhelfen. So viel zu meinem Job.

Meine Wochenenden waren nahezu bipolar, weil ich in wenigen Stunden von der reinen Unschuld zum randalierenden Chaoten mutieren konnte. Beides fand seinen Ursprung in der grundlegenden Unreife, mit der ich zu jener Zeit die Welt unsicher machte. Die Samstage mit meinen seltsamen Nichten und Neffen und ihren Freunden, die immer mehr wurden (ich weiß nicht, wieso, aber letzten Samstag saßen acht Kinder vor der Riesenleinwand), verbrachte ich mit Kinderfilmen, die für mich wie eine Reise in die Vergangenheit waren, ein willkommener Anlass zur Flucht: *Star Wars, E.T., König der Löwen, Charlie und die Schokoladenfabrik* aus den Siebzigern, *Der Zauberer von Oz.* Eines Samstags bestand Vero darauf, *Die Kinder des Señor Noble* anzusehen, und lachte sich den Rest des Nachmittags kaputt, während Tito stinkwütend war. In der folgenden Woche ließ ich mich, weil ein Freund Titos nicht aufhörte zu weinen, breitschlagen, ihnen *Indiana Jones* zu zeigen. Ich liebte es, wenn sie mit ihren unverbrauchten Seelen vom Offensichtlichen überrascht waren und mich dann wiederum mit Dingen überraschten, die mir selbst noch nie aufgefallen waren.

An den Samstagabenden ging ich auf Verfolgungsjagd, um jene Momente ohne Erinnerung wiederzufinden. Partys und fremde Menschen. Eine Reise in die Zukunft, in der Emiliano aufgehört hat zu existieren. Lärmende Seelen, die für die schnelle Flucht jedoch äußerst geeignet waren.

One-Night-Stands waren eigentlich nicht mein Ding, doch da ich nach der Entdeckung strebte, dass sie doch mein Ding waren, ließ ich mich darauf ein. Es überraschte mich, wie einfach es war. Zunächst ging ich mit Paloma aus oder mit Roberta, dann mit Palomas Freunden und denen von Roberta, dann mit den Bekannten von diesen Freunden. Ich ging mit Salvador aus dem Büro aus, dann mit seinen Cousins und dann mit den Freunden seiner Cousins. Es war leicht, Leute zum Partymachen zu finden; es war superleicht, Freundschaften zu schließen, die in Wahrheit keine waren. Und letztlich fand sich immer jemand, den ich in Die Graue Kiste abschleppte. All das, um nicht zu denken. Manchmal reihte sich Aguch in den flotten Wechsel ein, und manchmal entdeckte ich unter seiner Haut Unterhaltsames, manchmal Verwerfliches, doch im Allgemeinen gingen wir gar nicht in die Tiefe, sondern konzentrierten uns auf die Haut, die von ausgesprochen guter Qualität war. Abgesehen davon, dass ich meinem Kopf entrann, hatte er tatsächlich die *Cosmopolitan* gelesen, sodass es in dieser Sache keine Probleme mehr gab. Vielleicht wäre ich, wenn ich jünger und schon länger nicht mehr verliebt gewesen wäre, auf den Gedanken gekommen, in ihn verliebt zu sein, so wie Roberta entschied, in alle möglichen Kerle verliebt zu sein. Es ist leicht, Nähe und Bequemlichkeit mit Liebe zu verwechseln, jedoch nicht, wenn der emotionale Koeffizient noch mit der Besessenheit von etwas beschäftigt ist, was verloren gegangen ist.

Mein Herz war gebrochen. Und ein gebrochenes Herz zu haben war so, wie betrunken zu sein, aber so wie man nach zwei Gläsern Wein betrunken ist, also ungehemmt, ein wenig frech, sich jedoch nicht wirklich der Tatsache bewusst, betrunken zu sein. Mit dem Gefühl, dass man nichts zu verlieren hat, denn wenn man dies überlebte, konnte man alles überleben. Und damit war ich gerade beschäftigt – zu überleben, also war alles in Ordnung. Wenn sich dieser spirituellen Betrunkenheit noch ein paar kräftige Züge hinzugesellten, war die Sache auf einmal einfach wunderbar: Man verlor den Respekt vor den üblichen Umgangsformen, man sprach mit Unbekannten, als wären sie Brüder, man flirtete mit ungeeigneten Männern und mit Aguch (der in seiner eigenen Liga spielte).

»Ich will nur ausprobieren, ob du den Geruch meines Ex-Freundes hier vertreiben kannst«, sagte ich beinah zu jedem irgendwann im Laufe der Nacht. Einige lachten darüber, andere taten so, als hätten sie es nicht gehört, einer war beleidigt und ging mit seinem Hemd unterm Arm. Ich sagte es, weil ich betrunken war, im Scherz, im Ernst. Ich sagte es, weil es die Wahrheit war, selbst wenn mehrere Wahrheiten darin verstrickt waren.

Auch während der zehn Jahre, in denen ich nur Emiliano berührt hatte, hatte ich daran gedacht, wie es sich wohl anfühlen würde, andere zu berühren. In den meisten Fällen, ohne in Wirklichkeit *Lust* dazu zu haben, und in jedem Fall ohne die *Absicht*, es wirklich zu tun. Es war eine spontane Reaktion meines Gehirns (und ich nehme an, eine spontane Reaktion der meisten Gehirne). Seit ich in dem Alter war, in dem ich verstand, dass Menschen sich gegenseitig berührten, war das Erste, was mir einfiel, sobald ich jemanden im berührbaren Alter sah, die Frage, was er wohl unter der Kleidung zu bieten hatte und was er gern machte, wenn er das tat, was auch immer miteinander getan wurde. Ich fragte mich, wie es wäre, meinen Philosophielehrer zu berühren, der hundertfünfzig Kilo wog; ich fragte mich, wie es wäre, seine spindeldürre Frau zu berühren; ich fragte mich, wie es sich anfühlen würde, diverse Freunde meines Vater zu berühren und alle Cineasten und Schauspieler, die ich jemals interviewt hatte. Ich fragte mich, wie es mit den Freunden meiner Freundinnen wäre und sogar mit Pancho, was ich mir ziemlich abartig vorstellte, beinah inzestuös. Es war ein mentaler Reflex, eine Sekunde perverser Fantasie, die in den wenigsten Fällen zu angenehmen Ergebnissen führte. Der tierfreundlich schlachtende Metzger zum Beispiel hatte lange Hände voller Schwielen und neben den Eckzähnen schwarze auseinanderstehende Zahnstümpfe, wonach ich mich nicht gerade verzehrte. Dennoch fragte ich mich manchmal, ob seine Hände an meiner Taille genauso rau sein würden, wie sie aussahen, wenn er das Messer umfasste. Ich fragte mich, ob man die Schwärze seiner Zähne schmecken konnte oder ob er einen überraschend frischen Atem hatte. Das gegensätzliche Beispiel dazu war Aguch, bei dem mir sofort die Frage in den Sinn kam, ob mich sein Bart zwischen den Schenkeln kitzeln würde oder ob er genauso weich wäre, wie wenn er mich mit einem Kuss begrüßte? All das waren mentale Attacken, die sich nicht kontrollieren und auch nicht vermeiden ließen. Es war ein Instinkt, der einen Tag nachdem ich Jaime Chico zum ersten Mal berührt hatte, einsetzte und der mich bei jedem zufälligen freundschaftlichen oder beruflichen Zusammentreffen mit einem Mann überkam.

Was für mich jedoch völlig neu war, war die Möglichkeit, meine Fantasien zu überprüfen. Die Hände des ersten Barkeepers, den ich nach Aguch mit nach Hause nahm, fühlten sich genauso feucht an, wie ich sie mir vorgestellt hatte, als er mir den ersten Tequila serviert hatte, doch überraschenderweise waren sie auch kühl. Seine üppigen Lippen, die weich wie Schwämme zu sein schienen, waren in Wirklichkeit fest und kalt. Er roch nach Zitronenscheiben und schmeckte nach feuchtem Zucker. Gleichzeitig identisch und vollkommen anders, als ich es mir vorgestellt hatte. Eine Woche später malte ich mir aus, dass sich der modische Bart des Filmfotografen, der sich neben mich an die Bar setzte, zwischen meinen Zähnen dicht anfühlte wie ein Wald, und dieser Teil meiner Fantasie stimmte; sein schlanker Körper jedoch war wesentlich weicher, als mein Kopf es, bevor er in meinen Armen lag, diagnostiziert hatte; sein Atem war genauso bitter, wie ich gedacht hatte; seine Schenkel wesentlich weißer und mit beinah blondem Haar bedeckt, während sein eben erwähnter Bart kohlrabenschwarz war. Ein Mensch voller Überraschungen. Alle waren voller Überraschungen. Manchmal gleichzeitig guten und schlechten. Auch ihre liebhaberischen Fähigkeiten überraschten. Es gab gut aussehende Frauenhelden, die auf den ersten Blick wussten, was man sich erhoffte, die instinktiv genau die richtigen Stellen berührten. Manchmal verloren die größten Draufgänger ihre Großspurigkeit und umarmten einen in einer Ecke des Bettes, ohne zu wissen, wie es weitergehen sollte, als wären sie jungfräuliche Teenager. Manchmal sagten die Zartfühlendsten die schmutzigsten Worte, und eine unerwartet hohe Anzahl meinte, anstatt eines schlichten »Gute Nacht« ein falsches, überflüssiges »Ich liebe dich« anbringen zu müssen.

Alle hatten ihre Eigenheiten. Alle hätten sie, näher betrachtet und befänden sie sich im Bett der richtigen Frau, für immer bleiben können. Doch ich war nicht die richtige Frau. Sicher gab es populäre psychologische Ratgeber, die dies der Tatsache zuschrieben, dass ich mich auf einer Verfolgungsjagd befand und nicht in der

Lage war, mein Herz zu öffnen, und so weiter. Ich jedoch glaube, dass ich erlebte, wie schwierig es ist, auf jemanden zu treffen, der bleibt, ohne dass man es merkt. Ich weiß es nicht. Dafür habe ich zu wenig Erfahrung in diesen Dingen. Klar war jedoch, dass keiner der Körper, die ich auf meiner Verfolgungsjagd berührte, sich anfühlte, als ob er zu mir gehöre; ich vermisste keinen von ihnen, als sie gingen, doch allen war ich dankbar für den Moment der Nähe. Alle bemühten sich, nett zu sein, ein paar waren richtig gute Menschen, andere Arschlöcher, alle waren sie irgendwie verletzlich, und da ich nur noch ein halber Mensch war, war alles gut.

Manchmal oder beinah immer berührte ich sie nur der Abwechslung halber, verglich ich sie mit der Vertrautheit des Vorherigen, wobei ich feststellte, dass ich ihn nie vergessen würde. Bei anderen Gelegenheiten – und das waren die besten – berührten sie meine Haut und brachten mich zum Lächeln, und ich spürte noch den ganzen Tag über, wie sie sich angefühlt hatten, während ich das Interview mit irgendeinem Schauspieler ins Reine schrieb, während ich zwischen roten Lichtern und verzweifelten Seelen im täglichen Stadtverkehr steckte oder während ich mir die Reste vom Abendessen des Vortags aufwärmte und beim Essen an sie dachte, an den Teil von ihnen, der für immer mir gehören würde und um dessen Verbindung zu den übrigen Teilen, den echten, den alltäglichen, ich mir keine Gedanken machen musste.

Zur Erholung von meinen samstäglichen Ausbrüchen, um meinen physischen und manchmal psychischen Kater zu überstehen, verbrachte ich die Sonntage bei meiner Mutter. Es waren Sonntage ohne Erklärungen, an denen wir Zwiebeln brieten und Eier schlugen und, am Küchentisch sitzend, miteinander plauderten, bis es um uns herum Abend wurde, während ich mich im Dunkeln verwöhnen ließ und meine Mutter mir von den wichtigen Dingen erzählte, die sie in der Welt sah. So verbrachte ich meine Stunden, bis ich merkte, dass bereits zwei Monate vergangen waren, dann fünf und schließlich sieben. Meine neue Routine war meinem Alter nicht wirklich angemessen, aber wenigstens hatte ich es geschafft, Die Bestie in die Knie zu zwingen. Jener ätherische Emiliano, der nicht zuließ, dass ich wusste, wer ich war, starb nach und nach durch die unangemessene Menge an Kontakt, die ich mir mit dem wahren Emiliano verschaffte. Denn wohl wissend hatte ich bisher den dämlichsten Teil meiner Verfolgungsjagd verschwiegen: dass ich Emiliano schamlos und unkontrolliert ständig anrief. Ohne Pause. Weder für ihn noch für mich.

Diese neue Routine in unserem Umgang begann zwei Tage, nachdem Emi gehört hatte, dass Aguch bei mir gewesen war, und er mir diese gemeine Nachricht geschickt hatte, die manchmal in mir widerhallte und das Bild von Marina mit sich brachte, wie sie leicht und nackt auf ihm lag – »das passiert hier jeden Tag«. Beides wurde von keinem von uns beiden jemals wieder erwähnt. Wir beschlossen, »Freunde« zu sein. Und das öffnete eine neue Art von Distanz, die durch Täuschung bestimmt wurde. Steif tauschten wir uns aus und erzählten uns gegenseitig, wie es uns ging, ohne auch nur im Ansatz zu erwähnen, wie es wirklich um uns stand.

Ich präsentierte mich ihm dabei in drei verschiedenen Varianten:

Die gemeine Ex-Freundin: generell, wenn ein anderer Mann bei mir war oder wenn ich jemanden interviewt hatte, den er bewunderte und mit dem ich mich gut verstanden hatte, oder wenn ich spürte, dass ich ihn irgendwie ärgern und bei dem Wettstreit, wer von uns der Bessere war, übertrumpfen konnte. Dann holte er zum Gegenangriff aus, denn in seinem Leben lief es gerade richtig gut, er verwirklichte sich seinen Traum als Drehbuchautor und so weiter. Er bereitete sich auf seinen Film vor, versuchte gerade, irgendeinen Schauspieler unter Vertrag zu nehmen, oder musste zwischen zwei Möglichkeiten wählen, die ihn beim Casting beeindruckt hatten. Wenn wir zwei oder drei Minuten über derartige Dinge geredet hatten, beendeten wir das Gespräch und ich fühlte mich so lange als völliger Versager, bis ich die Leere in mir mit einem anderen Körper gefüllt hatte.

Die klammernde Ex-Freundin: wenn ich ihn nachts mit einem Knoten im Magen anrief und mal wieder nicht wusste, was ich ohne ihn machen sollte, und ihn brauchte. Diese Anrufe begannen jedes Mal damit, dass ich sehr leise sprach und oft *Ich vermisse dich* sagte, was immer erwidert wurde; oder *Ich liebe dich*, was die gleiche Reaktion hervorrief; oder *Ich muss dich sehen*, worauf die Antwort jedes Mal vage war und er mich in die Enge trieb, bis ich mich so dumm und einsam fühlte, dass ich auflegte und Roberta anrief, damit sie mich daran erinnerte, warum sie ihn nie hatte leiden können.

Die Schwester: Manchmal vermisste ich einfach meinen besten Freund. Manchmal musste ich ihm einfach etwas sagen, was niemand so gut verstehen würde wie er. Manchmal erinnerte ich mich daran, dass Emiliano, bevor er zu meinem Ex-Freund wurde, meine Familie war. Manchmal sah ich irgendetwas auf der Straße, was mir irgendetwas Harmloses ins Gedächtnis rief, wovon ich wusste, dass es ihn ganz harmlos zum Lachen bringen würde. Manchmal, wenn ich bei meiner Verfolgungsjagd völlig danebengriff, wollte ich es ihm erzählen, damit er mich tröstete. Manchmal wollte ich mich einfach nur daran erinnern, dass ich irgendwann einmal mit diesem Menschen normal umgehen konnte, mit dem ich nun nur noch trauriges Schweigen austauschte. Manchmal funktionierten diese Anrufe. Emiliano erzählte mir dann von Pancho, und ich erzählte ihm von meiner Mutter, und wir beruhigten uns gegenseitig mit der Gewissheit, dass es auf der Welt jemanden gab, dem man nicht dauernd alles erklären musste. Wir sprachen über Filme, über Kinder, über Leute, die er kennengelernt hatte, über die Zweifel, die wir hatten. Es waren angenehme, manchmal euphorische Anrufe, die in der Überzeugung endeten, dass wir nach einem furchtbaren Schiffbruch gelernt hatten, auf demselben Planeten zu leben. Doch es waren auch Gespräche, die immer seltener vorkamen und sofort wie ausgelöscht waren, wenn wir eines der anderen Gespräche führten.

Das Problem dabei war logischerweise, dass, wenn ich anrief, er nicht wusste, welche Variante ihn erwartete, und manchmal wusste ich es nicht einmal selbst. Außerdem gab es, um das Ganze noch komplizierter zu machen, seinerseits ebenfalls drei Versionen, wie er reagierte:

Der gleichgültige Ex-Freund: war gerade bei der Arbeit oder mit einem Computer-Spiel beschäftigt oder überhaupt mit dem Kopf ganz woanders, wo es keine lästigen Vergangenheiten gab.

Der verwirrte Ex-Freund: reagierte eifersüchtig und stur, erzählte mir von Blondie, um mich zu ärgern, und erklärte mir in einer Sekunde seine bedingungslose Liebe, um in der nächsten Sekunde das Gespräch ohne Abschiedsgruß zu beenden.

Der flüchtige Bekannte: begrüßte mich, als hätte er seit Ewigkeiten nicht mehr an mich gedacht, freute sich aber darüber, dass ich mich meldete. Er sprach von seiner Familie, als hätte ich sie noch nie gesehen. Er machte mich verrückt, indem er sich verhielt, als hätte es die Zeit, in der ich ihn besser kannte als sonst jemand, nie gegeben.

Leider wusste man nie im Voraus, welche Variante von mir auf welche Variante von ihm traf. Und es gab

Kombinationen, die katastrophal waren, zum Beispiel die gemeine Ex-Freundin mit dem flüchtigen Bekannten; die klammernde Ex-Freundin mit dem gleichgültigen Ex-Freund; die klammernde Ex-Freundin mit dem verwirrten Ex-Freund (man sollte meinen, dass sie ganz gut zusammenpassten, doch in Wirklichkeit taten sie sich nur gegenseitig weh); und die allerschlimmste: die Schwester, die ein Mitglied ihrer Familie anrief und auf den flüchtigen Bekannten stieß. Diese Kombination sorgte für mehr Ärger und Verzweiflung als jede andere.

Das Einzige, was feststand, war, dass unsere Gespräche immer schlimmer endeten. Und meine Reaktion darauf war aus irgendeinem masochistischen/negierenden/dickköpfigen/dummen Grund, damit weiterzumachen. Ich rief immer öfter bei ihm an, vor allem, als er möglichst nicht mehr ranging. Irgendein irrationaler Teil meines Gehirns (ein Teil von mir, den ich vor Dem Endgültigen Aus noch nicht kannte und der sich mit immer unerträglicherer Häufigkeit meldete) bemächtigte sich alle zwei oder drei Tage meiner Finger und rief ihn in den schlimmsten Momenten mit einer Beharrlichkeit an, die proportional zu seiner Genervtheit anstieg.

Und daraus entstand eine vierte Version von mir, nämlich die der schimpfenden Mutter, die zwar nicht lange existierte, aber umso schrecklicher war: Wie bitte? Dieses Arschloch meint, dass er meine Anrufe einfach ignorieren kann? Glaubt er wirklich, dass er mich so leicht abservieren kann? Nach allem, was ich für ihn getan habe? Glaubt er wirklich, dass er einfach so tun kann, als ob er mich nicht kennt? Kommt überhaupt nicht infrage.

Gegen Ende Der Verfolgungsjagd begann Paloma, mich von der Seite her anzusehen, wobei mir der Grund völlig klar war. Ich wusste, ohne dass sie es mir sagte, dass ihr meine Unfähigkeit, die Trennung zu überwinden, leidtat. Ich wusste, ohne dass sie es mir sagte, dass meine zwanghafte Partysucht in unserem Alter ihrer Meinung nach lächerlich war. Okay, Emiliano und ich hatten die Phase, in der man auf Partys ging, verliebt wie wir waren, übersprungen, aber das, was ich da gerade abzog, ging gar nicht, und schließlich schleppte er auch nicht jeden Abend eine andere ab! Ich wusste, ohne dass sie es mir sagte, dass sie Marina mochte, weil sie ihre neue zukünftige Schwägerin war, und so waren wir ja schließlich auch Freundinnen geworden; außerdem war Paloma einfach ein Schatz und konnte nicht anders. Auch wenn sie sich im Namen unserer Freundschaft redlich bemühte, mich davon zu überzeugen, dass sie sich nicht so gut verstanden und Marina ihr ein wenig verwöhnt und unsympathisch erschien. Wenn Paloma von Marina sprach, konnte man die Wahrheit an ihren Schultern erkennen, weil sie in ihrer Klosterschule gelernt hatte, sich beim Lügen immer betont aufrecht zu halten, sodass man, wenn sie den Rücken besonders gerade hielt und die Brust vorstreckte, sofort wusste, dass sie einem Blödsinn erzählte. So erfuhr ich nach und nach alles, ohne dass sie es mir sagte. Marina hasste es, wenn Emiliano mit mir sprach. Aber das war mir egal. Pancho fand, dass ich mich unbegründet zu sehr an die Vergangenheit klammerte. Aber das war mir egal. Emiliano sprach inzwischen nur noch mit mir, weil er sich schuldig fühlte. Aber. Das. War. Mir. Egal.

Bis die Woche kam, in der ich ihn wie besessen jeden Tag anrief, ohne dass er darauf reagierte, obwohl mir klar war, dass mich jeder Anruf weiter von ihm entfernte. Am Wochenende setzte sich Paloma dann mit einer Tasse Tee mir gegenüber und sah mich eindringlich an.

»Du musst aufhören, Emiliano anzurufen.«

»Ich weiß schon«, meinte ich mit einem verlegenen Lachen.

»Das ist pathetisch, Mari.«

»Ich weiß«, entgegnete ich, noch immer lachend. Weil ich es tatsächlich wusste. Doch gleichzeitig hatte sich mir jener neue irrationale Teil meines Gehirns immer mehr aufgedrängt und alle möglichen Argumente erfunden. Umso pathetischer war es, jeden Tag mit ihm sprechen zu wollen und zu ertragen, dass ich mich verhielt, als wäre ich dreizehn Jahre alt und riefe bei dem Jungen an, der mir gefiel, und nicht wie eine Dreißigjährige in dem Versuch, den Mann zu erreichen, der zehn Jahre lang ihre Bezugsperson war.

Was folgte, war die Verteidigungsrede einer Ertrinkenden, während der Paloma einfach nur den Kopf schüttelte.

»Was willst du denn? Wieder mit ihm zusammen sein?«

»Ja«, sagte ich reflexartig.

»Warum?«

Ich wusste es nicht mehr. Ich wusste nicht mehr, warum wir Schluss gemacht hatten, und auch nicht mehr, warum wir zusammen sein sollten oder warum ich es so brauchte. Ich wusste nur, dass mir etwas fehlte, was keiner ersetzen konnte, dass ich geistig wie betrunken war, dass dieser verdammte Geruch nach Emiliano von mir ausging und dass ich genug davon hatte, gleichzeitig von ihm angefüllt und völlig leer zu sein.

»Mari. Es hatte doch seinen Grund, dass ihr Schluss gemacht habt.« Paloma begann mit mir zu reden wie mit einer psychisch Kranken.

»Denkst du nicht, dass wir nur mal eine Pause gebraucht haben? Dass wir so lange zusammen waren, dass wir uns trennen mussten, um dann wieder zusammenzukommen?«

»Nein.«

Das klang so felsenfest, dass es mich umhaute.

»Nein?«

»Es hat nicht mehr funktioniert. Er hat das inzwischen akzeptiert.«

Und auch, wenn ich mir genau dasselbe tausend Mal gesagt hatte, ohne es wirklich einzusehen, gab mir diese Eindeutigkeit den Rest. Diese Wahrheit, an der es nichts mehr zu rütteln gab. Gefolgt von dem Gnadenschuss:

»Mari, ganz ehrlich, versetz dich mal in seine Lage.«

Aber genau das war ja mein Problem, dass ich mich in seine Lage versetzte und nicht verstand; nicht verstand, wie er ohne mich sein konnte. Mein Emiliano konnte das nicht. Ich verstand nicht, wer dieser Emiliano war, der das nun doch konnte. Es fühlte sich an, als würde ich ihn nicht kennen, und es machte mich wahnsinnig, plötzlich den Menschen nicht mehr zu kennen, den ich gekannt hatte und der mich, weil ich es zugelassen hatte, in- und auswendig kannte. Natürlich war auch ich vielleicht nicht mehr die María, die er kannte. Die María, die er kannte, hätte nicht diese Angst, die Wahrheit anzuerkennen. All dies brodelte in mir, als Paloma, die mich gleichzeitig bemitleidete und sich ein bisschen für mein Verhalten schämte, mir mit ihrem Blick bestätigte, was mir selbst mit jedem unbeantworteten Anruf immer deutlicher geworden war: Jener Emiliano, der nun sein eigenes Leben führte, war nicht mein Emiliano, sondern ein neuer Emiliano, den ich nicht kannte.

Ich rief ihn ein letztes Mal an, um ihm das zu sagen. *Wie findest du es eigentlich, dass du nicht mehr existierst? Dass wir nicht mehr existieren? Ist das nicht traurig?* Er reagierte nicht darauf. Weil er nicht mehr derjenige war, dem ich von meiner Traurigkeit erzählen konnte.

Also hörte ich endlich auf, ihn anzurufen. Es machte schließlich keinen Sinn, ohne Unterlass einen Unbekannten anzurufen.

13

Die Kriegerische Prinzessin

Es gab keine Übergangsphase, in der das Gestrickte aufgelöst wurde, sondern es landete sofort in der Mottenkiste. Der Kontakt brach von einem Tag auf den anderen ab.

Nicht mehr mit jemandem zu reden, der einmal deine Familie war, wird im Nachhinein als ein barbarischer Akt erscheinen. Denn es gehört zu den nicht abgeschlossenen menschlichen Entwicklungen. Liebesbeziehungen, die zu Ende gehen, sind sehr intime Beziehungen, nicht nur körperlich gesehen, sondern weil sie ins tiefste Bewusstsein der Seele dringen. Irgendwann kommt der Moment, in dem das Vertrauen beinah widerwärtig ist und man sich in Gegenwart des anderen die Fußnägel schneidet, wie man es nur innerhalb der Familie tut. Es ist eine Vertrautheit, die man eigentlich nicht zerstören sollte und die man in manchen Fällen nicht einmal echten Familienangehörigen entgegenbringt. Ich zum Beispiel würde mir nie in Gegenwart meines Vaters die Fußnägel schneiden. In Emilianos Gegenwart dagegen hatte ich noch viel schlimmere Dinge getan. Trotz allem war es normal, eine Paarbeziehung von einem auf den anderen Tag zu lösen. Was nicht gut war. Wenn man einmal seinen Kummer im Schoß eines anderen ertränkt hat, ist es eine solch traurige Verschwendung, wenn dieser andere einen plötzlich nicht mal mehr grüßt. Das einmal Geteilte sollte gefeiert anstatt zurückgelassen werden. *Wie wunderbar waren doch jene fünf Minuten, in denen wir uns besser kannten als jeder andere! Findest du nicht? Wie wunderbar war doch jene Sekunde, in der wir das Einzige waren, was auf dem Stern des anderen existierte!* Man müsste eigentlich gemeinsame Jahrestage feiern wie Klassentreffen, auf denen ehemalige Pärchen sich zusammen daran erinnerten, wie wichtig sie einmal im Leben des anderen waren.

Letztendlich würde die Gesellschaft schon irgendwann zu diesem auf der Hand liegenden Schluss kommen, doch bis dahin würde ich die Attacken meines Abstinenz-Syndroms ertragen müssen, jenen Millimeter in meiner Gehirnrinde unterdrücken müssen, der darauf bestand, Emilianos Nummer zu wählen, und meine Einsamkeit mit Arbeit überdecken. Auch wenn es nichts brachte.

Einer meiner neuen Jobs bestand darin, für einen Blog zu schreiben, der sich der Sehnsucht nach den Achtziger- und Neunzigerjahren widmete. (Als ich von seiner Existenz erfahren hatte, hatte ich mich nicht mehr so allein gefühlt: Wie es schien, trauerten alle Erwachsenen meines Alters, die sich den Luxus erlauben konnten, ihrer Jugend hinterher.) Für die meisten meiner Texte reichten die Filme aus dem Cineclub aus, doch als ich um einen Artikel zum Thema »Fernsehen und die Sehnsucht nach der Vergangenheit« gebeten wurde, konnte ich nicht widerstehen. Ich gönnte mir ganze Fernsehmarathons mit *Wunderbare Jahre, Dawson's Creek* und *Friends.* In diesen Serien lernten die Protagonisten den Mann oder die Frau ihres Lebens meistens schon in jungen Jahren kennen, und sie blieben für immer vereint. Winnie Cooper aus dem Haus gegenüber, die Kevin Arnold entscheidend prägte; Joey Potter, das Mädchen von der anderen Seite der Lagune, die in Dawsons Bett schlief, ohne dass er auf die Idee kam, sie zu berühren; Ross und Rachel, die nie wirklich voneinander loskamen. Reine Nostalgie. In diesen Serien verhielt sich keiner wie Emiliano und ging länger als zwei Folgen hintereinander nicht ans Telefon, wenn der andere anrief. Sicher, das war nicht die Realität. Natürlich war die Beständigkeit der Leute in einer Fernsehserie eine Frage des Castings und nicht der Lebensechtheit, da man einen Schauspieler ja schlecht rauswerfen konnte, wenn sein Vertrag noch lief – nur weil im wahren Leben die meisten Menschen nach dem Ende einer Beziehung kein Wort mehr miteinander wechselten. Nein. Stattdessen wurde ein Kapitel geschrieben, in dem Winnie Cooper Kevin ewige Freundschaft schwor und sich daran hielt. Vielleicht fand ich die Realität in diesen Serien so erstrebenswert, weil ich der Meinung war, dass Emiliano weiterhin meine Familie bleiben sollte. Oder ich glaubte daran, weil diese Serien mir von Kind an vorgegaukelt hatten, dass das Glück von einem Menschen ausging, mit dem man vom ersten Augenblick seiner Existenz an eine stürmische, aber stets rührende Beziehung führte. Hatte ich mich in Emiliano um seinetwillen verliebt oder weil er in ein bestimmtes Erzählschema passte, dem ich meinen Golden Globe verliehen hätte? Egal. Tatsache war, dass der Casting Director meiner Serie sich an Emiliano sattgesehen und ihn aus dem Programm gestrichen hatte. Oder hatte er sich an mir sattgesehen und mich aus dem Programm gestrichen?

Vielleicht war ja Emiliano der Hauptdarsteller der Serie. Dann waren seine Drehbuchautoren offenbar diese ganze Saison über mit der neuen Freundin und der verrückten Ex-Freundin beschäftigt gewesen. Wenn dies Emilianos Serie war, dann sollte ich mich lieber auf meine eigene Serie konzentrieren.

Und um meine Zuschauerquote zu verbessern, ließ ich es zu, dass Aguch wieder am Horizont auftauchte und mich zu einer von Inés Aguirres – legendären, wie ich später erfuhr – Partys mitnahm.

Inés hatte von ihrer Großmutter ein Haus geerbt, das im Viertel Las Lomas lag, dem die reichen Stadtbewohner zwar den Rücken gekehrt hatten, das aber nach wie vor beeindruckend war. Aguch holte mich zu Hause ab, sodass wir um Mitternacht gemeinsam durch den riesigen halbdunklen Garten zum Haus gingen. Vor dem Gebäude aus den Sechzigerjahren befand sich ein leerer Brunnen, und das Fenster im Eingangsbereich war von Efeu bedeckt. Ich fühlte mich wie am ehemaligen

Set einer mexikanischen Telenovela. Als wir das Haus betraten und ins Wohnzimmer kamen, saßen dort auf dem mit einem schneeweißen Teppich und einigen Kaschmirdecken belegten Boden Inés, ihr Ehemann und eine Gruppe Gäste im Kreis, die so unterschiedlich waren, dass sie sich nicht mit einem einheitlichen Begriff bezeichnen ließen. Was diese Gruppe Menschen verband, verstand man erst, wenn man verstand, was sie gemeinsam hatten: sich im schwachen Licht des Kamins unwiderstehlich zu fühlen. In dem Moment, als ich an Aguchs Hand – der sich auf rührende Art bemüht hatte, mir mit einer künstlerisch wirkenden Geste die Schuhe auszuziehen – den Teppich betrat, wurde ich von dem Gefühl ergriffen, dass diese spontane Party das Ergebnis harter Arbeit war, der harten Arbeit, die diese Menschen vielleicht täglich leisteten, um sich in eine Version von sich selbst zu verwandeln, die sie in irgendeinem Film gesehen hatten. Wir alle bemühten uns darum, unsere Show möglichst interessant zu gestalten. Am liebsten hätte ich sofort wieder die Flucht ergriffen, doch nun hatte ich wie Alice im Wunderland bereits den Kaninchenbau betreten und war in das Loch gefallen. Und es gab keine Öffnung in den Wänden, durch die ich ins Licht hätte zurückkehren können. Außerdem konnte man nie wissen. Manchmal war das, was einen am Ende des Sturzes erwartete, besser als gedacht.

Inés' sämtliche Gäste saßen auf dem Boden, tranken Wein und lauschten einer Mischung aus sanfter Musik und dem Rap von DJ Jazz. Zwei oder drei dokumentierten alles, was in der Runde geschah, für Twitter, Instagram und Snapchat, wahrscheinlich in der Überzeugung, eine Salonkunst in der Art von Frida Kahlo oder David Alfaro Siqueiros zu produzieren, die es würdig war, in der *Vanity Fair* erwähnt zu werden. Aguch machte mich mit dem Kreis bekannt: zwei Fotografen, zwei DJs, Inés, die bekanntermaßen Musikerin war, ihrem Mann, der für sie als Toningenieur arbeitete, drei Schauspielerinnen, die zugleich auch Schriftsteller waren, einer Regisseurin, die ich ein paar Jahre zuvor mal interviewt hatte, einem Tonmeister, der der schönste Mann war, den ich je aus der Nähe gesehen hatte (und das, obwohl Aguch bei mir war), und zu guter Letzt dessen Freundin, einer Bankerin. Letztere war mir äußerst sympathisch, weil sie (vielleicht zusammen mit mir) der semantische Irrtum in dieser Runde war. Ich plauderte eine Weile mit Inés' Schwester, einer studierenden schreibenden Schauspielerin. Sie war extrem dünn und trug einen Männeranzug sowie Oxford-Schuhe ohne Strümpfe, und sie war wunderschön – genau der Typ Frau, die jede gern sein möchte. Der Arm ihres Mannes, der genauso dünn war wie sie und ein Shirt mit V-Ausschnitt trug, das fast seinen Bauchnabel sehen ließ, war wie eine Stola um sie herumdrapiert. Ich fragte, wem das Haus gehöre, und erfuhr, das die Großmutter es Inés und ihrer Schwester vererbt hatte, weil dann immer »Leben in der Bude« sei, was die beiden Schwestern so interpretierten, dass sie mit mehr als der Hälfte aller Anwesenden wie in einer Kommune zusammenlebten. Wir redeten über Filme, Bücher und Musik, betranken uns mit dem unablässig fließenden Sekt des Großvaters, und die anderen rauchten alles Mögliche, was Aguch in meinem Namen dankend ablehnte, indem er erklärte, ich glaube nicht an illegale Drogen, ganz so, als handelte es sich dabei um den Weihnachtsmann.

Nachdem wir zwei Stunden zusammengesessen hatten, hatte ich zwar nichts geraucht, aber von allem getrunken, sodass ich *ex cathedra* über Kant, Leibniz und die übrigen Philosophen faselte, deren Werke mein Ex-Freund mir überlassen hatte. Ich lehnte mich über den Tisch in der Mitte, den Inés' Ehemann aus alten Vinyl-Schallplatten gebaut hatte, und sie strich mir übers Haar, bis sie es auf einer LP der Band Timbiriche entwirrte. Alles starrte vor Staub und Dekadenz. Irgendwann fragte ich mich, wo diese Leute eigentlich das Geld hernahmen. Ob sie alle eine Großmutter hatten, die sie in ihrem Testament bedachte? Inés verdiente Geld mit ihrer Musik, doch Tinas, der neben ihr saß und gerade hinzugekommen war, hatte mir erzählt, dass er Illustrator sei, ohne zu erwähnen, was er denn eigentlich illustrierte, wobei ich das Gefühl hatte, dass dies keine besonders lukrative Berufung war. Als sie mich fragten, was ich mache, erklärte ich, dass ich Filmkritikerin sei und – keine Ahnung, wie ich darauf kam – einen Filmclub für Kinder unterhielt. Dieser letztere Einfall entzückte sie genauso wie mich. Ich verbrachte die restliche Nacht damit, teuren Wein zu trinken, während ich

Gespräche führte, die sich äußerst tiefschürfend anfühlten, aber vielleicht nur das Geschwätz von Betrunkenen waren. Dabei war ich Wortführerin bei einer lebhaften Diskussion über den weltweiten Stand des Feminismus, die meiner Mutter sicher gefallen hätte. Von dort aus bewegten wir uns im freien Fall weiter – teils argumentierend, teils indem wir uns aufspielten –, bis nur noch ein paar Wenige ihr Bestes gaben, um die Welt, unser Land und Hollywood zu retten. Aguch hörte mir mit größter Aufmerksamkeit zu, legte die Beine übereinander und ließ seine Hände nicht von mir. Egal, was ich sagte, vor allem, wenn es irgendeine Dummheit war, bemühte er sich, mich zu verführen. Irgendwann fiel mir auf, dass ich ganze drei Stunden nicht an den Unaussprechlichen gedacht hatte (was ein neuer Rekord war), doch dann hatte ich plötzlich einen Flashback und musste an die Partynächte im kleinen Haus der Cerveras denken. Paloma, Pancho, Emiliano und ich, die wir bis zum Morgen zusammensaßen und über Gott und die Welt redeten. Der riesengroße Unterschied war nur, dass ich mich in jenen Nächten von Freundschaft und Liebe umgeben gefühlt hatte und trank, um die Euphorie zu verlängern, nicht um sie hervorzurufen. In diesem Kreis hingegen fühlte ich mich von absoluter – wenn auch vielleicht durchaus gewollter – Einsamkeit umgeben. Diese Leute hier hatten sich die Pflicht auferlegt, interessant zu sein, ohne sich zu fragen, für wen. Sie alle hatten mehr von der Welt gesehen als ich, sprachen jedoch im Allgemeinen voller Herablassung darüber.

Wenn der superteure weiße Teppich, auf dem wir gerade saßen, plötzlich angefangen hätte zu fliegen, hätte es wohl niemand bemerkt, weil wir alle viel zu sehr damit beschäftigt waren, zu beeindrucken, als dass wir etwas *wirklich* Beeindruckendes zur Kenntnis genommen hätten.

Alle der hier Anwesenden jagten irgendetwas hinterher. Und ich saß mitten unter ihnen und versuchte herauszufinden, wer ich war, und fühlte mich extrem verloren. Ich lachte lauthals über ihre Witze und versuchte das Gefühl einer lebenden Toten zu übertönen. Ich spürte, wie ich lachte und lachte, ein leeres Lachen, das von außen wirken musste, als wäre ich glücklich. Ich nahm an, dass wir das verkörperten, was sich ein Jugendlicher unter einer Gruppe beeindruckender Erwachsener vorstellt: Künstler mit langem Haar, Frauen in Männerkleidung, Männer mit weichen Shirts und nackten Füßen, die einem in den Nacken küssten, während sie einem ein Glas Wein kredenzten, und einem schmeichelnde Komplimente machten, ohne einen zu kennen. »Ich merke, dass du eine Prinzessin bist«, sagte einer zu mir, »eine kriegerische Prinzessin.« Ich lachte erneut und suchte bei Aguch Bestätigung, der mich umarmte, stolz, dass er mit einer Kriegerischen Prinzessin zusammen war.

Zu fortgeschrittener Stunde standen Inés' Schwester und ihr Mann auf, nahmen jeweils die Hand eines Vertreters des anderen Geschlechts und verzogen sich in getrennte Zimmer.

»Heute ist Leihabend«, informierte mich Aguch. *Das hat gerade noch gefehlt*, dachte ich. »Aber keine Sorge, du gehörst nur mir«, fuhr er fort. *Ich will einfach nur ins Bett,* dachte ich.

Wir blieben allein zurück, als sich Inés, gefolgt von ihrem Mann und Tinas, den sie an der Hand hielt, in ein weiteres Zimmer zurückzog. Irgendwann streckte ich mich wie eine Katze auf dem Teppich aus, und Aguch umschlang mich.

Doch mehr geschah nicht zwischen uns. Mein Kopf legte sich irgendwo in der Ferne zur Ruhe, weit weg von ihm, an einem sicheren, glücklichen, vertrauten Ort. Ich spürte seine Arme wie die eines weichen Teddybären, so einen, wie Paloma in ihrem Bett sitzen hatte und der aus jenem Geschäft in New York stammte, wo Tom Hanks in *Big* auf den Klaviertasten rumgeturnt war. Ich befand mich in einer warmen Seifenblase und lächelte im Schlaf.

Der Morgen des nächsten Tages war blau und gerade angebrochen, als ich aufwachte. Ich war von Rauch umgeben und spürte menschliche Wärme neben mir. Doch als ich die Hand ausstreckte, griff ich nur in Luft. Dort war niemand. Also stand ich allein auf. Aguch schlief auf dem Sofa in dem riesigen Wohnzimmer etwa zwanzig Meter von mir entfernt. Nach wem hatte ich gegriffen? Nach niemandem. Nach einem Gespenst. Ich war gern allein. Und ich wollte nach nichts mehr suchen.

»Stell dir vor, gestern war ich etwa sechsundvierzig unterschiedliche Personen«, erzählte ich Dem Gespenst, »von denen mir einige sympathischer waren als andere.«

Das Gespenst antwortete nicht. Es ging einfach so neben mir durch den kühlen Garten bis zum Tor, ohne irgendwie zu stören.

»Ich bin allein«, informierte ich Das Gespenst, das etwas von Emi hatte, aber in Wahrheit nicht Emi war. Ihn wollte ich nicht mehr in meiner Nähe haben. Ich glaubte, dass die Zeit endlich vorbei war. Ich hatte keine Angst mehr. Denn ich hatte Die Bestie vergessen. Ich hatte meiner Show ein paar interessante Kapitel hinzugefügt, doch nun war es Zeit, zum regulären Programm zurückzukehren.

Ich hatte keine Lust mehr, nach mir zu suchen. Ich ließ mir Zeit. Irgendwann würde ich schon wieder auftauchen.

14

DLMDP und der INEGI

Vor etwa zwei Monaten hatte ich, als ich das Haus verließ, an meiner Wohnungstür einen Stempelabdruck des INEGI – des Nationalen Instituts für Statistik und Geografie – entdeckt. *Gezählt*, stand da. »Diese verlogene Regierung«, hörte ich meine Mutter im Geiste sagen. Schließlich war niemand bei mir zu Hause gewesen, um mich zu zählen. Niemand wusste, wie viele Personen in dieser Wohnung lebten und ob sie gemietet oder eine Eigentumswohnung war. Familienstand: ledig, auf der Jagd. Anzahl der Bewohner: ich, und manchmal auch Die Bestie. Das Gespenst war damals noch nicht aufgetaucht. Also wie viele waren wir? Niemand war hier gewesen, um mich das zu fragen. Dennoch war der Stempel da, der mich als *gezählt* auswies. Ich fühlte mich von der nationalen Metrik ausgeschlossen, was ich mich möglichst schnell zu vergessen bemühte.

An jenem Dienstag erwachte ich frühmorgens mit einem Schuldgefühl im Magen und verstand erst mal gar nicht, wieso. In den letzten Wochen hatte ich nichts getan, wessen ich mich schuldig fühlen oder was eine gewisse Beklemmung hätte hervorrufen können. Tatsächlich hatte ich sogar begonnen, mich gesund zu ernähren, und war sehr stolz auf mich. Doch dann fiel mir wieder ein, woher die Schuldgefühle kamen: Seit zwei Monaten, seit der Stempel des INEGI an meiner Wohnungstür prangte, hatte ich Roberta nicht mehr gesehen. In der vergangenen Woche hatte sie mir eine äußerst verliebte Nachricht hinterlassen, in der sie mir sagte, dass sie dringend mit mir reden müsse, und ich hatte nicht darauf geantwortet. Das Gute an langen Freundschaften ist ja, dass die Zeit nicht so leicht darüber hinweggehen kann. Sodass wir trotz allem – und »alles« war in diesem Fall eine ganze Menge – zutiefst vertraut miteinander waren und es ausreichte, wenn eine von uns nach langer Zeit mit den Worten »Da bin ich« in der Tür stand, um wieder zu den Schwestern zu werden, zu denen wir vor so vielen Jahren geworden waren. Ich schickte ihr eine Nachricht, doch sie war nicht online, woraufhin ich, bevor ich mich auf den Weg zum Büro machte, bei ihr vorbeiging.

»Ich bin's, deine undankbare verschwundene Freundin! Bist du zu Hause?«, rief ich, während ich ununterbrochen auf die Klingel drückte. Es verging eine Weile, bis ich auf der anderen Seite der Tür ein paar schwere Schritte näher kommen hörte. Überrascht sah ich auf den Mann, der die Tür öffnete: groß, etwas übergewichtig, sympathisches Gesicht.

»Du bist María, stimmt's?«, meinte er. Und er umarmte mich tollpatschig, was sich dennoch ziemlich gut anfühlte.

Es war nicht wirklich ungewöhnlich, dass sich irgendein Typ in Robertas Wohnung befand, der einem die Tür öffnete. Überaus ungewöhnlich war hingegen die Tatsache, dass dieser Typ wusste, wer ich war, und richtig nett wirkte. Und noch ungewöhnlicher war es, dass hinter ihm und mit einem engelhaften Lächeln im Gesicht Roberta erschien und mich begrüßte, ohne seine Hand loszulassen.

»Darf ich dir den INEGI vorstellen«, sagte sie, »INEGI, María.«

In diesem Moment fiel mir wieder ein, dass Roberta in letzter Zeit plötzlich angefangen hatte, mir Nachrichten zu schicken, in denen sie mir mitgeteilt hatte, dass sie mit dem INEGI irgendwohin ging, doch ich hatte gedacht, dass von der staatlichen Einrichtung für die wirtschaftliche und geografische Datensammlung die Rede wäre und es um irgendeine Untersuchung, also um berufliche Dinge, ging. Jedoch mitnichten. Sie hatte jenes friedliche und freundliche Subjekt gemeint, das mir im selben Moment einen Kaffee servierte, wobei sich sein Morgenmantel öffnete, was ihm völlig egal zu sein schien. Sie erzählten mir, wie er an diesem Ort gelandet war, und so erfuhr ich, dass der junge Mann zugleich die Erklärung für den Stempel an meiner Tür war. Der INEGI trug diesen Namen, weil er für das INEGI arbeitete und die Leute befragte. Er hatte Roberta kennengelernt, als er in seiner Eigenschaft als Angestellter des INEGI an ihrer Tür geklingelt und sie nach ihrem Alter, ihrer Religionszugehörigkeit, ihrem Schulabschluss und ihrem sozioökonomischen Status befragt hatte. Anschließend hatte er mit einem direkten Blick in die Augen der zu befragenden Person besonderes Interesse an ihrem Familienstand gezeigt. Roberta hatte keine Zeit verloren und ihn eilig zu einer Tasse Kaffee eingeladen. Es erübrigt sich zu erwähnen, dass den restlichen Tag über keine Daten mehr erhoben wurden. Nach mehreren Stunden »Internierung mit wildem Sex« – so die Worte des INEGI, zu denen Roberta lachte, während sie mir die Milch reichte und ihm den haarigen Nacken küsste – beendeten die frisch Verliebten (denn das waren sie am Ende des Tages) den Tag damit, dass sie zunächst durchs Haus und anschließend durchs Wohnviertel rannten, um an allen Türen, die der INEGI an diesem Tag aus nachvollziehbaren Gründen außer Acht gelassen hatte, den »Gezählt«-Stempel zu hinterlassen. Demnach wiesen die Bevölkerungszahlen des Viertels San Pedro de los Pinos eine Lücke auf, die genau den Tag anzeigte, an dem der Zählende sich für immer zwischen Robertas Brüsten verloren hatte.

Ich war entzückt von der Geschichte des INEGI. Ich war entzückt von der Euphorie, mit der die beiden sie erzählten, sich dabei gegenseitig anstießen und gleich dafür um Entschuldigung baten, den anderen unterbrochen zu haben. Ich war entzückt von Roberta, ihren geröteten Wangen und dem wirren Haar, entzückt, dass sie einen Mann in ihr Leben gelassen hatte, der sie in einen glückseligen Zustand versetzte, wie ich ihn seit der Pubertät nicht mehr bei ihr erlebt hatte.

Am drauffolgenden Samstag weckte mich Roberta um acht Uhr früh, indem sie zum dritten Mal klingelte, um mich aus der weichen Wärme meines Bettes zu reißen.

»Im Namen unserer Freundschaft, María, möchte ich dich um einen Gefallen bitten.«

»Nein.«

»Komm heute mit mir, dem INEGI und ein paar Freunden mit zur Fiesta nach Xoximilco.«

»Nein.«

»Wir treffen uns dort um zwölf Uhr mittags und steigen um eins ins Boot.«

»Nein.«

»Wunderbar. Bis gleich dann.«

»Na schön.«

Es gab wohl nichts auf der Welt, wozu ich weniger Lust hatte, als aufzustehen, zu duschen, Jaime Chico und den Kindern abzusagen, mit dem Metrobus bis zur Endstation zu fahren und von dort aus ein Taxi zu nehmen, das mich nach Xoximilco brachte, dem touristischen Nachbau der schwimmenden Gärten von Mexiko-Stadt. Aber mit diesem »im Namen unserer Freundschaft« hatte sie mich gekriegt. Außerdem war Roberta verliebt, und sie hatte mich während meines unerträglichen Liebeskummers ertragen, sodass das Mindeste, was ich tun konnte, war, mich aufzuraffen und ein wenig Zeit mit ihr und dem INEGI zu verbringen. Also raffte ich mich auf und schleppte mich zu den *trajineras*, den typischen farbenfrohen Booten, die in Xoximilco die Leute durch die Kanäle schipperten. So war nun mal die Liebe.

An der vorletzten Haltestelle des Metrobusses erhielt ich zwei Nachrichten von Roberta: *Könntest du bitte bei*

Bodegas Alianza vorbeigehen und vier oder fünf trajikits *mitbringen?* Und dann: *Ich geb dir das Geld gleich zurück.*

Von meiner eigenen Opferbereitschaft verwundert, machte ich mich, während mir wahrscheinlich gerade ein Heiligenschein wuchs, auf die Suche nach den berühmten *trajikits*. Dabei erfuhr ich, dass diese jeweils aus drei Flaschen Caguama-Bier, fünf Tüten Chips, fünf großen Colas und einer Flasche Bacardi Blanco bestanden. Wenn man mehr als zwei davon kaufte, gab es als Geschenk noch eine Tüte Eis dazu. Kurz gesagt: alles, was Bodegas Alianza für nötig hielt, um eine Fahrt auf einer *trajinera* zu überleben.

Mit jeder Menge ungesundem Essen und Trinken beladen, entstieg ich in Xoximilco dem Taxi und sollte einen Haufen Geld bezahlen, was ich ein wenig runterhandelte, indem ich dem netten Taxifahrer zwei Flaschen Caguama-Bier schenkte. Vier *trajikits* zu tragen hört sich wesentlich leichter an, als es ist. Ich sah nichts, als ich auf den Bootssteg zuging, und als ich den Parkplatz kreuzte, wurde ich fast von einem Auto angefahren, dessen Fahrer eindeutig Probleme mit dem Rückwärtsfahren hatte. Als der Inhalt der *trajikits* über den Boden rollte und der Fahrer des Wagens sich aus dem Fenster zu mir herunterbeugte, um mich zu fragen, ob es mir gut gehe, leuchteten meine Augen auf, da ich feststellte, dass es sich um niemand Geringeren als José Miguel handelte.

»Was machst *du* denn hier?«, fragte ich ihn, während er mich tausend Mal um Entschuldigung bat und mir mit rührender Umsicht half, die *trajikits* aufzusammeln.

»Heute Morgen hat mein Freund Pedro angerufen und mir gesagt, dass ich unbedingt herkommen sollte.«

»Meine Freundin Roberta hat mir heute Morgen das Gleiche gesagt.«

»Ah, dann ist Roberta wohl Pedros Freundin.«

»Der INEGI heißt Pedro?«

»Ihr nennt Pedro den INEGI?«

Wir lachten, und ich erzählte ihm die Geschichte, die Pedro ihm bis dahin vorenthalten hatte. Das mit dem »wilden Sex« ließ ihn erröten, was ich ihm genau aus diesem Grund und um ihn aufzuziehen, wortwörtlich erzählt hatte. José Miguel erklärte mir, dass er mit dem INEGI zusammen studiert hatte und dass er sein bester Freund sei, also quasi das, was für mich Roberta war. Anschließend lachten wir darüber, wie klein die Welt war und welche furchtbaren Konsequenzen es haben konnte, seine Freunde zu lieben, zum Beispiel, dass man sich an einem Samstag, mit Caguama-Bier und anderem Zeug beladen, in Xoximilco wiederfinden konnte. Gemeinsam gingen wir zum Bootssteg hinüber, inzwischen war es fast ein Uhr.

Roberta war sauer, obwohl sie selbst immer überall eine Stunde zu spät auftaucht. Doch als ich sie jetzt ansah, begriff ich mit einem Mal alles, und die *trajikits* fielen erneut zu Boden.

Meine Freundin trug ein bis zum Boden reichendes weißes Kleid und der INEGI einen Anzug mit einer Blume am Revers. Neben ihnen standen Robertas Mutter, deren hellgrüne Gesichtsfarbe der des Sees ähnelte, und ein Herr, der die gleichen grauen Augen wie der INEGI hatte, diesem den Rücken tätschelte und grinste wie ein Honigkuchenpferd. Sie alle standen am Bug einer *trajinera*, wo, mit Blumen verziert, die Worte *Ein Hoch auf das Brautpaar* zu lesen waren.

Wir waren tatsächlich auf der Überraschungshochzeit von Roberta und dem INEGI gelandet. José Miguel fiel die Kinnlade herunter und klatschte fast auf den Boden. Für jemanden wie den DLMDP war so viel Spontaneität eindeutig zu viel. Ich hingegen musste sofort an Paloma denken, die es, nachdem sie nun endlich den Ring der Urgroßmutter am Finger trug, mit ihrer Hochzeit gar nicht mehr so eilig hatte, sich kaum noch traute, ihr Elternhaus zu verlassen, und seit acht Monaten davon sprach, mit den Hochzeitsplanungen anzufangen. Ganz zu schweigen von Emiliano und mir, die wir nie für die Ehe bereit gewesen waren, obwohl wir beinah zehn Jahre zusammengelebt hatten. Während Roberta einfach an einem Samstag neben dem Mann aufgewacht war, den sie seit drei Monaten kannte, und entschieden hatte, dass der große Tag gekommen war.

»Vielen Dank, dass ihr alle gekommen seid«, verkündete Roberta mit aufgeregter Stimme. »Pedro und ich sind sehr gerührt, dass ihr heute unsere Hochzeit mit uns feiert.«

»How, how, how!«, rief der INEGI wie ein Apache, wobei er Roberta in die Höhe hob, und alle Gäste applaudierten, während wir versuchten, irgendwie mit unserer Überraschung fertigzuwerden.

Roberta lief auf mich zu und umarmte mich.

»Na, was sagst du?«

»Ich ärgere mich, dass ich nicht noch einen fünften *trajikit* gekauft habe.«

»Juchhu!«, rief Roberta mit geballten Fäusten, geschlossenen Augen und euphorisch gebleckten Zähnen. »Ich bin so glücklich!«

Ich schloss mich ihrer guten Laune an, denn ich wollte nicht diejenige sein, die ihr das Fest verdarb. Wir alle bestiegen die Hochzeits-*trajinera*. Unter den Gästen entdeckte ich auch Marcos-den-möglichen-Mörder, der ein enttäuschtes Gesicht machte. Er tat mir fast ein wenig leid. Sicher war er, nachdem er am Morgen Robertas drängenden Anruf erhalten hatte, in dem Glauben herbeigeeilt, endlich die Liebesbotschaft zu erhalten, auf die er sein ganzes Leben lang gewartet hatte. Doch stattdessen fand er sich unversehens auf der spontanen, im kleinen Kreis gefeierten Hochzeit seiner großen Liebe wieder und machte seinem Möglichen-Mörder-Ruf alle Ehre. Er sah aus, als hätte er den Bräutigam am liebsten im See versenkt.

Auch die Panik zwischen den zusammengezogenen Augenbrauen von Robertas armer Mutter sprach Bände. Nachdem sie seit etwa zehn Jahren versucht hatte, sich daran zu gewöhnen, eine etwas seltsame Tochter zu haben, war dies wohl der Höhepunkt der Abnabelung. Als sie die vielen Chipstüten und die riesigen Colaflaschen neben dem Tisch des Richters sah, der die Trauung vornehmen sollte, konnte man ihr inneres Erdbeben regelrecht hören. Ich musste an Roberta als Mädchen denken, als sie noch unter dem Einfluss ihrer Mutter gestanden hatte, ihre glitzernden Zara-Kleider, ihr weich gewelltes, sorgfältig frisiertes Haar und die aufwändige Party zu ihrem fünfzehnten Geburtstag. Und nun trug sie am Tag ihrer Hochzeit ein weißes Flatterkleid, hatte wirres Haar und ungeschminkte Lippen. Aber sie war glücklich, das schon. Die Zeiten ändern sich eben.

Die *trajinera* setzte sich mit dem Brautpaar und seinen Gästen in Bewegung, und als wir die Mitte des Sees erreicht hatten, begann die Hochzeitszeremonie. Der Richter war ein groß gewachsener, beeindruckender Mann, der einen besser gebügelten Anzug trug als der Bräutigam. Er hielt eine wunderbare Rede über die Kameradschaft in der Liebe, die Freundschaft als fundamentales Band in der Ehe. Darüber, dass zwei Menschen, die heiraten, einen Zeugen für ihr gemeinsames Leben erhalten, einen Kameraden, mit dem man die ungewisse Welt durchqueren konnte, der besser als alle anderen wusste, wer man war, was einen bedrückte und tröstete, und das für immer. Ich weinte innerlich Hunderte Tränen. José Miguel starrte an den Horizont. Wahrscheinlich dachte er genau wie ich an den Kameraden, den er verloren hatte.

Nach einem besonders ergreifenden Satz raunte mir Robertas Mutter zu, dass der Richter in seiner Freizeit Gedichte schrieb. Er war ein Kollege von ihr. Und sie hatte darauf bestanden, ihn für die Trauung zu engagieren. Dies war ihr Beitrag zur Hochzeit. Er übertrieb es ein wenig mit der Lyrik. Zum Beispiel benutzte er auf einmal das Wort »Ergebenheit«, um zu beschreiben, was der Ehemann der Ehefrau an anstrengenden Tagen schulde. Und das Wort »stattlich«, um zu sagen, wie hübsch Roberta an ihrem Hochzeitstag aussah. Der INEGI schien mit diesen Worten nicht wirklich viel anfangen zu können, doch am Ende war die Botschaft, die im Grunde ausgedrückt werden sollte, das Beste, was man auf einer Hochzeit sagen konnte. Tatsächlich war der Erfolg der Rede so groß, dass die Freunde des Bräutigams nach dem feierlichen Akt der Unterschriften und des »Ich erkläre euch zu Mann und Frau« den Richter auf die Schultern nahmen und ihn unter lauten Hoch-Rufen in den See warfen. Robertas Mutter stieß einen gellenden Schrei aus. Der arme Mann tauchte, wie ein nasser Hund strampelnd, wieder aus der grünlichen Brühe auf und strafte dann mit seiner Ausdrucksweise Robertas Mutter vor aller Welt Lügen – zumindest, was sein lyrisches Feingefühl anging. Er beruhigte sich nicht einmal, als der beste Freund des INEGI sich seiner erbarmte und ihn zu mir herübertrug. Es war allgemein bekannt, dass ich immer sehr schnell fror und stets einen großen Poncho dabeihatte, sodass es mir oblag, den Richter warm einzuhüllen. Unterdessen hängten wir sein Jackett und sein Hemd neben der Tortilla-Platte zum Trocknen auf, die ein paar folkloristisch gekleideten Frauen benutzten, um darauf *memelas*, dicke Maisfladen mit Sauce und Käse, zu backen.

Der arme Richter. Da hatte er so schöne und treffende Worte gefunden, und zum Dank saß er nun, vor Kälte zitternd, im Unterhemd neben mir und hatte die dubiose Pampe im Haar, die auf den ehrwürdigen Wassern von Xoximilco schwamm.

Der Rest der Fiesta? Fiesta eben. Musik, Tanz und Leckereien. Einmal wurde die Sache heikel, als die Cousins des Bräutigams lachend drohten, Roberta über Bord zu werfen, doch José Miguel gelang es, sie aufzuhalten, und die Feier ging lustig weiter. Über dem See ging die Sonne unter, und alle tanzten ausgelassen, angesteckt von der Euphorie des Brautpaars. José Miguel und ich unterhielten uns stundenlang über Filme und Bücher und seine Ex-Frau und seine Tochter. Außerhalb des Büros war José Miguel richtig nett. Wer hätte das gedacht! Als es dunkel wurde, erzählten wir uns Geschichten aus der Kindheit der frisch Vermählten und stellten fest, dass sie wie füreinander geschaffen waren. Ich fühlte mich absolut wohl in meiner Haut und war so mit mir im Reinen, wie es schon lange nicht mehr vorgekommen war.

Irgendwann fuhr das Brautpaar mit dem Taxi nach Hause und nahm mich mit. Die beiden waren völlig erschöpft und freuten sich darauf, in ihre Graue Kiste zurückzukehren, dic Graue Kiste, in der sie sich kennengelernt und ineinander verliebt hatten – was sogar bewirkte, dass ich die meine gar nicht mehr so schlimm fand.

Ich verabschiedete mich von den beiden im Treppenhaus und sah ihnen einen Moment nach. Roberta trippelte mit kleinen wiegenden Schritten. So war sie auch als Kind gelaufen, wenn wir gemeinsam den Pausenhof überquert hatten. Wie sehr wir seitdem gewachsen waren und uns verändert hatten! Und gleichzeitig waren die Schritte meiner Freundin noch genauso wie damals.Als ich in meiner Wohnung war, rief ich Paloma an. Ich brannte darauf, ihre entsetzte Stimme zu hören, wenn sie erfuhr, dass Roberta den Wettlauf zum Altar gewonnen hatte.

Es meldete sich eine Stimme, die ich nicht gleich erkannte.

»Pancho?«

»Nein, Mari, ich bin's, Emiliano.«

Mein Magen zog sich zusammen. Ich spürte das Pulsieren eines alten Wundschmerzes, der inzwischen ein wenig nachgelassen hatte.

»Paloma hat ihr Handy auf dem Tisch liegen lassen. Sie kommt gleich wieder.«

»Wo bist du?«, fragte ich, da es im Hintergrund ziemlich laut war.

»Auf der Wrap Party meines Films.«

»Die Dreharbeiten sind schon abgeschlossen?«

»Ja. Deshalb bin ich auch ans Telefon gegangen. Ich hab gesehen, dass du es bist, und wollte es dir erzählen.«

Da ich nicht wusste, was ich dazu sagen sollte, dass er mir plötzlich etwas erzählen wollte, nachdem er so lange eindeutig nicht mehr mit mir hatte reden wollen, schwieg ich.

»Und wo bist du?«, schrie er ins Telefon, um den Lärm um sich herum und mein Schweigen zu übertönen.

Ich war kurz davor, ihm mitzuteilen, wo ich war und woher ich kam. Mich zu bemühen, die unerwartete Natürlichkeit, mit der er mich belästigte, zurückzugeben. Doch irgendetwas hielt mich zurück. Denn ich hatte

Dem Gespenst schon alles erzählt. Das Gespenst und ich hatten bereits eine launige Unterhaltung über Robertas überraschende Hochzeit geführt. Das Gespenst war mit dabei gewesen, ich nahm es überall mit hin, aber es störte mich nicht. Was mich in diesem Moment jedoch durchaus störte, war er, der echte Emiliano. Die Sache war die, dass ich mich daran gewöhnt hatte, ihn als Gespenst zu sehen, und es mir keine Angst mehr machte. Der echte Emiliano jedoch verstörte mich, es war, als wäre auf einmal der Lottergeist Beetlejuice aufgetaucht.

»Na dann, herzlichen Glückwunsch zum Film, Emi. Sag Paloma bitte, dass sie mich zurückrufen soll. Okay?«

»Okay.« Eine gute Portion Enttäuschung schwang in diesem kleinen Wort mit, die mir auf die Nerven ging.

»Okay«, sagte ich. »Adiós.«

Nachdem ich mich abgeschminkt und mein Glas Metamucil getrunken hatte, um das gebrauchte Glas anschließend in die Spüle zu stellen, ging ich zu Bett. Mein Bettzeug roch nach keinem anderen, sondern nur nach mir. Als ich am nächsten Morgen darin aufwachte, gehörte es nur mir. Als ich drei Wochen später in der Cafeteria der Redaktion zum ersten Mal José Miguel küsste, gab es keine Verfolgungsjagd. Als ich ihn fragte, ob er bei mir übernachten wolle, wollte ich dadurch niemanden auslöschen. Ich stellte fest, dass Der Langweiligste Mann auf dem Planeten voller angenehmer Geheimnisse war und sich mir mit balsamischer Wirkung hingab. Ich war vollkommen zufrieden.

15

Kinder und ihre Väter

Das Gespenst verschwand nicht ganz, doch es lauerte nicht mehr jederzeit auf mich und beschränkte sich darauf, in jenen Räumen meines Gehirns mit seinen Ketten zu rasseln, in denen ich mich nicht oft aufhielt. Ich nährte mich von Palomas ausgedehnten Hochzeitsplanungen, von Robertas Streitereien mit dem INEGI und den darauffolgenden Versöhnungen, von ihren nächtlichen Besuchen, wenn sie um drei Uhr morgens tränenüberströmt vor meiner Tür stand, und den anschließenden Einladungen zum Frühstück (was bedeutete, ihnen dabei zuzusehen, wie sie sich unschicklich berührten, während ich mein Rührei mit Ketchup aß), den sonntäglichen Abendessen bei meiner Mutter, begleitet von den üblichen Horrorgeschichten über die ungerechte Behandlung des weiblichen Geschlechts und den Witzen meines Vaters, über die ich inzwischen mehr lachte als meine Mutter, den Filmsessions vor Der Riesenleinwand mit Jaime Chico und den Kindern und José Miguels Gelassenheit, der wie alle anderen nichts von der Existenz Des Gespensts wusste.

Eines Samstags war Tito mit Fieber erwacht, sodass Jaime seine Freundin versetzen musste, um bei ihm zu sein. Yvette wollte dennoch unbedingt zu mir kommen, und zwar ohne Vero oder irgendeine andere Freundin. Also betrat sie allein und mit verschwörerischer Miene meine Wohnung.

»Du bist dran, den Film auszuwählen. Schau mal im Regal«, wollte ich gerade sagen, als sie bereits interessiert das Angebot studierte.

Schließlich kam sie mit einem Film zu mir zurück, den sie wie einen Schatz in den Händen hielt: *Y tu mamá también – Lust for Life.* Aha, das war's. Seit dieses Kind die Türschwelle übertreten hatte, war deutlich zu spüren gewesen, dass sie etwas im Schilde führte.

»Dieser Film geht nicht, Yvette. Du bist erst neun Jahre alt.«

»Zehn! Ich werde bald zehn!«

Im Geiste ging ich den Film durch. Zehn. Das erschien mir auf jeden Fall zu jung für das, an was ich mich erinnern konnte. Ich fürchtete, dass Yvettes Mutter mich am kleinen Finger aus dem Fenster hängen würde, wenn sie erfuhr, dass ich ihrer Tochter vorgeführt hatte, wie Diego Luna mit heraushängender Zunge der Spanierin den Slip auszog.

Daher sprach ich ein kategorisches Nein, das einzige Nein des Tages, das eine seltsame Tante sich erlauben durfte. Also sah Yvette erneut das ganze Regal durch, gefolgt von iTunes und Netflix, um zuletzt wieder beim Regal zu landen. Und als sie sich schließlich entschieden hatte und die auserwählte DVD in den Händen hielt, hatte ich nicht mehr das Recht, mein Veto einzulegen, obwohl es sich um *Zeit der Unschuld* handelte. Daran war ich selbst schuld, denn ein paar Wochen zuvor hatte ich ihr mit einer Träne der Rührung im Auge gesagt, dass es ein guter Film sei, und das schlaue Mädchen hatte sofort begriffen, dass es darin ein dunkles Geheimnis gab, was sich zu entdecken lohnte. Auch dieser Film schien mir für ihr Alter nicht geeignet, allerdings dachte ich, dass sie die heiklen Stellen sicher nicht verstehen und sich hauptsächlich an den historischen Szenen mit den Bällen und den tollen Kleidern erfreuen würde.

Aber nein. Nach und nach wurde mir klar, wieso Scorsese selbst gesagt hatte, dass dies sein grausamster Film sei. Und als Daniel Day Lewis in der zweiten Hälfte Michelle Pfeiffer den Handschuh auszog und ihr Handgelenk küsste, wurde mir allmählich klar, dass die in Unterwäsche herumknutschenden »astralen Cowboys« für das leicht zu beeindruckende kindliche Gemüt dieses Mädchens sicher harmloser gewesen wären.

Als schließlich der Abspann lief, schnaubte Yvette vor Wut.

»Aber warum? Warum kann er nicht hinaufgehen, um sie zu sehen?«, wiederholte sie, von der Schlussszene traumatisiert, in der Daniel Day Lewis, nachdem er die brutalste unmögliche Liebesgeschichte überlebt hatte und Jahre vergangen waren, in denen er alle Hindernisse überwunden hatte, nicht in der Lage war, Michelle Pfeiffer gegenüberzutreten.

»Warum? All die Jahre über hat er an sie gedacht, daran, sie wiederzusehen«, ereiferte sich Yvette. Und ich hatte darauf keine Antwort, die es nicht noch schlimmer gemacht hätte.

»Na ja, würde er zu ihr gehen, wäre das der Beweis dafür, dass er sein Leben verschwendet hat, dass das Leben ohne sie, wie er immer gefürchtet hat, tatsächlich eine Farce ist.«

Yvette warf mir einen vernichtenden Blick zu.

»Oder er möchte sie so bewahren, wie er sie in Erinnerung hat, und nicht der wahren Frau gegenübertreten, die vielleicht besser oder schlechter ist als die Frau in seinem Gedächtnis.«

Nein. Auch das konnte sie nicht überzeugen.

»Weißt du, Yvette, manchmal kann es nur schlecht ausgehen, wenn man einer verlorenen Liebe wiederbegegnet.«

Nein. Sie fand all meine Erklärungen schlecht und halbherzig. Plötzlich hielt ich inne, da mir klar wurde, dass Jaime Chicos frühreife Tochter mich seit einer Stunde mit einem Gespräch über die Beziehung zwischen Liebe, Verantwortung und Freude an der Nase herumführte. Das hätte wohl niemand vorhersagen können, als ich im gleichen Alter war und Jaime Chico in der Pause beobachtet und davon geträumt hatte, ihn zu küssen. Jedenfalls waren all meine Bemühungen vergeblich. Ich erreichte nur, dass Yvette ihren Ärger durch Verachtung ersetzte. Verachtung für praktisch alle Menschen und ihre natürliche Wehrlosigkeit.

»Warum ist alles bloß so schwierig?«, fragte sie mich. Yvette hatte das Glück und das Unglück, schlau wie ein Fuchs zu sein. Obwohl die Erwachsenen in ihrem Leben mit großer Disziplin die Regeln einer zivilisierten Scheidung einhielten und ihr nichts erzählten, wusste sie genau, was mit ihren Eltern los war, wie sehr ihre Mutter litt und wo und mit wem ihr Vater zusammen war, wenn er mir die Kinder überließ.

Als wir unser Gespräch beendet hatten, ließ ich sie mir im Namen des Kinos hoch und heilig schwören, niemandem zu verraten, welchen Film wir gesehen und was Tante Mari ihr erzählt hatte. Sie versprach es. Dann umarmte sie mich lange.

»Kann ich hier bei dir meinen Geburtstag feiern?«

»Wie?«

»Mein Geburtstag fällt auf einen Samstag, an dem wir bei Papa sind, und Mama meint, dass er nicht in der Lage ist, ohne sie meine Geburtstagsfeier zu organisieren. Sie haben sich zweiundzwanzig Nachrichten geschickt, in denen sie darüber gestritten haben, wer recht hat.«

»Und woher weißt du das?«, fragte ich. Sie zuckte mit den Schultern. »Wenn dein Vater herausfindet, dass du seine Nachrichten gelesen hast, wird er dich umbringen.«

»Er hat mir sein Handy geliehen, um *Fruit Ninja* zu spielen.«

»Und jetzt willst du deinen Geburtstag hier feiern? In Der Grauen Kiste?«

»Ja. Mit einer Film-Party vor Der Riesenleinwand. Wir schauen uns nur ein paar Filme an, und das war's.

Ganz einfach. Du musst dich um nichts kümmern. Und ich helfe dir nachher beim Aufräumen.«

Mit dem letzten Zusatz hatte sie mich herumgekriegt, vor allem, weil sie es ernst meinte.

»Lass mich mit deinen Eltern reden.«

Triumphierend kehrte sie nach Hause zurück, und ich war dankbar, denn wenn ich mit Yvette zusammen war, nervte mich Das Gespenst nicht. Und auf die Frage, warum alles immer so schwierig ist, war ich – zumindest für eine Weile – der Ansicht, die Antwort zu wissen.

Doch ich wusste sie nicht. Ich erzählte Paloma, dass ich mit José Miguel ausging, und erntete zunächst vorsichtiges Schweigen. Zehn Sekunden lang. Dann ging es los:

»Mit dem DLMDP? Also *dem* DLMDP, María?« Sie verdrehte die Augen. »Nein, meine Liebe. Du bist zu alt, um deine Zeit zu verschwenden. Du bist zweiunddreißig!«

»Das ist mir bewusst.«

»Das scheint mir nicht so. Mit zweiunddreißig kann man nicht mehr einfach so mit irgendwem was anfangen! Du musst dir jemanden suchen, der für die Zukunft taugt.«

»Wir sind nicht richtig zusammen, wir sehen uns nur manchmal.«

»Umso schlimmer! Ich musste mich schon zusammenreißen, nichts zu sagen, als du die Sau rausgelassen hast, und nun melkst du die Kuh umsonst?« – ich glaube, hier kam sie mit den Metaphern durcheinander und dass sie eigentlich sagen wollte: »Warum die ganze Kuh kaufen, wenn man nur ein Glas Milch haben will«, doch ich unterbrach sie nicht, weil sie gerade so schön in Fahrt war. »Also, wie viele Monate hast du jetzt schon verloren, weil du am Wochenende einen draufgemacht hast, um meinen idiotischen Schwager zu vergessen? Den du übrigens schon vor ewigen Zeiten zum Altar hättest schleppen sollen, allein schon, weil er dir dann jetzt jeden Monat eine Stange Geld überweisen müsste. Aber Fehlanzeige. Und nun? Dein geschiedener Chef? Den hat seine Frau doch nicht umsonst verlassen. Und dann bist du noch nicht mal wirklich mit ihm zusammen. Um Himmels willen, María, komm mal klar!«

Und so ging die Schimpftirade weiter, die ich schweigend über mich ergehen ließ. Paloma war die nervige Mama, die ich nie hatte, und so gesehen gefiel mir ihre verzweifelte Standpauke. Hätte sie in diesem Moment jemand gehört, ohne sie zu sehen, hätte er gedacht, dass sie kurz davor war auszurasten und gleich einen Herzinfarkt bekommen würde.

Auch wenn er nicht für die Zukunft taugte, schickte ich José Miguel nicht gleich in die Wüste, da er wie ein ruhiger See oder eine warme Badewanne war, in der man sich niederließ, um nichts weiter zu spüren. Darüber dachte ich gerade nach, während ich ihm eines Sonntags beim Aufstehen zusah. In der Küche klingelte sein Handy, doch bevor er ranging, zog er sich erst komplett an: Shirt, Socken, Schuhe. Ich blieb in seiner Bettwäsche liegen, die schon ziemlich verwaschen war und immer stark nach Weichspüler roch. Das Handyklingeln brach ab, und stattdessen läutete es an der Tür. Ich hörte, wie er sie öffnete. Ohne einen Mucks zu machen, hörte ich, wie er mit jemandem sprach: dass es noch viel zu früh war, dass sie etwas anderes vereinbart hatten. *Seine Ex-Frau, die ihn verlassen hatte!* Für einen Moment reagierte ich paranoid und wollte mich im Schrank verstecken, wie in einem schlechten Film, in dem die Ehefrau nach Hause kommt und die Geliebte nackt im Bett vorfindet. Was natürlich dämlich war, weil die beiden mit allem Drum und Dran geschieden waren. Allerdings benahm José Miguel sich anders als Jaime Chico. José Miguel war ein geschiedener Mann, dessen Verhalten noch ständig durch die Art seiner Frau beeinflusst wurde. Vorsichtshalber zog ich mir eilig Slip und T-Shirt an. Danach legte ich mich wieder ins Bett und hörte noch immer die Stimmen der beiden in der Küche. Doch schon bald achtete ich nicht mehr darauf, da ich leichte Schritte wahrnahm, die aufs Schlafzimmer zugingen. Sie waren sehr leise, schienen den Teppich kaum zu berühren. Es war América, die kleine Tochter von José Miguel und dessen Frau, die ich bisher nur im Büro gesehen hatte. Sie öffnete die Tür und fand mich nur spärlich bekleidet und mit zerzaustem Haar im Bett ihres Vaters vor.

»Kann ich reinkommen?«, fragte sie vollkommen unbefangen, als sähe sie keinen Unterschied zwischen mir und ihrer Mutter. Eine warme halbnackte Frau im Bett ihres Papas. Wie auch immer, sie fragte, ob sie reinkommen könne, und fertig. Wahrscheinlich hätte ich Nein sagen oder mich bedecken oder die Erziehungsberechtigten fragen sollen. Ich überlegte, das leise Gespräch in der Küche zu unterbrechen, in dem gerade alle möglichen praktischen Dinge geklärt wurden: wann er die Kleine abholen konnte, wie viele Kekse sie essen durfte, wie der Verkauf des Hauses voranging, in dem sie seit ihrer Geburt gelebt hatten. Was sollte ich tun? Würde sie einen Schock fürs Leben kriegen, wenn ich sie zu mir, einer völlig Fremden, ins Bett ließ? Oder würde es sie traumatisieren, in die Wohnung ihres Vaters zu kommen und nicht tun zu dürfen, wozu sie Lust hatte? Ich dachte, dass für mich, mit meinem Vater und seinen wechselnden Bekanntschaften, das Zweite wesentlich schlimmer gewesen wäre. Die Kleine hatte die Arme ausgestreckt und sah mich mit großen Augen an, während ich ihren Atem roch, der so süß war wie ein Zuckerrohrhalm in einem Glas Punsch.

»Ja klar«, sagte ich, »komm rein.«

Ihre pummeligen Händchen zogen an der Bettdecke, und ich half ihr, den Berg zu erklimmen, den das Bett eines Erwachsenen darstellt, wenn man drei Jahre alt ist.

»Wie heißt du?«, fragte sie.

»María.«

Sie fragte nicht, was ich an diesem Ort tat oder wer für mich verantwortlich war, und sie war noch zu jung, um zu wissen, was sich gehörte und was nicht. Ihr reichte mein Name, um mich mit einer Hingabe zu umarmen, wie ich sie noch nie erfahren hatte.

Als José Miguel das Zimmer betrat und auf die veränderten Gegebenheiten stieß, konnte ich sehen, wie er dahinschmolz. Es war mir nicht in den Sinn gekommen, dass es gar nicht die Gefühle des Kindes waren, auf die ich achten musste. Nach jenem Morgen äußerte José Miguel über mehrere Tage ein »Ich liebe dich«, das ich nicht zurückgeben konnte.

Warum war nur immer alles so schwierig?

Um mich abzulenken, bereitete ich Yvettes Geburtstag vor. Ich telefonierte mehrfach mit ihrer Mutter, und ich fand sie so nett, dass ich das nächste Mal, als ich Jaime Chico sah, kurz davor war, ihm eine zu scheuern. Es sollte keine riesige Feier werden, und so hatte Yvette nur zehn Freundinnen eingeladen (wobei, wie ich erfuhr, nur fünf davon wirklich ihre Freundin waren, aber die anderen gingen in dieselbe Klasse und durften auf keinen Fall übergangen werden). Tito hatte eigentlich nur zwei Freunde einladen dürfen, hatte aber drei eingeladen, was auch nicht rückgängig gemacht wurde, sodass seine Schwester sogar am Tag ihres Geburtstages hinnehmen musste, dass ihr Bruder machen konnte, was er wollte. Yvettes Mutter und ich entschieden, dass es, um die Gruppen nicht zu trennen, das Beste sein würde, die Filme so auszuwählen, dass sie für jedes Alter geeignet waren, was die Entscheidung deutlich erleichterte: ein Pixar-Marathon. Das war so lange gut und schön, bis sich das Ganze herumsprach und sich ein Rudel Erwachsener dazu einlud: Jaime Chico mit seiner

Freundin, die seit knapp zwei Wochen nicht mehr seine heimliche Freundin war, sodass ihre Ankunft mit Spannung erwartet wurde; Marta, die Mama der Kinder, die zur Verstärkung Tante Moni, Jaime Chicos Schwester, mitbrachte; José Miguel, der nicht bereit war, an diesem Wochenende auf meine Gegenwart zu verzichten, und schließlich Paloma, die unbedingt *Toy Story 3* auf Der Riesenleinwand sehen wollte. Hätte ich mich nicht um die Sitzgelegenheiten, die Teller, den Kuchen, das farbige Popcorn und tausend andere Kleinigkeiten kümmern müssen, hätte ich stattdessen andere Dinge getan, die deutlich weniger unterhaltsam gewesen wären. Daher kam mir das Ganze sehr gelegen. Außerdem existieren für Kinder weder die Zukunft noch die Vergangenheit; Kinder leben nur im Hier und Jetzt und reißen uns Erwachsene mit. Da ihr Gehirn noch nicht ausgereift ist, können sie sich nicht um mehrere Dinge gleichzeitig kümmern und müssen sich auch um die damit einhergehende Neurose keine Sorgen machen. Ich hatte noch nie besonders viel für Kinder übrig gehabt, und die Tatsache, dass sie mich beruhigten, solange ich nicht für sie verantwortlich war, war für mich eine Entdeckung. Ob sie glücklich, gut erzogen und gute Menschen waren, war nicht mein Problem. Ich musste für sie nur die richtigen Filme aussuchen und konnte in den folgenden Stunden zusehen, wie sie friedlich beieinander saßen und niemanden störten. Dabei fühlte ich mich wie eine Großmutter ohne Verpflichtungen, und da meine Seele noch nie besonders jugendlich gewesen war, war es mir nur recht. Außerdem hatte ich Die Verfolgungsjagd aufgegeben und hatte nicht mehr jedes Mal einen Kater, wenn ich sie empfing, sodass es mir nichts ausmachte, wenn sie plötzlich herumschrien.

Yvette hatte um fünf Filme gebeten, einen nach dem anderen ohne Pause. Um der unausweichlichen zwischenzeitlichen Ermüdung des Publikums zuvorzukommen, hatte ich ein paar Spiele und Bastelangebote vorbereitet. In der Küche baute ich ein üppiges Büffet mit kindgerechten (also nur ungesunden) Leckereien auf. Dies führte zu einem fröhlichen Kommen und Gehen der Kinder, nur Yvette war als Einzige so verrückt, sich die fünf Filme am Stück anzusehen, ohne ihren Platz vor Der Riesenleinwand zu verlassen. Ich betrachtete sie im bläulichen Licht des Beamers und wurde von einer Welle der Zärtlichkeit erfasst. Ob es meine Schuld war, dass auch sie die Filmleidenschaft gepackt hatte?

Mit dem Geplapper von *Toy Story 2* im Hintergrund tranken José Miguel und Jaime Chico jeder fünf Bier und waren am Abend dieses Tages unzertrennliche Freunde geworden. Ich hörte sie in einer Ecke flüstern. *Gespräche unter geschiedenen Männern,* sagte ich mir. Als sie sich voneinander verabschiedeten, hörte ich Jaime sagen: »Adiós, Pepe Mike.«

Jaimes Freundin war schon früh gegangen, und damit war der Frieden eingekehrt. Nicht wegen ihr und auch nicht wegen Marta, da die beiden Frauen sich eigentlich ganz gut verstanden hatten, sondern wegen Tante Moni, die ihre Rolle als Martas Beschützerin und

Junge-Freundinnen-Hasserin sehr ernst nahm und dem armen Mädchen den ganzen Nachmittag über mörderische Blicke zugeworfen hatte. Es waren wohl immer die Tante Monis dieser Welt, die heikle Situationen verschlimmerten, die sie gar nichts angingen.

Paloma, die ja eigentlich wegen des Films gekommen war, langweilte sich schon nach zwanzig Minuten und verbrachte den Rest der Party damit, der kleinen Vero ihre hochzeitsvorbereitende Bildersammlung auf Pinterest zu zeigen und in aller Stille José Miguel zu begutachten. Immer mal wieder warf sie mir quer durchs Esszimmer einen Blick zu und schüttelte vielsagend den Kopf.

Am Ende konnte man Yvettes Einzug in die zweite Dekade ihres jungen Lebens als durchaus gelungen bezeichnen. Vor allem, weil sie selbst völlig begeistert war. Als sie sich am Abend von mir verabschiedete, waren ihre Augen gerötet und sie schielte ein wenig. Glückstrahlend. Unübersehbare Filmsucht.

Nachdem alle gegangen waren, blieb nur noch José Miguel, angeblich, um mir beim Aufräumen zu helfen, was bedeutete, dass er von einer Ecke zur anderen spazierte, bis ich ihn zum Schlafengehen einlud. Nachdem er bekommen hatte, was er wollte, war er glücklich und zufrieden. Männer!

»Dein Freund Jaime ist supernett.«

»Ja, er ist ein toller Kerl.«

»Sag mal, kennst du eigentlich Emiliano Cervera?«

Aha, da war sie, die Frage, *die Frage*.

»Mehr oder weniger.«

»Ihr wart in derselben Schule«, fuhr José Miguel fort, »wie Jaime mir erzählt hat. Im Colegio Arcos, stimmt's?«

»Ja, wir sind eine Weile zusammen in dieselbe Schule gegangen.« Plötzlich musste ich an ein Bild von Jesus denken, das meine Oma mir hinter dem Rücken meiner Mutter mal gezeigt hatte. »Es lügt auch der, der die Wahrheit verschweigt!«, lautete der Text dazu.

»Jaime meinte, dass ihr alle drei Freunde gewesen seid.« *Freunde*, sagte der kleine Jaime, und auch ihm rief der Jesus auf dem Bild das mit dem schweigenden Lügner zu.

»Könntest du ihn um ein Interview bitten?«, fragte José Miguel jetzt.

»Ja.«

»Gut. Perfekt.«

»Perfekt. Was denn für ein Interview?«

»Er hat einen Film gemacht, der auf der Berlinale gezeigt wird. Es ist der einzige mexikanische Film, der dort zu sehen sein wird. Lust, nach Berlin zu reisen?«

Die unterschiedlichsten Gefühle kämpften in meiner Brust: Lust auf Berlin; Dankbarkeit gegenüber Jaime Chico, der mich nicht zwang, Erklärungen abzugeben, die ich nicht hatte; Stolz, dass Emis Film es zur Berlinale geschafft hatte; Traurigkeit, dass ich es auf diese Art erfuhr; Wut, dass es mich traurig machte; Verwirrung, weil ich tatsächlich nicht wusste, was ich antworten sollte, weder auf die Frage, ob ich Emiliano kannte, noch ob ich ihn in Berlin interviewen wollte, und Schuld. Schuld, dass ich José Miguel nichts erzählt hatte, dass er mich nicht kannte, dass ich nicht wollte, dass er mich kennenlernte, denn das ruhige Wasser, in dem wir schwammen, gefiel mir, und ich wollte nicht den Stöpsel ziehen.

»Was meinst du?«, fragte José Miguel lächelnd.

Ich meinte, dass es eine weltweite Verschwörung geben musste, die nur darauf aus war, mir derartige gemeine Fallen zu stellen.

16

Du hast einfach nur Hunger

Letzten Sonntag war ich bei meiner Mutter zum Abendessen. Sie hatte sich mit meinem Vater gestritten, und es herrschte spürbar dicke Luft. Der charmante Herr hatte vergessen, den Nachtisch zu kaufen, den ich gern mochte, und meine Mutter war stinkwütend wegen etwas, das mit dem Nachtisch offensichtlich nichts zu tun hatte. Ich ging in mein Zimmer und sah, dass Papa offenbar vorhatte, dort zu schlafen. Viele schlechte Zeichen, die am Wochenende darauf zum unausweichlichen Ereignis führten.

Meine Mutter sprach mit düsterer Stimme, als sie morgens anrief und mich bat, etwas zum Essen mitzubringen, weil sie nicht kochen wolle. Als ich zu ihr kam, war sie allein. Der Mistkerl war mal wieder weg. Ich fühlte mich, als wäre ich fünf Jahre alt. Erneut spürte ich jene dumpfe Enttäuschung, die nicht wehtat und nicht überraschte, aber irgendwie lähmte. Nicht dass es mich zu Boden warf, aber sofort wurden mir die Schritte schwer, als ob die Welt auf einmal von einer mehrere Meter dicken Schicht Mehl bedeckt wäre. Bei jedem Schritt sank ich ein klein wenig tiefer ein. Wie immer war das Einzige, was ich wollte, meiner Mutter Kummer zu ersparen. Und wie immer lag das nicht in meiner Macht. Und wie immer in der letzten Zeit dachte ich instinktiv an Das Gespenst.

»Papa ist wieder weg. Er hat es schon wieder getan, ist das zu glauben?«, erzählte ich Dem Gespenst, während ich die Tür öffnete, die meine Mutter angelehnt gelassen hatte.

Ich fand sie weinend am Küchentisch vor. Als sie mich sah, liefen ihre Tränen weiter, doch sie zuckte mit den Schultern, verdrehte die Augen und ihr Gesichtsausdruck sagte: »Ich weiß schon. So schlimm ist es auch wieder nicht, stimmt's?«

»Du hast eindeutig Hunger«, sagte ich und begann, das Essen zuzubereiten.

Wir aßen und redeten am Küchentisch, bis es über unserem Gespräch dunkel wurde und wir alles bis auf den letzten Bissen aufgegessen hatten. Zunächst weinte meine Mutter ununterbrochen, doch je mehr sie aß und redete, desto ruhiger wurde sie.

Zur Vorspeise gab es eine dickflüssige Kürbissuppe, und das Gespräch begann.

Ich: Ich verstehe, warum er geht, aber was ich nie verstehen werde, ist, warum du ihn jedes Mal wieder zurücknimmst.

Mama: *Mijita*, er geht nicht immer freiwillig. Manchmal werfe ich ihn auch raus.

Ich: Ich verstehe nicht, warum du ihn noch immer liebst.

Mama: Weil er dein Vater ist, mein Schatz.

Ich: Dann ist es also meine Schuld?

Mama: Nein, niemand hat Schuld daran. So ist das eben bei einer Familie. Man trennt sich niemals von seiner Familie.

Ich: Emiliano war meine Familie, und wie du siehst, hat er mich ohne Probleme aus seinem Leben gestrichen.

Mama: Er hat dich nicht aus seinem Leben gestrichen. Red keinen Blödsinn.

Ich: Meinst du wirklich, dass ein Mensch, mit dem ich kein Wort mehr wechsle, weiterhin meine Familie ist?

Mama: Ja. Denn es geht nicht darum, ob ihr miteinander redet oder nicht. Du trägst einen Teil von ihm in dir, und dieser Teil gehört dir. Und das, was du ihm von dir überlassen hast, gehört ihm. Wenn er so blöd ist und nichts damit anfangen kann, ist das sein Problem. Aber er hat dir nichts genommen. Also nutze das, was du von ihm hast, bis du es nicht mehr brauchst.

Ich: Dann findest du es also gut, dass ich mit Dem Gespenst rede?

Mama: Genau.

Ich: Für jemanden, der seit vierzig Jahren demselben Mann hinterhertrauert, bist du ganz schön besserwisserisch.

Mama: Fünfunddreißig Jahre. Man muss es ja nicht übertreiben.

Während der Braten vor sich hin köchelte, öffnete ich eine Dose Oliven, und wir wechselten das Thema.

Mama: Palomas Hochzeitseinladung finde ich ziemlich peinlich. Sie ist so erzkonservativ, *mijita.* Ich bin beinah ohnmächtig geworden, als ich die Karte gesehen habe. Die Namen beider Elternpaare sind darauf erwähnt. Das war ja zu meiner Zeit schon nicht mehr üblich.

Ich: Paloma und ihre Hochzeit sind wesentlich antiquierter als du zur damaligen Zeit.

Mama: Wer hätte das gedacht, Roberta hat sie glattweg überholt.

Ich: Paloma war zuerst ziemlich sauer, aber dann habe ich ihr das von dem Caguama-Bier und den *trajikits* erzählt, und das war's dann mit der Eifersucht.

Mama: Wie läuft's denn in der Ehe der beiden?

Ich: Bei Roberta und dem INEGI? Na ja, sie streiten sich so laut, dass ich ihr Geschrei in meiner Wohnung höre. Und anschließend, wenn sie sich wieder beruhigt haben, schickt Roberta mir Nachrichten mit jeder Menge Emojis, um mich um Entschuldigung zu bitten und mir mitzuteilen, dass es nur ein Fehlalarm war. Und Knutschfotos von den beiden.

Mama: Robertas Mutter ist nicht gerade begeistert von ihrem Schwiegersohn.

Ich: Der arme INEGI, ja, seine Schwiegermutter hasst ihn aus unerfindlichen Gründen.

Mama: Ist er denn nett?

Ich: Sehr nett.

Mama: Der Braten müsste jetzt aber fertig sein, oder?

Ich *(während ich mit der Gabel reinpieke)*: Er braucht noch etwas.

Mama *(greift nach einem Stück Frischkäse und einem Messer)*: Du fährst also nach Berlin?

Ich: Wie denkst du darüber? Glaubst du, dass ich Emiliano nach allem, was gewesen ist, einfach so interviewen kann? Oder wird das eine Katastrophe?

Mama: Für dich oder für ihn?

Ich: Für mich.

Mama: Dann fahr hin, ohne das Interview zu machen.

Ich: Die Reise wird vom Radio oder von der Zeitschrift bezahlt, und sie werden mich als Mitglied der Presse akkreditieren. Dann kann ich das Interview mit dem einzigen Mexikaner, der dabei ist, nicht einfach ausfallen lassen.

Mama: Das stimmt natürlich.

Ich: Außerdem ist das Ganze schon ziemlich lange her.

Mama: So lange auch wieder nicht.

Ich: Mama, unsere Trennung ist über zwei Jahre her. *(Als ich es sage, bin ich selbst überrascht.)*

Mama: Seit wann hast du nicht mehr mit ihm geredet?

Ich: Seit Monaten. Das letzte Mal an Robertas Hochzeit, als er an Palomas Handy gegangen ist.

Mama: Wirklich wahr?

Ich *(lachend)*: Ich hab dir ja gesagt, dass das Leben ohne mich ihm nicht gerade schwerfällt.

Mama *(wütend)*: Weil er ein Vollidiot ist. Er war schon immer ein Vollidiot. (»Vollidiot« *ist das Lieblingswort meiner Mutter, wenn sie wütend ist.)*

Ich: Glück für ihn, denn er konnte problemlos ohne mich leben, aber ich nicht ohne ihn.

Mama: Wie? Du konntest es nicht? Was denn sonst? Du lebst doch ohne ihn.

Sie stellt den Braten mit Orangensauce auf den Tisch (und nimmt vorsichtshalber eine Magentablette, damit sie keine Bauchschmerzen bekommt).

Ich: Weißt du, was das Witzige bei Jaime Chico ist? Ich habe das Gefühl, als wäre überhaupt keine Zeit vergangen. Das Einzige, was mir noch fehlt, ist das Herzklopfen.

Mama: Gefällt er dir nicht mehr? Er sieht doch immer noch sehr gut aus.

Ich: Stimmt. Mit seinem kleinen Bäuchlein. Ich hab schon immer mollige Männer gemocht. Soweit ich mich erinnere, habe ich ihn früher nicht so gern umarmt, weil er so knochig war.

Mama: Und wie ist es jetzt, ihn zu umarmen?

Ich: Da ist nichts.

Mama: Nichts?

Ich: Nichts. Es ist angenehm. Aber wir sind wie Bruder und Schwester. Ich schwöre dir, wir könnten uns der alten Zeiten wegen zusammen in ein Hotelbett legen, und es würde nichts passieren.

Mama: Dann ist das wohl der Grund dafür, dass ihr es nicht tut.

Ich: Richtig.

Mama: Wie sehr Jaime Chico dich geliebt hat! Ich sehe ihn noch vor mir, wie er hier in der Tür stand, mit diesen furchtbaren Pralinen, die er mir mitgebracht hatte: bis über beide Ohren verliebt.

Ich: Genauso wie ich ihn geliebt habe, stimmt's?

Mama: Wie verrückt.

Ich: Und nichts ist davon übrig geblieben. Nur gute Freunde.

Mama: Na, das ist doch schön.

Ich: Wenn ich dagegen irgendwo Emilianos Namen sehe oder höre, krampft sich mein Magen zusammen.

Mama: Das ist auch etwas anderes, *mija*.

Ich: Ja, es ist anders. *(Eiliger Themenwechsel.)* Zwischen Jaime und seiner Freundin ist es auch anders als zwischen ihm und Marta. Er ist sehr verliebt in seine Freundin, aber das mit seiner Frau ist anders. Er hat seine Schwierigkeiten mit ihr, aber sie sind einander vertrauter.

Mama: Will seine Frau zu ihm zurück?

Ich: Yvette sagt, ja, aber ich glaube eher, dass sie möchte, dass ihre Eltern wieder zusammenkommen.

Mama: Wie süß!

Ich: Ja, sie ist wirklich ein liebes Mädchen. Außerdem tut sie so erwachsen, als ob das Ganze ihr nichts ausmacht, was natürlich nicht stimmt.

Mama: Wie war denn eigentlich die Geburtstagsfeier?

Wir aßen den Braten mit Tortillas. Und ich weiß nicht, wie wir auf das Thema kamen, aber dann:

Mama: Nein, die Urgroßmutter kam aus dem Libanon, nicht aus Spanien. Sie war fünfzehn, als sie hierherkam, und sie sprach kein Wort Spanisch. Sie sollte hier einen sehr reichen Witwer heiraten, der zwei Kinder hatte und in den Libanon gereist war, um sich dort eine Frau zu suchen. Auf der Rückfahrt nach Mexiko wurde der Witwer krank und starb. Und sie, die ja seine Verlobte war, kehrte nicht in den Libanon zurück, sondern sagte: Ich bleibe in Mexiko. Ich glaube, dass sie dachte, sich um ihre kleinen Stiefsöhne kümmern zu müssen. Daher war die Überraschung groß, als sie plötzlich zwei erwachsenen Männern gegenüberstand. Der jüngere war so alt wie sie selbst, und der ältere war schon zwanzig. Na ja, der ältere, als er sie zum ersten Mal sah …

Ich: Verliebte er sich in sie.

Mama: Hoffnungslos. Und sie heirateten.

Ich: Der Sohn hat die Frau geheiratet, die sich eigentlich sein Vater ausgesucht hatte?

Mama: Genau, so war das bei den Urgroßeltern. Aber das Ganze war ziemlich heikel. Denn der jüngere Sohn hatte sehr an seinem Vater gehangen und hat dies den beiden nie verziehen. Und mein Urgroßvater hat sein ganzes Leben lang seinem jüngeren Bruder hinterhergetrauert. Meine Urgroßmutter hatte gleichzeitig ihre Schwester im Libanon zurückgelassen, die zwei oder drei Jahre jünger war. Und sie hat sie auch sehr geliebt. Ja, und jetzt stell dir mal vor: Als sie sich nach Jahren wiedersahen – damals waren sie schon ziemlich alt –, wen hatte der jüngere Bruder da geheiratet?

Ich: Die Schwester der Urgroßmutter? *(Unglaublich, das war ja wie in einer Telenovela!)*

Mama: Der jüngere Bruder war in den Libanon gereist, um die jüngere Schwester zu holen, damit die Verlobte seines Vaters nicht seinen Bruder heiratete. Doch niemand wusste davon, und als sie in Mexiko ankamen, waren die beiden anderen schon verheiratet. Und nicht nur das. Außerdem hatte sich der jüngere Bruder auf der gemeinsamen Reise in die Schwester verliebt. Jedenfalls hatten sich alle viele Jahre über nach den anderen gesehnt, und als sie sich wiedertrafen und die ganze Geschichte erfuhren, zogen alle vier in dasselbe Haus, wenn auch nicht paarweise. In der einen Wohnung lebten die beiden Schwestern und in der anderen die beiden Brüder. Bis sie starben, als sie alle vier schon ziemlich alt und senil waren. Alle etwa zur selben Zeit. Sie starben einer nach dem anderen innerhalb von nur zwei Jahren.

Ich: Wie die zehn kleinen Negerlein. *(So mein brillanter Kommentar zur epischen Geschichte meiner Urgroßmutter.)*

Mama: Wie grausam, die beiden Mädchen nach Mexiko zu schicken, ohne dass sie ein Wort Spanisch sprachen und egal, was mit ihnen geschah. Oder?

Ich: Unglaublich. Allein die Vorstellung, dass die Männer sie sich ausgesucht hatten, als wären es Pferde.

Mama: Und das passiert auch noch heute jeden Tag. *(Sie blickt aus dem Fenster, als wolle sie nicht daran denken.)* Schau mal, der Mond! Wie schön!

Ich: Der Mond ist schon aufgegangen? Dann muss ich los.

Mama: In Ordnung. Gute Nacht, *mija.*

Ich *(stehe auf)*: Kommst du klar?

Mama *(gibt mir einen Kuss)*: Sicher.

Ich *(setze mich wieder hin)*: Hör mal, mir fällt gerade ein: Du hast mir gar nicht erzählt, was mit Claudia passiert ist. Musste sie jetzt eigentlich aus dem Frauenhaus ausziehen?

Mama: Oje, das Ganze ist der pure Horror.

Meine Mutter schälte einen Apfel in einem Stück.

Mama: Was heißt, du bist froh, dass sie nicht von dir abhängig sind? Dabei hab ich gedacht, dass du mit all den Kindern um dich herum auf den Geschmack kommst. Du wirst ja wohl auch eigene Kinder wollen, oder?

Ich: Bitte setz mich damit nicht unter Druck. Was dieses Thema angeht, reicht mir Paloma.

Mama: Ich muss dir etwas erzählen. Letztens hab ich in einem Geschäft ein Paar winzige Turnschuhe gekauft. Mit violetten Sohlen. Sie sind zu süß! Ich konnte einfach nicht widerstehen.

Ich: Was soll das denn?

Mama: Für meinen Enkel. *(Sie sieht mich mit einem Gesichtsausdruck an, als wolle sie sagen: Warten wir's ab.)*

Ich: Suchst du Streit? An mir soll's nicht liegen. Das Dumme ist nur, dass Kinder einen Vater brauchen.

Mama: Und mit dem Langweiler, mit dem du gerade was hast, willst du keine Kinder?

Ich: Nein.

Mama: Warum bist du dann mit ihm zusammen?

Ich: Du bist genau wie Paloma!

Mama: Na ja, der Richtige kommt schon noch. Oder du ziehst es allein auf.

Ich: Die Frage werden wir heute Abend wohl nicht mehr klären können. Ich mach mich auf den Weg. *(Ich stehe auf und gebe ihr einen Kuss.)* Was für schöne Teller, wollte ich dir noch sagen.

Mama: Hübsches Geschirr, nicht? Hab ich bei Superama gekauft. Aus China.

Ich: Oh, ich habe letztens einen Dokumentarfilm über das erste Porzellan gesehen, das die Engländer aus China importiert haben. Wann war das noch gleich? Im siebzehnten Jahrhundert? Unglaublich.

Ich servierte Kaffee.

Ich: Na ja, wie diese Großtante von Emilianos Vater, die – stell dir vor – Engländerin war. Ihr Verlobter hat sie damals überzeugt, mit ihm nach Amerika zu gehen, als auch sie noch ein Kind von siebzehn Jahren war. Der englische Verlobte hat ihr gesagt, dass er sie nach Amerika mitnehmen will, und sie dachte, er spreche von New York. Doch stattdessen ist sie im mexikanischen Regenwald im Bundesstaat Quintana Roo gelandet. Dort hat ihr Mann sich kurz nach ihrer Ankunft mit ein paar Piraten gestritten, mit denen er verhandelte, um Holz zu verkaufen. Sie töteten ihn mit zwei Messerstichen und ließen die kleine Engländerin allein und schwanger irgendwo in der Stadt Chetumal zurück, wo sie in der Hitze zu sterben drohte. Doch klug und fleißig, wie sie war, gelang es ihr, zu überleben, und sie verliebte sich in die Insel Cozumel und die gesamte Küste der Halbinsel Yucatán. Später vererbte sie ihren Kindern ein riesiges Vermögen, denn sie besaß viele Kilometer Land dort, wo später Cancún entstand.

Mama: Siehst du? Sie hatte es viel schwerer als ledige Mutter.

Ich: Zweifellos.

Mama: Und wenn sie das geschafft hat …

Ich: Hältst du mich für einen derart hoffnungslosen Fall?

Mama: Eine Frau braucht keinen Mann, Kinder dagegen schon. Kinder retten einen. Stell dir vor, was ohne dich aus mir geworden wäre.

Ich: Vielleicht hättest du einen besseren Mann gefunden als meinen Vater. Du hättest ihn sicher schneller vergessen, wenn ich dich nicht ständig an ihn erinnert hätte.

Mama: Ich habe dir einen sehr schlechten Vater zugemutet, stimmt's?

Ich: Nein. Du hast dir einen schlechten Mann ausgesucht. Aber irgendwie hast du ihn gebraucht, oder? *(Ich blicke auf mein Handy.)* Schon acht Uhr? Ich muss los.

Ich bestrich ein paar kleine Brotscheiben mit Butter und Zucker und schob sie in den Ofen, um sie kurz darauf mit einer köstlichen gebräunten, wenn auch nicht gerade gesunden Kruste herauszunehmen.

Mama: Natürlich ist der Mann, der nach Claudia gesucht hat, gleich zu ihrem Mann gegangen. Der Typ von der Finanzbehörde, der sie beschuldigt hatte. Denn wenn unsere Finanzen geprüft werden, muss die Behörde das Ganze genehmigen, und dabei hat der Mann die Liste der geflohenen Frauen gesehen. Und er hat sie verraten, weil er Claudias Schwager ist und wollte, dass sie zu ihrem Ehemann, der sie geschlagen hat, zurückgeht.

Ich: Und wohin hab ihr sie gebracht?

Mama: In ein Frauenhaus in Monterrey. Wo nun der Sorgerechtsprozess beginnt, was das ist, was ihr am meisten Angst macht: dass ihr Mann ihr die Kinder wegnimmt.

Ich: Und wie viele Frauen habt ihr nun dort untergebracht? Also für wie viele musstet ihr eine neue Unterkunft suchen, weil dieser Idiot die Namen auf der Liste ausgeplaudert hat?

Mama: Insgesamt haben wir siebenunddreißig, und dreiundzwanzig davon mussten wir sofort verlegen, weil akute Gefahr bestand, dass sie gefunden werden. In den anderen Fällen lag entweder bereits eine einstweilige Verfügung gegen die Ehemänner vor, die das Gericht verhängt hat, oder die Ehemänner gelten als ungefährlich und lassen ihre Frauen in Ruhe.

Ich: Die Armen. Wie schrecklich!

Mama: Siehst du? Im Vergleich dazu ist dein Vater gar nicht so ein schlechter Lebensgefährte.

Ich: Verglichen mit dem Meer kann man in einer Pfütze nicht so leicht ertrinken. Aber nass wird man darin auch.

Mama: Na ja.

Ich: Lassen wir das! Die Tränen, die du heute schon vergossen hast, reichen.

Mama: Stimmt.

Ich: Siehst du, das Essen hat geholfen.

Mama: Es ist schon zehn Uhr; vielleicht ist es besser, wenn du hier übernachtest.

Ich: Ach, du Schreck! Wirklich? Nein, ich muss los, ich hab nichts zum Übernachten mitgebracht.

Mama: Dann mach dich auf den Weg.

Ich: Ich bin schon weg.

Mama: Sag mir noch kurz, was du machen wirst.

Ich: Was meinst du?

Mama: Na, Berlin. Fährst du jetzt hin?

Zuletzt noch ein Zimttee, während wir das Geschirr abwuschen.

Mama: Das Leben ist kurz, *mija*. Und man weiß nie, wohin sich die Dinge entwickeln werden.

Ich: Ja, in der Zukunft, wer weiß, was dann sein wird. *(Ich weiß nicht, warum, aber jetzt weine ich.)* Die Sache ist nur, dass ich jetzt zweiunddreißig Jahre alt bin. Ich habe keinen Centavo gespart, habe keinen Lebensgefährten, auf den ich mich verlassen kann, und mein Leben ist alles andere als geregelt.

Mama: Wer hat mit zweiunddreißig schon ein geregeltes Leben? Was für ein Unsinn!

Ich: In diesem Alter hattest du mich. Und hast schon in dieser Wohnung gelebt. Und wusstest mehr oder weniger schon, was aus deinem Leben werden würde.

Mama: Ach was, niemand weiß, was aus seinem Leben wird. Sieh dir John Lennon an.

Ich: Wieso? Weil er in seiner glücklichsten Lebensphase umgebracht wurde? Und weil das auch mir passieren könnte, soll ich mir keine Sorgen um die Zukunft machen?

Mama: Nein. Na ja … das auch. Aber er wurde nicht in seiner glücklichsten Lebensphase umgebracht. Der Arme hat seine glücklichste Lebensphase verpasst. Vor ein paar Tagen hab ich in der Zeitung ein Foto von Yoko Ono am Arm von Paul McCartney gesehen; in fröhlicher Eintracht haben sie sich umarmt. Und als der arme Lennon getötet wurde, waren sie zerstritten und haben kaum noch miteinander geredet. Aber so ist das mit der Zeit. Das Beste kommt noch.

Ich: Du meinst, dass irgendwann du, mein Vater, Emiliano und ich uns glücklich in den Armen liegen?

Mama: Wer weiß das schon. Wie auch immer. Hör auf, so blödsinnige Fragen zu stellen, *mija.* Seit wann machst du dir solche Sorgen? Was beunruhigt dich so?

Ich: Ich weiß nicht. Das Leben.

Mama: Nein, das Leben braucht dich nicht zu beunruhigen. Weißt du, was das Leben ist? Das ist das Leben. Hier zusammen zu sein, eine Tasse Tee zu trinken und gemeinsam das Geschirr abzuwaschen. Das reicht dafür, dass es uns besser geht als neunzig Prozent der Weltbevölkerung. Warum beunruhigt dich das Leben? Sieh doch mal, wie gut wir es haben.

Ich: Das ist das Leben?

Mama: Genau das.

Ich: Na gut. *(Ich wische mir die letzte Träne fort.)* Dann ist es also im Allgemeinen richtig schön.

Mama: Natürlich. Wir hatten einfach nur Hunger.

Auf diese Art war es plötzlich ein Uhr morgens geworden. Ich blieb dann doch über Nacht. Und ich würde nach Berlin reisen.

17

Alltägliche Dinge

In der dritten Grundschulklasse forderte unsere Lehrerin, *Miss* Marce, uns auf, unsere Personalien auf einem Blatt zu notieren. Ich weiß nicht mehr, warum. Wahrscheinlich war es eine jener Übungen zur Entwicklung der Identität und des Selbstbewusstseins, wie sie in meiner Generation so häufig gemacht wurden, weshalb wir heute alle so eingebildet durch die Welt laufen. Jedenfalls sollten wir unseren Namen, die Namen unserer Eltern und unserer Geschwister, wenn wir welche hatten, und zuletzt unsere Religionszugehörigkeit aufschreiben. Meine Mutter hat dieses Blatt Papier gerahmt in ihren Schrank gehängt, weil ich in Sachen Religion »Freidenkerin« geschrieben habe. Keine Ahnung, wie ich darauf gekommen bin, wahrscheinlich war es der Druck, den ich verspürte, weil meine Klassenkameraden alle genau wussten, was sie dort eintragen sollten. Neunzig Prozent waren katholisch. Ein paar waren Buddhisten, da damals in den Neunzigern ein paar Mütter den Dalai Lama verehrten. Laura Ramírez Castro war eine wiedergeborene Christin, und ihr Vater war jeden Sonntagmorgen im Fernsehen zu sehen, wo er Sündern vergab. Roberta schrieb: *Meine Mutter ist katho-*

lisch, um auf der sicheren Seite zu sein. Und ich war eben eine Freidenkerin, weil mir absolut klar war, dass ich mit meiner kirchenfeindlichen Mutter auf keinen Fall katholisch sein konnte. Und alles andere auch nicht. Generell war Religion für mich und bei uns zu Hause kein Thema. Vor dem Einschlafen las meine Mutter mir aus der griechischen Mythologie vor, was lustig war, weil die Götter alle ziemliche Mistkerle waren; anschließend hatten wir eine Phase, in der wir uns die prähispanischen Mythen und Legenden vornahmen, vom Maisgott der Mayas bis zur Geschichte der Coatlicue, die einen Schlangengürtel trug und ein Kind bekam, nachdem Federn auf sie herabfielen. Jedenfalls wusste ich von klein an, dass die Menschen all die Zeit über an viele verschiedene Dinge geglaubt hatten und nicht alle davon das einzig Wahre sein konnten. In der weiterführenden Schule war ich ein großer Fan des Astronomen und Astrophysikers Carl Sagan, der in gleichzeitig verständlichen und metaphysischen Worten (die den Jesus-Bildern meiner armen Großmutter, die in der Überzeugung starb, dass wir alle in die Hölle kommen würden, weit überlegen waren) über das Universum und die Zeit sprach, sodass ich nie wieder das Bedürfnis hatte, an irgendetwas zu glauben, was nicht die Welt selbst war. Deshalb kam Emiliano, der wollte, dass ich an irgendetwas glaubte, auch auf die Sache mit dem Gott Spinozas und Einsteins: »María glaubt an die Ordnung, die die Sterne bewegt.«

Es gab ein Foto von Paloma, das mich jedes Mal sehr bewegte, wenn ich daran dachte. Darauf war sie kniend mit dem Messbuch und dem Rosenkranz in der Hand zu sehen, voller Angst, beichten zu müssen. Die Religion lehrte die Kinder, vor äußerst seltsamen Dingen Angst zu haben; wobei ich gleichzeitig dachte, dass Kinder vor allem Angst hatten, was sie nicht verstanden, und der universelle Geist war sehr schwer zu verstehen. Ich erinnerte mich daran, dass ich manchmal, wenn ich ein Kruzifix gesehen hatte, Angst bekam, dass Gott mich dafür bestrafen könnte, dass ich nicht an ihn glaubte, was ein Beispiel für die sophistische Logik ist, die die Kindheit durchdringt. Vielleicht wäre es schön, sich von der Vorstellung, dass es einen Gott gab, der uns behütete, beruhigen zu lassen. Es gab Leute, die an Engel glaubten, wofür ich sie beneidete. Manchmal fühlte ich mich wie damals als Dreizehnjährige, wenn ich an das Universum gedacht hatte. Daran, wie unvorstellbar die Dinge sind, die die ganze Zeit über geschehen. Dass das Wasser der Flüsse seit hunderttausend Jahren durch dieselben Flussbetten floss. Dass die Blätter zur Fotosynthese in der Lage waren und dass unsere Mägen Salatblätter in Energie umwandelten. Dass das menschliche Gehirn all diese Dinge gelernt hatte und noch so viel mehr; dass es Symbole erfunden hatte, die Menschen, die sich völlig fremd waren, gemeinsam hatten und die uns erlaubten, Dinge zu verstehen, die jemand Hunderte oder Tausende Jahre, bevor wir dem Wunsch unserer Vorfahren entsprungen waren, begriffen hatten. Ich hatte mich an den Küchentisch gesetzt und meine Mutter damit genervt, dass alles düster sei und weder sie noch ich eine Bedeutung hätten, und im Himmel war alles so immens, dass es uns gehörte und uns gleichzeitig nicht betraf. Niemand behütete uns. Es gab Menschen, denen dies Angst machte, mich jedoch beruhigte es. Denn wenn uns niemand behütete, mussten wir uns selbst behüten. Ich ging in mich und sagte mir, dass die Energie, die uns verband, mich behütete. Das, was mich und meine Mutter verband, mich und Paloma, mich und Roberta; das, was mich mit Emiliano verband und noch verbindet, was schief und krumm und kaputt ist, aber noch vorhanden; das, was mich mit all den weit entfernten Cineasten verband, die Dinge schrieben und filmten, die wie für mich gemacht waren und für Millionen andere Menschen auch. Die Fiktion und die Geschichten, die Empathie gegenüber anderen Welten und die Erfahrungen, die man selbst niemals machen würde, all diese Dinge bewiesen mir, dass uns stets mehr verband, als uns trennte, und das war mein Glaube. Natürlich klingt das seltsam. Ich hatte einmal mit Señora Sandra darüber gesprochen, und danach hatte sie mich ein halbes Jahr lang nicht mehr angeguckt. Obwohl sie und ihre Familie auch nicht besonders religiös auf mich wirkten. Sie gingen nie zur Kirche. Sie vertrauten sich nicht Gott an. Als Pancho einen schlimmen Autounfall hatte und einen Monat lang im Krankenhaus war, hatte ich niemanden aus seiner Familie beten sehen. Und dann feierte jemand Hochzeit, und Emiliano ging in der Kirche zur Kommunion, kniete sich hin und küsste äußerst devot die Hand des Priesters. Ich hatte gelernt, dies als Demonstration eines gewissen Gemeinschaftssinnes zu sehen, den es gab.

Letztendlich war eine Religion auch nichts anderes, als sich als ein Teil von etwas Größerem zu fühlen, was nicht unbedingt Gott sein musste, sondern die Tatsache, dass viele Leute sich zur selben Zeit zusammenfanden und dieselben Dinge als geheiligt empfanden.

Genauso ging es mir mit Geschichten und ganz besonders mit Filmen. Dass Kameras und Filme dazu erfunden wurden, damit jemand, den ich noch nie gesehen hatte und vielleicht niemals sehen würde, meine Seele berührte, war eine göttliche Verbindung.

Über all das dachte ich in der Zeit, die ich in Berlin verbrachte, nach, und es wühlte mich immer wieder auf. Solche Gedanken kamen mir oft, wenn ich mich auf einem Filmfestival befand, denn dort wurde alles, ob gut oder schlecht, nur aus der Tatsache heraus, an diesem Ort vorhanden zu sein, als ein erlösendes Kunstwerk betrachtet. Alle Leute waren für diese Verbindung empfänglich. Wenn das Licht ausging und letzte praktische Dinge geflüstert wurden, waren die Filmsäle meine Kirche. Man saß dort, um jene ätherische Verbindung mit der Welt zu erfahren. War ein Film extrem schlecht, blieb es bei dem Wunsch, aber der Wunsch an sich, den alle Anwesenden teilten, reichte bereits aus.

Die Berlinale war für mich der geeignetste Ort überhaupt, meinen Glauben zu leben. Wie alle Festivals war sie voller Energie, die einen manchmal zur Verzweiflung brachte. So viele Menschen, die etwas erschafften oder erschaffen wollten, die versuchten, eine Spur in der Welt zu hinterlassen und zu erreichen, dass jemand diese Spur wahrnahm und feierte, sie kaufte, damit der Schöpfer mit seiner Kunst seine Miete bezahlen konnte. Die Berlinale war für mich ein Transformator, da die Spuren, die die meisten Cineasten auf diesem Festival zu hinterlassen versuchten, sich neu und authentisch anfühlten und mir die spirituelle Euphorie vermittelten, sie zu teilen. Ich sah mir von acht Uhr morgens an fünf Filme am Tag an. An den Abenden folgte ich den Machern der von mir favorisierten Filme zu irgendwelchen Veranstaltungen oder ins Restaurant, bis sie mir ein Interview gewährten. Das Festival dauerte fünf Tage. Am dritten Tag sah ich Emilianos Film. Er hieß *Alltägliche Dinge*, und er war auf diesem Festival am richtigen Ort, denn er passte perfekt dorthin und war voller Dinge, die wie für mich gemacht waren.

Gleich nachdem ich Emilianos Film gesehen hatte, schrieb ich meine Kritik dazu, war ich in der Lage, meine Hände auf die Tastatur zu legen.

ALLTÄGLICHE DINGE
Regie: Emiliano Cervera
Drehbuch: Emiliano Cervera
Darsteller: Marina Caltrane, Hugo Fresneda, Martín Pacheco
Herkunft: Mexiko
Dauer: 89 Minuten
Genre: Drama. Komödie.

Anmerkung: bitte die fett und kursiv gedruckten Stellen ignorieren. Es handelt sich um Kommentare der stolzen/euphorischen/rasenden Ex-Freundin.

Der erste Volltreffer, den *Alltägliche Dinge* landet, ist der Titel. Denn dem mexikanischen Regisseur Emiliano Cervera, der es mit seinem Debüt schafft, sich sofort unter den großen neuen Stimmen des mexikanischen Films zu etablieren, gelingt es, eine der schwierigsten Missionen der Kunst zu erfüllen: das Alltägliche auf eine transzendentale Ebene zu heben. *Dieser Titel war, nebenbei erwähnt, die Idee Marías, der emblematischen Ex-Freundin des Regisseurs, die die Autorin dieser Rezension ist.*

Marina Caltrane, *eine unglaublich perfekte Frau, die übrigens die derzeitige Freundin des Regisseurs ist,* verkörpert Franca, eine Frau, deren langjährige Ehe in eine Krise gerät. *Die Verfasserin dieses Textes weiß nicht, ob es Zufall ist, aber die Krise ähnelt der, die sie selbst mit dem Regisseur durchlebte.* »Wir haben sehr jung geheiratet«, sagt sie zu ihrem jugendlichen Nachbarn, der die meiste Zeit seines kurzen Lebens über in sie verliebt war. »So jung wie ich?«, fragt er. »Nein, nicht wie du«, erwidert Franca lächelnd mit gebrochener Stimme. Der jugendliche Nachbar, *dessen wohlhabende Mutter genauso ist wie Señora Sandra,* beginnt eine Beziehung mit Franca, die als Flucht vor dem – scheinbar unvermeidlichen – Lauf ihres Lebens dient.

Dies bestimmt die einzigartige Stimmung zu Beginn dieses gleichzeitig so unschuldigen und verwegenen Films, *genau so ist übrigens auch der Regisseur, der voller*

Kühnheit ist und doch von einem unwiderstehlichen emotionalen Leitfaden geprägt wird. Vor allem für mich, die ich so viele dieser Dinge aus nächster Nähe kenne.

Schon der Vorspann beweist, dass dieses Werk von einem selbstbewussten und talentierten Cineasten geschaffen wurde. Gelbe Schrift in Verbindung mit Szenen aus Francas alltäglichem Leben, die von Bildern des jungen Mannes abgelöst werden, der ihr durchs Fenster nachspioniert. Ein bekanntes Setting, das jedoch durch die frenetische Energie geprägt wird, die uns auf die Dichotomie vorbereitet, die aus diesem Film ein persönliches, einzigartiges, intimes Schauspiel macht, das dennoch voller Überraschungen, völlig neu und unvorhersehbar ist. *Emiliano, dieser Mistkerl, hat den Film seiner Träume realisiert. Er hat es tatsächlich getan. Und als die Buchstaben, die Franca umarmen, plötzlich schreiben:* ein Film von Emiliano Cervera, *bekommt die Verfasserin dieser Kritik eine wohlige Gänsehaut aus reiner Wonne, einer Freude wie die einer stolzen Großmutter, die weder Das Gespenst noch Bitterkeit kennt.*

Cerveras erster Film ist von einer Sehnsucht geprägt, die sich daran erfreut, die Vergangenheit als den Ort zu sehen, in dem die Antworten auf alle Fragen der Zukunft zu finden sind. *Und dort erkenne ich meinen Emiliano wieder, in seinem Film, nachdem ich ihn seit Monaten in der realen Welt nicht mehr wiedererkannt habe.* Franca und ihr Mann sind zusammen erwachsen geworden und erleben diesen Reifeprozess manchmal mit Stolz und manchmal als Tragödie. *Diejenige, die dies schreibt, erkennt sich wieder, aus gutem Grund.* Während die Unreife, die in der Welt von Alonso, dem jungen Nachbarn, zu spüren ist, ein Abbild von Francas Wunsch ist, die Zeit zurückzudrehen. Die Szenen, in denen Alonso – dynamisch und unbefangen von Hugo Fresneda verkörpert – mit seinen Schulfreunden zusammen ist, sind besonders wirkungsvoll: oberflächlich und von mitreißendem Humor durchzogen. *Es wird deutlich, dass der Regisseur im Grunde seiner Seele ein verzogenes kleines Kind ist, weshalb er die Freuden an der Unreife so gut darstellen kann.* Die Schlussszenen dagegen werden von einer Sehnsucht bestimmt, die Francas Persönlichkeit entspricht und ihrer Ambivalenz gegenüber der Tatsache, so jung geheiratet zu haben; es ist die Sehnsucht danach, der Zukunft entschieden ins Auge zu blicken und sich vorzustellen, wer sie wohl in dieser Zukunft, die gewiss kommt, sein wird.

Der Zauber dieses einfachen, aber makellosen Films liegt gerade darin, dass Cervera nicht der Versuchung erliegt, der Simplifizierung anheimzufallen. Er macht nicht den Fehler, Francas Mann allzu negativ zu beschreiben, und auch Alonsos jugendliche Naivität wird niemals zum Objekt der Herablassung. Die Helden agieren im richtigen Moment und am richtigen Ort. Der Handlungsverlauf bildet ein Dreieck, das allzu vertraut scheinen könnte, jedoch äußerst feinfühlig und bittersüß die Liebe, das Zusammenleben, die Anziehung und die Reife erkundet. *Dieser Emiliano erweist sich als wesentlich klüger und aufmerksamer als gedacht.*

Zum Ende hin wird ein Hang zur Dramatik deutlich, die ein wenig aufgezwungen wirkt. *Eine für Emiliano typische Panikreaktion, als ihm auffällt, dass nichts wirklich Schreckliches geschehen ist, sodass er, um nicht oberflächlich zu erscheinen, der Geschichte eine völlig dämliche Wendung gibt, die sich falsch anfühlt, weil sie falsch ist, aber vor allem, weil sie im Gegensatz zu der fühlbaren Emotion steht, mit der er alles andere erzählt hat, was sehr gut zu ihm passt.* Doch auch dieser eine künstliche Moment kann nicht den Zauber zerstören, den *Alltägliche Dinge* auf den Zuschauer ausübt. Ein Film voller authentischer Bilder und schauspielerischem Können, vor allem was Marina Caltrane angeht, die mit viel Humor und großer Verletzlichkeit die Rolle der Franca spielt. *Dabei ist unübersehbar, was Sache ist. Sobald Marina auftaucht, erstrahlt die Leinwand auf eine Art und Weise, die deutlich macht, dass entweder Emiliano oder der Kameramann oder beide hoffnungslos in sie verliebt sind.*

Zusätzlich wird die Aussagekraft des Films durch die Musik von Inés Aguirre verstärkt – *nie im Leben hätte ich gedacht, dass Emiliano ausgerechnet sie engagiert, um die Filmmusik zu machen.* Aguirres musikalische Untermalung ist gleichzeitig sanft und atemberaubend und ergänzt die Inszenierung und den gekonnten Einsatz der Kamera, mit der Cervera seine Charaktere begleitet, auf vollkommene Weise.

Das Ergebnis ist bewegend und anspruchsvoll, setzt unsere täglichen Zweifel gleichzeitig konfrontierend und tröstend in Szene und infolgedessen auch die komplizierteren Fragen, die wir uns gemeinsam mit Franca stellen: Was schulde ich den Menschen, die ich liebe?

Was schulde ich mir selbst? Wird mein Leben so, wie es sein soll? Wie viele irreparable Fehler habe ich schon begangen? Und welche werde ich noch machen?

Kurz gesagt: ein großartiger Film! 4,5 von 5 Sternen. *0,5 behalte ich mir vor. Ich weiß nicht. Sonst ist nichts daran auszusetzen.*

Glücklicherweise war Ana Sofi, mit der ich mir das Zimmer teilte, Reporterin einer Klatschzeitschrift, die in demselben Verlag erschien wie *CineAdictos.* Das war mir sehr recht, denn die Kollegen von den Klatschzeitschriften waren in der Regel geniale Menschen, die davon lebten, sich mit irgendeinem Quatsch zu beschäftigen, und diese Kombination machte sie zu äußerst unterhaltsamen Gesprächspartnern. Außerdem reagierten die meisten von ihnen allergisch auf typische »Festival-Filme«, was dabei half, den Geschmack des Publikums zu eruieren. Ana Sofi kam immer nach mir ins Hotelzimmer, weil sie zu all den eleganten Partys ging, die kein Ende fanden und geniale Fotos brachten. Ohne dass ich danach fragte, erzählte sie mir, dass sie *Alltägliche Dinge* gesehen hatte.

»Ein wunderbarer Film. Einfach unglaublich! Ich habe ununterbrochen geweint, weil ich mich sofort darin wiedererkannt habe.« Und dann: »Außerdem ist der Regisseur einfach großartig. Ich bin vollkommen hingerissen von dem Interview heute. Wie schade, dass er bereits mit Marina Caltrane zusammen ist!« Sie grinste. »Wann wirst du ihn interviewen?«

»Morgen.«

»Uff. Hast du es gut! Vielleicht komm ich mit, um ihn noch mal zu sehen.«

Ich musste lachen und wurde gleich darauf traurig. Nachdem ich den Film gesehen hatte, hatte ich mich für einige Stunden wie auf Wolken gefühlt. Doch nun war die Euphorie verflogen, und die Erde hatte mich zurück. Emiliano und ich hatten nicht nur unsere Liebe vermasselt, sondern irgendwo zwischen seiner Gleichgültigkeit und meiner Verzweiflung vermasselten wir – was noch schlimmer war und ohne dass ich wusste, wodurch – auch unsere Trennung. Als ich das Kino nach der Vorstellung verlassen hatte, hatte ich ihm spontan eine Nachricht geschrieben, um ihm zu sagen, wie sehr mir sein Film gefiel. In seiner Antwort bedankte er sich, sagte, dass er sich auf das Interview freue, und wünschte mir eine schöne Zeit in Berlin. Seine Antwort war höflich, und das war das Schlimmste überhaupt. Unser Umgang miteinander war nicht kühl, aber auch nicht herzlicher als der mit einer französischen Regisseurin, die ich irgendwann während eines anderen Festivals mal interviewt und deren Film mir ebenfalls gefallen hatte. Emi und ich verhielten uns wie zwei Menschen, die sich zwei oder drei Mal höflich begegnet waren und ansonsten nicht aneinander dachten. Sogar Das Gespenst fühlte sich allmählich an wie eine reine Erfindung von mir.

Am nächsten Tag, als das Interview schließlich stattfand, war ich von meiner eigenen Ruhe überrascht.

Kein Magendrücken und keine Vorwürfe. Es war von allen Interviews, die ich jemals machte, das unterhaltsamste. Emiliano erzählte mir Dinge, die er sonst vielleicht niemandem mitgeteilt hätte – über seine Ängste vor dem Ergebnis des Films und seine Zweifel während der Dreharbeiten. Und als ich ihm sagte, dass ich seinen Film spektakulär gut fand, tat ich dies freudiger als jeder andere Journalist. Allerdings war zwischen uns keine besondere Schwingung zu spüren. Alles war sehr professionell außer den folgenden dreißig Sekunden:

»Als ich im Nachspann sah, dass Inés Aguirre …«

»Weißt du, dass ich mich an sie gewandt habe, weil ich das Interview gelesen hatte, das du mit ihr gemacht hast?«, unterbrach mich Emiliano.

»Wirklich?«

»Sie ist extrem begeistert von dir. Als ich ihr gesagt habe, dass ich dich« – ausgerechnet an dieser Stelle machte er eine Pause – »kenne« – kürzte er das Ganze ab –, »tat sie einen erfreuten Aufschrei, du weißt schon. Und sie sagte gleich zu, die Musik für den Film zu machen.«

»Ach komm!«

»Ich schwör's dir.«

»Ich weiß nicht. Das letzte Mal, als ich sie gesehen habe, war das eher seltsam.«

»Bist du etwa auf einer ihrer Partys gewesen?«

»Ja.«

»Echt? Ich auch.«

»Und? Wie war's?«

Er sah mich ernst an.

»Mari, ich kann mir dich dort gar nicht vorstellen.«

»Ich mir dich auch nicht.«

Schweigen. Die Wahrheit war, dass wir beide uns den anderen nirgendwo mehr vorstellen konnten. Jedenfalls war der Moment schnell wieder vorbei. Den Rest des Interviews über lachte er, lachte ich, lachten wir – eine Konjugation des Lachens. Aus Nervosität, aus nostalgischen Gründen, aus der Distanz. Nach einer halben Stunde wartete schon das nächste Interview auf ihn. Er seufzte bedauernd.

»Na gut. Vielen Dank, Herr Regisseur. Und viel Glück.«

»Danke dir. Wir sehen uns.«

»Ja.«

Wir umarmten uns ein wenig länger als üblich, was niemandem, der den Grund nicht kannte, aufgefallen wäre.

Den Rest des Jahres über entnahm ich alles, was ich über Emiliano erfuhr, der Presse. Zunächst erschien mein Artikel. Nach dem Interview hoben wir die gegenseitige Blockade bei Facebook auf (Er hatte mich zuerst geblockt, denn in der Phase Der Verfolgungsjagd war seine Facebook-Seite für mich ein Folterinstrument.); ich folgte ihm wieder auf Twitter. (Wo ich ihn wegen der Sache auf Facebook blockiert hatte.) Ich folgte ihm auch wieder auf Instagram, Periscope und anderen modernen Plattformen, die mich aus der Ferne mit ihm verbanden. Um seinen Triumph in Berlin, bei der South-by-Southwest-Konferenz und beim Filmfestival in Morelia zu verfolgen. Um zu erfahren, dass er als die neue Stimme seiner Generation galt. Dass er nach Los Angeles reiste, um sich mit eleganten Leuten zu treffen, die ihm unelegante Angebote machten. Dass er mit Marina in einem neuen Restaurant im Corredor Roma zum Essen war oder in einer exklusiven Mezcalería, wo jeder Schluck Tequila ein Vermögen kostete, weil er in einem von einem von einer Modelkarriere träumenden Barkeeper schlecht gespülten schmutzigen Design-Glas serviert wurde und so weiter. Seine Instagram Timeline war voll fremden Menschen, die ihn »mi amor« nannten. Eine gewisse Elena Volkova taggte (von ihrem rosafarbenen Sofa aus und in Boxershorts): *Emi, memi. Hahaha.* Und Emiliano antwortete: *Hahaha, ich vermisse dich, du Miststück.* Hauptsache cool. Es gab unzählige Retweets seiner zahlreichen Fans, anderer Kritiker, anderer Cineasten und seiner Freunde, die ihm geblieben und für mich nun Fremde waren und nur noch in der elektronischen Facebook-Welt existierten. Auf einmal schrieb sogar José Miguel, dass Emilianos Film in diesem Kino an diesen Tagen zu sehen war. Mit Paloma hatte ich schon lange nicht mehr über Emiliano gesprochen; seit sie fälschlicherweise der Meinung gewesen war, dass die Sache – nun ja – überwunden wäre, erwähnte sie seinen Namen nicht mehr im Zusammenhang mit mir. Wenn ich mit ihr essen ging, erfuhr ich neben ihren Hochzeitsplänen – Stühle, Tische, Blumen, Musik, Fotos –, dass die ganze Familie nach London gereist war, um Emilianos Film auf dem dortigen Festival zu sehen, oder nach Las Vegas, um Señora Sandras Geburtstag zu feiern, oder nach New York, um Pancho auf einer Dienstreise zu begleiten. Die neue Norm lautete also: Wir haben uns mal näher gekannt, und nun sehen wir uns eben nicht mehr. Ganz lässig.

In Wirklichkeit wusste ich gar nichts. Ich wusste nicht, ob Emiliano glücklich oder zufrieden war; ich wusste nicht, ob seine neuen Freunde gute Freunde waren, ob er Señora Sandra immer noch umarmte wie früher oder ob er, was sie anging, erwachsen geworden war; ich wusste nicht, ob er stolz auf seinen Film war oder nachts in Marinas Armen weinte (oder in den Armen von sonst wem, denn es war lange her, dass ich ihn zusammen mit Marina gesehen hatte), so wie er in meinen Armen geweint hatte, wenn er etwas richtig gut hingekriegt hatte. Ich wusste es nicht. Ich wusste gar nichts. Und nach und nach entwickelte ich eine nahezu physische Abneigung dagegen, etwas zu erfahren. Ich wollte meinen Frieden, was nicht schwierig war. Immer, wenn ich aus irgendeinem Grund auch nur im Entferntesten etwas von Emiliano hörte, konzentrierte ich mich mit aller Macht darauf, nicht daran zu denken, mehr zu erfahren, keine Fragen zu stellen, dafür zu sorgen, dass niemand mir Genaueres erzählte. Ich verweigerte mich, stellte keine Fragen, nichts. Und nach einer Weile wurde diese Ablehnung zur Normalität, und niemand, nicht einmal meine Mutter, achtete mehr darauf, ihn in meinem Beisein nicht zu erwähnen. Alle begannen mich, was ihn anging, so zu behandeln, wie er es tat, wie eine zufällige, frühere Bekannte. Reporter, die mich auf tausend Partys wild mit ihm herumknutschen gesehen hatten, sprachen nun mit mir, als wäre er eine absolute Neuentdeckung: »Dieser Regisseur, Emiliano Cerveras, wurde in Florida geboren, witzig, nicht? Er ist ein netter Kerl im Interview, weißt du?« Und ich hätte gern gesagt: Ja, ich weiß. Auch wenn es nicht stimmte.

Es war eine derart selbstverständliche Realität, dass ich allmählich den Eindruck hatte, dass alles, was wir gemeinsam erlebt hatten, reine Erfindung war. Ich hatte erfunden, dass wir zusammen aufgewachsen waren. Ich hatte erfunden, dass ich ihn getröstet und aufgebaut hatte, wenn ihn ein Kummer überfiel, von dem niemand ahnte. Ich hatte erfunden, dass er keine Geheimnisse vor mir hatte, dass ich jeden Quadratzentimeter seines Körpers gekannt hatte, dass es einen Moment gab, in dem wir den anderen besser als alle anderen kannten. Ich hatte alles erfunden. Manchmal kehrte Das Gespenst zurück, tauchte irgendwo auf, zum Beispiel in José Miguels Wohnung, in dem Brot, das ich zum Frühstück aß, in den Unterhaltungen mit den Kindern und in allen Kinosälen auf der Welt. Es war da. Aber es tat mir nicht mehr weh. Endlich tat es nicht mehr weh. Ich war stolz auf diesen nicht vorhandenen Schmerz.

Später, wenn ich mich daran erinnerte, das über mich selbst gedacht zu haben, musste ich lächeln. Damals kannte ich noch keinen Schmerz.

18

Der Schmerz

Meine Mutter hatte inzwischen so dünne Haut, dass man unter ihrer Kleidung, zwischen ihren Rippen ihr Herz pulsieren sehen konnte. Sie war wie aus Transparentpapier, weshalb man die Adern an ihren Händen sehen und nicht erkennen konnte, wo ihr weißer Pyjama endete und ihre Haut begann. Als sie mich um ein Uhr morgens anrief, um mir zu sagen, dass sie furchtbare Magenschmerzen habe, brauchte das Geschwür, das ihn durchlöcherte, deshalb nur weniger als drei Stunden, um den Rest ihres zarten Körpers mit ihrem zarten Blut zu überschwemmen, bis sie starb und dabei kaum mitbekam, dass es passierte.

Ich kam in ihre Wohnung und sah, wie bleich sie war, aber das Erste, was ich dachte, war, wie schön sie war. Mit den großen Augen und dem roten Mund in ihrem schmalen Gesicht. Wie Schneewittchen.

»Ich habe seit dem Nachmittag Magenschmerzen, die immer stärker werden«, sagte sie, als beschriebe sie einen schlechten Haarschnitt, eine seltsame, eher bedeutungslose Unannehmlichkeit.

Doch als ich ihr beim Aufstehen helfen wollte, wurde sie in meinen Armen ohnmächtig. Also wickelte ich sie in ihren Mantel, den sie gerade hatte anziehen wollen, trug sie zum Auto und brachte sie ins Krankenhaus. Als ich sie auf den Sitz setzte, wachte sie auf.

»Mama? Geht es dir gut?« Ich griff nach ihren kalten Händen.

»Ja, es geht mir gut. Ich fühle mich irgendwie seltsam.«

Ich rief ihren Arzt an und fuhr, so schnell ich konnte.

»Wohin fahren wir?«

»Ins Krankenhaus.«

»Nein.«

»Mama …«

Sie sah mich eindringlich an, denn sie spürte etwas in ihrem Körper, was sie nicht verstand.

»In welches Krankenhaus?«, fragte sie schließlich.

»Ins Ángeles de Pedregal. Dort arbeitet auch Juan.«

»Die nehmen einen aus.«

Und tatsächlich wollten sie vor der Kranken erst mal meine Kreditkarte sehen. Ich gab sie ihnen, ohne nachzudenken.

»Tut es noch weh?«

»Nicht mehr so schlimm.« Sie hatte kaum noch Stimme, um diese Lüge hervorzubringen.

Als Juan sie sah, auf einem Bett liegend, das ich dringend einfordern musste, ordnete er sofort eine Bluttransfusion an.

»Mal sehen«, meinte er während der Untersuchung in dem typischen Ton des Arztes, der sich seine Besorgnis nicht anmerken lassen will, »das muss das Geschwür sein.«

»Ja, muss es wohl.« Meine Mutter wollte bis zum Schluss freundlich und hilfreich sein.

Doch bevor sie das Blut bekam, veränderte sich etwas in ihrem Gesicht.

»María«, brachte sie mühsam heraus.

Ich nahm ihre Hand.

»Ich fühle mich ganz seltsam. Das ist so seltsam.«

»Keine Sorge. Gleich wissen wir, was los ist.«

»Ich mache mir keine Sorgen.«

Sie lächelte mich an und schloss die Augen.

Das war das Letzte, was ich noch verstehen konnte. Dann verstand ich nichts mehr, weder als Juan ihre Lider anhob, noch als er mich von ihrem Bett wegzog und erklärte, dass sie schnell in den Operationssaal müsse. Ich verstand nicht mehr, warum mein Kopf an seiner Schulter lehnte, als sie sie wegbrachten. Ich verstand den Warteraum nicht mehr, in dem ich weniger als zwanzig Minuten verbrachte. Ich verstand Juans Mund nicht mehr, der versuchte, mir das Unerklärliche zu erklären. Innere Blutungen, die Operation war zu spät, es war schon vorbei, als wir im Krankenhaus ankamen. Noch viel weniger verstand ich die Formulare, die Unterschriften, die Treppen, die Abrechnung; das Laken, das ihr blasses Gesicht verdeckte, die geschlossenen Augen; meine Stimme, die laut ihren vollen Namen nannte; den Stift der Frau, auf dem in weißen Buchstaben der Name eines Beerdigungsinstituts stand; den Sonnenaufgang.

Vor allem das: Ich verstand nicht, wie die Sonne aufgehen konnte.

Ich bin eine Waise, dachte ich. Wie Oliver Twist. Ich sah mich in einem Waisenhaus mit geschorenem Haar wegen der Läuse. Allein auf der Welt, der Gunst schlechter Menschen ausgeliefert. So klein wie die Mädchen in *Remi das Waisenkind,* die sich danach sehnten, von einer Familie mit blauen Augen und goldenen Manschettenknöpfen adoptiert zu werden. Es war eine Form von Selbstschutz, dass ich plötzlich solche Dummheiten im Kopf hatte. Weil es mir nicht möglich war, an reale Dinge zu denken. Genauso wie es nicht möglich war, einen Eimer voller Salz zu essen. Meine Mutter war nicht mehr da. Sie würde nie mehr da sein. Ich konnte ihren dünnen Körper nicht mehr umarmen, konnte nicht mehr die Augen verdrehen, wenn sie einen ihrer Vorträge hielt, konnte am Samstagmorgen nicht mehr ihre Bettwäsche riechen und mich an meine Kindheit erinnern. Nie mehr. Es war vorbei. Ich war eine Waise. Eine zweiunddreißigjährige Frau, die sich mutterseelenallein fühlte, die auf einmal ohne ihre Mama die Straße nicht mehr überqueren konnte, ohne ihre Mama nicht mehr laufen konnte, ohne ihre Mama den Tod ihrer Mama nicht ertragen konnte.

Während draußen die Sonne aufging und stur darauf beharrte zu strahlen, blieb ich mit den Krankenschwestern, dem Krankenhaus, dem Beerdigungsinstitut zurück. Musste ich mich mit der Weltlichkeit des Todes, seiner Routine und den Menschen, die täglich mit ihm zu tun hatten, auseinandersetzen. Den Menschen vom Beerdigungsinstitut und dem Krematorium, den Wartezeiten, der Vorstellung, dass der einzige Mensch auf der Welt, der mir wichtig war, nur noch ein lebloser Körper war, zu ihrer Arbeit wurde, die sie von neun Uhr morgens bis sechs Uhr abends verrichteten. Alle waren sehr freundlich und sehr professionell, taten so, als könnten sie mein Leid verstehen. Doch von einer erwachsenen Waise erwartete man, nicht hilfsbedürftig zu sein. Die Leute erwarteten, dass ich mich um alles kümmerte. Und ich kümmerte mich. Auch wenn ich für mich bei jedem Schritt dachte: »Das schaffe ich nicht; ich brauche meine Mama.« Doch meine Mama war nicht da. Meine Mama war tot. Nie wieder ihre raue Stimme, nie wieder ihre glänzenden Augen und ihre hängenden Lider, nie wieder ihr Lachen, bei dem ihre Lider sich hoben. Nie wieder der Tisch in ihrer Küche, keine Abende mehr, die zu Nächten wurden, in denen wir über alles und nichts redeten. Nie wieder der eigenwillige Teil ihres Gehirns, der mir die Welt erklärte, nie wieder die Delle in ihrem Kissen, die mich aus allen schlechten Träumen zurückholte.

Die Frau vom Beerdigungsinstitut führte mich in einen separaten Raum, in dem ich »meine Lieben anrufen konnte, damit sie mir zu Hilfe kamen«. Ich rief Roberta an, Paloma, und auch wenn es mich überraschte, ihn auf meiner Liste zu haben, meinen Vater. Ich rief sie in dieser Reihenfolge an, und als ich mit ihm sprach, hatte ich nur noch die Kraft zu flüstern: »Meine Mama. Komm.« Und er kam. Und er kümmerte sich. Und er war mein Vater, vielleicht zum ersten Mal in seinem Leben. Er schob seine eigene Verzweiflung beiseite, die wesentlich tiefer war, als ich gedacht hatte, und kümmerte sich darum, dass die meine die einzig wichtige sein konnte. Er rief die ganze Verwandtschaft, ihre Freundinnen, die Frauenhäuser, um die sie sich gekümmert hatte, und die Vereinigungen, denen sie angehört hatte, an. Er kümmerte sich um die Todesanzeige, die Organisation der Beerdigung, die Blumen, die Autos. Er kümmerte sich darum, dass es einen Ort zum Beten gab, wenn jemandem danach war, aber auch, dass dieser Ort weit genug weg war, damit er in meinem Kopf nicht die Empfindsamkeit des verloschenen, aber für immer antiklerikalen Gehörs meiner Mama störte. Er kümmerte sich darum, dass ihre Freundin Maura eine wunderbare todtraurige Rede hielt. Er kümmerte sich darum, dass alle etwas zu essen hatten, sogar ich, die ich den ganzen Tag nicht einmal den Mund öffnete, sosehr Paloma und Roberta mich auch darum baten. Er kümmerte sich darum, meine Verleger und den Chef des Radiosenders anzurufen, um ihnen mitzuteilen, dass sie vorerst nicht mit mir rechnen konnten. Und wenn ich ihn darum bat, kümmerte er sich auch darum, mich in Ruhe zu lassen.

An die Totenwache erinnere ich mich nicht. Ich weiß, dass viele Leute kamen, dass Mauras Lebenspartnerin ein Lied gesungen hat, dass es ergreifende und aufrichtige Liebesbekenntnisse gab. Ich weiß noch, dass ich das Gefühl hatte, zwischen schwarzen Löchern zu laufen.

Ich weiß, dass Jaime Chico die Kinder mitbrachte. Tito im Anzug und sehr ernst, Yvette, die mit ihm schimpfte, weil er nicht hineingehen wollte. Ich weiß, dass José Miguel den Kopf hängen ließ und für einen Moment versuchte, beleidigt zu sein, weil ich ihn nicht angerufen hatte. Ich weiß, dass ich mich daraufhin schuldig fühlte, weil ich ihn nicht angerufen hatte. Ich weiß, dass ich Pancho auf mich zukommen sah, und zum ersten Mal sah ich in seinem Gesicht nur ihn, ohne eine Spur seines Bruders. Ich weiß, dass Paloma und Roberta mich die ganze Zeit über jede an einer Seite stützten und dass ich jene Stunden nur auf sie gestützt ertragen konnte.

Zwei Tage später bestatteten wir die Asche meiner Mutter neben meinen Großeltern im Panteón de Dolores, so nah am Grab der Dichterin Rosario Castellanos, wie es möglich ist, ohne eine berühmte Persönlichkeit zu sein. Ich verabschiedete mich von ihr; alles passte in eine kleine Kiste aus glänzendem Holz, die so zerbrechlich, so winzig war. Es erinnerte mich an die Nacht Des Endgültigen Aus, als ich an ihrer Tür klingelte und sie mir im Morgenmantel öffnete und nicht an das Glas mit den Mandeln kam. Schokomandeln. Zum ersten Mal seit Tagen spürte ich den Impuls zu etwas in der Art eines Lächelns. Danach nichts als Salz. Salz und Salz.

Nach und nach gingen alle nach Hause. Jaime brachte die Kinder zurück zu ihrer Mutter. Paloma kaufte mir Essen für den Rest der Woche, Putzmittel, Kerzen, die wunderbar dufteten, und all die praktischen Dinge, die ihr einfielen, um es mir so angenehm wie möglich zu machen, wenn sie mich allein zurücklassen musste. Roberta begleitete mich bis zur Tür Der Grauen Kiste und erinnerte mich bei jedem Schritt daran, dass sie ganz in der Nähe war und ich nur rufen musste und dass sie und der INEGI immer für mich da seien. Ich betrat Die Graue Kiste, setzte mich aufs Sofa und schaltete mein Handy aus.

»Meine Mama ist tot«, sagte ich laut. Bis zu diesem Moment hatte ich es nicht wirklich geglaubt.

In dem Moment vergaß ich, wie man blinzelte. Ich spürte nicht, dass die Welt zu Ende war, sondern ich. Ich vergaß alles, was ich wusste. Ich vergaß, wie man Rührei machte, ich vergaß, wie Melone schmeckte, ich vergaß, auf welcher Straßenseite man in Amerika fuhr und mit welchem Fuß man morgens zuerst aus dem Bett stieg. Mein Kopf war vollkommen leer von allem, was gerade anstand, aber voll von allem, was unerreichbar war, wie eine Wabe voller unnützer Erinnerungen: der Länge ihrer Wimpern, den Falten auf ihren Händen, dass sie wie eine Hexe wirkte, wenn sie laut lachte. Ihren kurzen Fingernägeln auf meinem kindlichen Rücken, ihrem singenden Mund. Ihren Schritten.

Der Lärm, den die Dinge mit sich brachten, die Ansammlung dessen, was ich nicht vergaß, waren so immens, dass ich alles andere vergaß. Ich begann, erneut zu lernen, wie man sich die Schuhe auszog und zu Bett ging. Dafür brauchte ich eine halbe Stunde, doch schließlich schaffte ich es, mich angezogen auf die Bettdecke zu legen.

Die Sonne ging mehrere Male unter und wieder auf, während ich einigermaßen lernte, wie man das Licht anmachte, wie man die Vorhänge zuzog, wie man sich ankleidete und Thunfischdosen öffnete. Auf Anrufe zu reagieren war wesentlich komplizierter. Wenn Roberta mehr als sieben Mal hintereinander angerufen hatte, lernte ich, ans Telefon zu gehen und zu sagen: *Es geht mir gut. Du brauchst nicht herzukommen*. Das Gleiche bei Paloma, deren Grenze von unbeantworteten Nachrichten bei fünf lag. Alles andere nahm ich gar nicht wahr.

Die beruflichen Anrufe beantwortete ich automatisch. Als ob für ein paar Minuten am Tag ein Teil meines Gehirns zum Roboter geworden wäre. Alle Texte, die ich zu schreiben hatte, brachte ich bei befreundeten Freelancern unter. Im Radio vertrat mich bis auf Weiteres Ana Sofi. Mit *CineAdictos* war es komplizierter, doch ich überging José Miguel und ließ mich direkt von der Personalabteilung beurlauben.

Ich habe keine Ahnung, wie viele Tage vergingen, bis Roberta vor meiner Tür stand und verzweifelt klopfte. Ich öffnete ihr nicht. Der Tumult in meinem Kopf gönnte mir keine Pause, und ich war nicht in der Lage, jemanden in die Wohnung zu lassen.

»Es geht mir gut, Roberta.«

»Mach auf.«

»Es geht mir wirklich gut.«

»Du hast zwei Wochen lang deine Wohnung nicht verlassen.«

»Zwei Wochen?«

»Bitte, mach auf.«

»Ich kann nicht, Roberta. Es geht mir gut, wirklich. Ich brauche nur mehr Zeit.«

»Ist es in Ordnung, wenn ich hierbleibe?«

»Sicher.«

»Okay. Dann bleibe ich hier.«

Ich hörte, wie sie, an die Tür gelehnt, hinunterrutschte, bis sie auf dem Boden saß. Nach einer Weile, ich weiß nicht, wie viel später, klopfte sie erneut.

»Mari.«

»Was ist?«

»Ich geh schlafen. Geht es dir gut?«

»Mhm.«

»Ich komm morgen wieder.«

»Danke, Roberta.«

Am nächsten Tag wiederholte Roberta das Spielchen; und am Tag darauf kam sie in Begleitung von Paloma, die viel schwerer davon zu überzeugen war, dass es einfach nicht in mir war, die Tür zu öffnen. Eine halbe Stunde lang klopfte sie, bat sie, weinte sie, schrie sie, bis ein Nachbar kam und drohte, die Polizei zu rufen, wenn sie nicht still sei.

»Das ist doch nicht zu viel verlangt, María. Ich will dich nur mal kurz umarmen. Öffne die Tür.«

»Ich kann nicht«, wiederholte ich wie ein Mantra, »entschuldige. Ich kann nicht.«

Und ich konnte wirklich nicht. Ich konnte es nicht. Freundinnen zu haben passte nicht dazu, Buße zu tun für die Schuld, am Leben zu sein. Als sie gingen, weinte ich noch mehr als sonst, weil ich mich nun zusätzlich schuldig fühlte, sie schlecht zu behandeln. Ich dachte, dass meine Mutter sich wegen meiner Unbeweglichkeit schämen würde. Meine Mutter kam vor allen anderen. Und sie wäre nie so nachsichtig sich selbst gegenüber gewesen. Meine Mama, die der einzige Mensch wäre, dem ich die Tür öffnen würde. Meine Mama war nicht mehr da.

Mich einzuschließen war das Einzige, was ich mir vorstellen konnte, bis mich einige praktische Dinge nach und nach aufweckten. Meine Wasservorräte gingen zu Ende, genau wie die Vorräte an Essen, mit denen Paloma mich versorgt hatte. Ich übte, unbekannten Menschen die Tür zu öffnen, die mir etwas zu trinken und zu essen brachten. Mehr erst mal nicht. Nach und nach kam die Welt zurück. Roberta und Paloma bewachten eine ganze Woche lang abwechselnd unablässig meine Tür. Wenn sie zusammen waren, hörte ich sie miteinander reden, lachen. Gegen jede Vorhersage wurden sie nach und nach Freundinnen. Meine Mutter hatte hoffnungslose Fälle niemals aufgegeben, und damit vollbrachte sie ihre erste Wundertat aus dem Jenseits. Die beiden zu hören war, wie in warmem Wasser zu baden. Nach und nach reifte in mir die Vorstellung, dass die Normalität möglicherweise zurückkommen könnte. Wenn sie mal nicht da waren, übte ich, das Haus zu verlassen. Den Müll rauszubringen oder einmal um den Block zu gehen. Wenn sie wieder da waren, schickte ich ihnen zum Dank Nachrichten: *Danke, dass Ihr für mich da seid, obwohl ich mich wie eine komplette Idiotin verhalte.* Die Kinder sandten mir Blumen. Oder besser, Marta sandte mir Blumen. Doch die Kinder malten für mich sehr liebevolle Karten dazu, deren Umschläge ich schließlich zu öffnen wagte. Ich begann, mir vor dem Schlafengehen Filme anzusehen. *Es geschah in einer Nacht,* den meine Eltern sich in friedlichen Zeiten so oft zusammen angesehen hatten. *Der Mann, der Liberty Valance erschoss*, der für meine Mama eine Art Hymne der Unabhängigkeit war, wenn der charmante Herr sich mal wieder aus dem Staub gemacht hatte. *Sie küßten und sie schlugen ihn,* der der erste Film war, den ich ihr gezeigt hatte. Kleine Schritte. Der Lärm der Erinnerungen drehte sich immer noch in meinem Kopf, wich jedoch nach und nach zurück; nach und nach brachte er gute Erinnerungen mit, die mich nicht quälten. Nach und nach, bis ich aufhörte zu weinen.

Während der Zeit, in der sie beide da waren, hörte ich, wie Paloma Roberta erzählte, dass ihr Hochzeitskleid fertig sei und ihre erste Anprobe bevorstand. Roberta berichtete Paloma, dass sie am Wochenende nach Nayarit fahren würde, da ihre Forschungsgruppe Samen einer Pflanze gefunden hatte, die als ausgestorben galt. Das

Leben ging weiter. Zum ersten Mal seit Dem Schmerz, hielt ich mich für in der Lage, ein paar einfache Dinge zu tun. In der Nacht putzte ich Die Graue Kiste und schwitzte, bis sie vor Sauberkeit strahlte. Ich machte mein Bett. Ging zum Supermarkt.

Ich kehrte mit Taschen beladen zurück und sah ihn mit übereinandergeschlagenen Beinen und geröteten Augen vor meiner Tür sitzen: Emiliano.

19

Don Ramiro

Ich ließ die Taschen zu Boden fallen, sodass Orangen und Suppendosen durch den Flur rollten.

Emiliano sprang auf wie eine hochschnellende Feder.

»Mari«, brachte er hervor, als wäre dies sein erster Atemstoß.

»Was machst du hier?«

»Ich wollte dich sehen.«

»Ich will niemanden sehen.«

»Ich bin nicht niemand.«

Ich schüttelte den Kopf, während Emiliano auf mich zuging und mich ungefragt umarmte. Ein Verdurstender, der in eine Quelle tauchte. Aus meinen Augen flossen Tränen, die ich nicht bestellt hatte, so viele, dass sein Hemd schon nach einer Sekunde an der Schulter klatschnass war.

Ich spürte, wie er den Schlüssel aus meiner Tasche nahm und mich trug, während er die Tür öffnete. Er bettete mich aufs Sofa und holte die Taschen rein. Dabei redete er ununterbrochen in einem Tonfall, dem ich nur halb zuhörte: »Niemand hat mir rechtzeitig Bescheid gesagt«, »Ich war in Shanghai«, »Die Rückreise hat zwei

Tage gedauert«, »Ich hab dich fünfzig Mal angerufen, bis Paloma mir gesagt hat, dass du nicht ans Telefon gehst«, »Verzeih mir, dass ich nicht früher gekommen bin«, »Entschuldige, María«.

»Ich habe nicht erwartet, dass du kommst. Du musst dich nicht entschuldigen«, sagte ich frei von jedem Vorwurf, was der Wahrheit entsprach.

»Sag mal, bist du bescheuert?«, sagte er und sah mich dabei an, als hätte ich ihn in einer Sprache beschimpft, die er nicht verstand. »Bist du bescheuert?«

»Hör auf, mich ›bescheuert‹ zu nennen«, forderte ich, als wäre ich fünf Jahre alt und mein großer Cousin ärgerte mich.

Emiliano setzte sich neben mich und rückte zu mir heran, bis mein Körper sich gegen den seinen lehnte.

»Mit mir kannst du reden, María. Ich komme immer zu dir.«

»Das stimmt nicht.«

»Doch, tut es.«

»Das stimmt schon lange nicht mehr.«

»Das ist mir egal. Das ist mir vollkommen egal. Mit mir kannst du reden. Selbst wenn die Welt untergeht, kannst du mit mir reden. Sag es mir, und ich komme.«

»Du kommst, wozu?«

»Damit ich da bin.«

»Ich kann mit niemandem zusammen sein«, weinte ich und klammerte mich an seinen Hals.

»Ich bin nicht niemand.«

Seit drei Tagen hatte mir die Kraft gefehlt, mich zu waschen. Emiliano drehte die Dusche auf und stellte sich mit mir darunter. Er wusch mir das Gesicht, das Haar, ich spürte seine Hände wie die eines Fremden, als wäre er ein Krankenpfleger. Er zog mir einen sauberen Pyjama an, zuerst ein Bein, dann das andere, ich fühlte, wie meine in Flanell gehüllte Haut warm wurde. Er betäubte mich mit dem Föhn, bis mein Haar weich und glänzend auf meine Schultern fiel. Er machte mir einen Teller Suppe und sah mir beim Essen zu, bis er leer war. Dann schlug er in der Form eines Dreiecks meine Bettdecke auf wie in einem Hotel, und sobald ich gut zugedeckt im Bett lag, legte er sich auf die Bettdecke neben mich. Ich drehte mich um, wandte ihm den Rücken zu und tauchte in die Wärme und die Reinheit meines Pyjamas und meines Bettes. Ich musste weinen. Emiliano streichelte meinen Rücken im Rhythmus meiner vor Schluchzern erbebenden Schultern.

»Erzähl es mir. Bitte erzähl es mir.«

Was sollte ich ihm erzählen? Ich wusste nicht, wo ich anfangen sollte. Meine Mama war gestorben. Meine Mama, die so viel lebendiger war als alle anderen. Sie war an Magenschmerzen gestorben. Aus Gleichmut. Sie war gestorben, weil ich mich nicht um sie gekümmert hatte, weil ich mich so sehr darauf konzentriert hatte, ihn zu vermissen und nicht erwachsen zu werden, dass ich nicht gemerkt hatte, dass sie alt geworden war. Sie war gestorben, weil die Welt ungerecht war. Ich wusste nicht, was geschehen war. Ich wusste nicht, was ich ihm erzählen sollte. Ich hatte nicht die Kraft, ihm all diese Dinge laut zu sagen, doch ich musste etwas sagen, sofort, das, was in diesem Moment, da ich bequem und gut zugedeckt im Bett lag, nicht aufhörte, mir wehzutun.

»Ihr ist kalt.«

Emiliano schlang die Decke enger um mich, deckte mich zu, so gut er konnte.

»Nein, nicht ich. Sie. Ihr ist kalt. Ich habe sie dort allein gelassen.«

Auch wenn es mir unmöglich schien, weinte ich so verzweifelt wie nie, und schniefend gelang es mir, Emiliano zu erklären, dass mir die Vorstellung wehtat, die Asche meiner Mutter allein in einem Grab in der Stadt zu wissen. Bei ihren Eltern, die sie nicht verstanden. In einem Mausoleum voller Kreuze und einer Heiligen Jungfrau an der Spitze. Halb erfroren. Wie unmenschlich musste eine Tochter sein, um ihre Mama an einem solchen Ort zurückzulassen? Ich ließ sie dort, Nacht für Nacht, während die Lastwagen über sie hinwegfuhren. Im Rauch, der den Lebenden Wärme und Essen spendete, als würden sie sich über sie lustig machen, weil sie tot war.

Was hatte ich mir gedacht, als ich es für eine gute Idee hielt, sie so weit weg von mir und ihrer Wohnung zurückzulassen? *Ganz sicher ist ihr furchtbar kalt.* Das war vollkommen irrational. Das war mir klar. Allerdings hatte ich in den letzten Tagen wegen noch viel irrationaleren Dingen geweint.

»Mari, Mari«, sagte Emiliano mit seiner Hand zwischen meinen Schultern. Ich schüttelte sie ab.

»Ich will zu ihr gehen«, sagte ich.

»Zum Panteón?«

»Zum Panteón.«

»Es ist geschlossen.«

»Ich will zu ihr gehen.«

Während ich dies sagte, schüttelte ich automatisch energisch den Kopf; mein Körper verstand, dass das, was ich sagte, Unsinn war. Doch dann spürte ich, dass das Bett ruckelte, ich drehte mich um, und vor mir stand Emiliano bereit, mit dem Autoschlüssel in der Hand und überzeugtem Blick.

»Gehen wir?«, fragte er.

»Gehen wir.«

Ich sprang aus dem Bett. Zog mir ein Paar schreckliche Stiefel über die Pyjamahose. Verließ das Haus, ging zu Emilianos Auto, die Kälte des Morgens schlug mir ins nasse Gesicht, weckte mich, es gefiel mir, etwas zu spüren. Ich stieg ins Auto, begutachte es, es war neu, aber es roch bereits nach ihm. Nach zu Hause. Wir fuhren über die breite Avenida Constituyentes, die Stadt war leer, und es war, als wollte ihre Dunkelheit uns begrüßen. Emiliano parkte gegenüber dem Panteón de Dolores. Gegenüber diesem imposanten grünen schmiedeeisernen Tor, das die Toten vor dem Schmutz und dem generellen Chaos schützte, das sie umgab. In dem Moment, als ich es sah, wurde mir klar, dass wir völlig bescheuert waren. Meine Sehnsucht und Emilianos Selbstvertrauen waren eine Sache, die Realität eine andere. Es war zwei Uhr morgens, und wir wollten gerade eine Tote aus ihrem Grab holen. Ein Aufseher war nicht zu entdecken. Emiliano läutete entschieden die Glocke am Eingang. Ich fühlte, dass er bereit war, die gesamte Friedhofsverwaltung zu wecken. Mit einem Blick durch die Gitterstäbe des Tors versuchte ich, dahinter jemanden zu erspüren. Nichts. Ich sah nur Dunkelheit und Tote. Erneut hatte ich einen Kloß im Hals, und mir kamen die Tränen, die ich einfach laufen ließ.

Doch Emiliano war in Niemand-kann-mich-aufhalten-Stimmung, und als ich mich zu ihm umwandte, kletterte er bereits am Tor hinauf, das unter seinem Gewicht wankte und einen unüberhörbaren Lärm machte, der klang, als käme er aus dem Jenseits; und als Emiliano gerade auf der anderen Seite hinunterspringen wollte, tauchte aus dem Jenseits ein alter Mann mit einem Hund auf. Er ging so ruhig zwischen den Grabsteinen entlang und hatte so tiefe Schatten unter den Augen, dass ich für einen Moment glaubte, es handelte sich um einen Toten. Den kräftigen Hund führte er an einem einfachen Seil.

»Stehen bleiben!«, befahl der Alte und ging auf Emiliano zu. Er schien nicht besonders überrascht zu sein, einen Herrn vor sich zu sehen (denn das war Emiliano), der gerade über das Tor geklettert war. Was er jedoch nicht erwartet hatte, war, dass dieser Herr, anstatt sich so zu verhalten wie jemand, der gerade dabei ertappt worden war, etwas Verbotenes zu tun, zu ihm heruntersprang, ihm elegant die Hand reichte und sich vorstellte, als wüsste jeder, wer er war.

»Guten Abend, junger Mann. Emiliano Cervera. Sehr erfreut. Wie geht es Ihnen?«

»Na ja, so weit, so gut«, sagte der Alte mit einem ungläubigen Lachen.

»Wissen Sie, wir müssten ganz dringend eine Ihrer Grabstätten aufsuchen«, sagte Emi, als böte er dem Mann, anstatt ihn um einen absurden Gefallen zu bitten, eine günstige Gelegenheit.

»Hallo«, sagte ich mit dem Kopf und einer Schulter zwischen den Eisenstäben. Er sah zu mir herüber, die ich im Pyjama, verweint, aber lächelnd, auf halbem Weg im Gitter klemmte. Der arme Mann hatte keinen Schimmer, was gerade passierte, hielt mich offensichtlich jedoch für ungefährlich, denn er trat näher und öffnete das Tor allein schon aus purer Neugierde.

»Vielen Dank. Wie ist Ihr Name?«

»Ramiro.«

»Vielen Dank, Don Ramiro«, mischte sich Emiliano ein. Er gab dem Aufseher erneut die Hand, der plötzlich einen Fünfhundert-Pesos-Schein in den Fingern hielt.

»Wir sind gleich wieder da«, sagte Emiliano, streichelte den Hund, wandte sich um und zog mich am Arm mit in die Dunkelheit des Friedhofs.

Vom Licht seines Handys geleitet, gingen wir zwischen den Gräbern entlang.

»Wir sind gerade bei der Rotonda de los Hombres Ilustros«, sagte er. Ich spürte, dass seine Knie zitterten, schließlich ging seine lebhafte Fantasie gerade im Dunkeln auf einem Friedhof spazieren. Doch er schritt an meinem Arm voran, als ob er glaubte, dass ich ihn vor was auch immer beschützen könnte. Wir erreichten das Mausoleum. Don Ramiro folgte uns in einigem Abstand, während sein Hund ununterbrochen bellte, was seltsamerweise eher beruhigend als bedrohlich wirkte. Als ich die Tür des Mausoleums öffnete, stellte er plötzlich das Bellen ein, und die Stille des Grabmals lähmte mir die Glieder, doch nun war ich schon so weit gekommen, dass mich nichts mehr aufhalten konnte. Emiliano leuchtete mir, ich griff nach der Holzkiste mit meiner Mutter und nahm sie gleich fest in die Arme. Kurz blickte ich auf die Urnen meiner Großeltern, küsste meine Handfläche und legte sie nacheinander darauf.

»Adiós, ihr beiden. Ich nehme eure Tochter mit.«

Ich spürte, dass Emiliano hinter mir lächelte. Und ich spürte auch, dass Don Ramiro sich gerade fragte, ob die fünfhundert Pesos ausreichten, um zuzulassen, dass wir einfach so eine Tote mitnahmen.

»Das ist meine Mutter«, erklärte ich ihm.

Sein Hund bellte wieder, und Don Ramiro entschied, dass er jetzt keine Diskussion mehr anfangen wollte.

Ich gab Emiliano die Hand, und wir gingen zum Auto zurück, gefolgt von dem rhythmischen Bellen und den Schritten von Don Ramiros Hund.

»Vielen Dank«, sagte ich zu Emiliano, dem Hund, der Luft.

Ich hielt meine Mama in den Händen, und mein ganzer Körper wurde von Euphorie ergriffen.

Wir fuhren zu ihrer Wohnung, und ich nahm den großen Türschlüssel heraus. Das erinnerte mich ans Krankenhaus, an den Moment, als man ihn mir mit dem Rest ihrer Sachen übergeben hatte. Nein. Ich verscheuchte die Gedanken, indem ich die Tür aufschloss und gleich nach hinten in den Garten ging. Den Fernsehsessel, die Treppe zu den Schlafzimmern und den Küchentisch würdigte ich im Vorbeieilen keines Blickes. Emiliano folgte mir entschiedenen Schritts im Vertrauen, dass ich wusste, wohin ich wollte. Was nicht so ganz stimmte.

»Die Bougainvillea?«, fragte ich ihn atemlos.

Emiliano nickte. Wir beide erinnerten uns an den ständigen Kampf meiner Mutter mit der Bougainvillea. In den Garten, was ein großes Wort für die zwei Quadratmeter Erde war, aus denen er bestand, passten nur diese Pflanze und eine Person. Doch die Bougainvillea wuchs so üppig, dass sie den Blick aus dem Wohnzimmer versperrte. Das hatte meine Mutter persönlich genommen und sie regelmäßig zurückschneiden lassen. Dabei hatte der Gärtner immer zu viel des Guten gekappt, sodass meine Mutter sich grämte, weil die Pflanze monatelang nicht mehr blühte. Hin und wieder gelang es, die Bougainvillea im richtigen Moment auf die perfekte Größe zu trimmen. Daraufhin blühte sie violett und rosa und warf ihren hübschen Ballast ab, sodass sich auf dem Boden ein wunderbarer Blütenteppich bildete. Dann hatte meine Mutter den ganzen Nachmittag damit verbracht, ihren Erfolg zu bestaunen, und von nichts anderem mehr geredet. Und genau so war die Pflanze in diesem Moment. Voller violetter Blüten, die sie nach und nach verlor, sodass sich der Boden färbte. Die übergeordnete Macht, die die Bougainvillea zum Blühen brachte, war der einzige Gott, an dessen Seite zu sein meine Mutter akzeptierte.

Vorsichtig öffnete ich die Kiste. Gerade ging die Sonne auf, denn sie erschien hartnäckig weiterhin jeden Tag am Himmel. Ich verstreute die Asche auf die Blüten und die Wurzeln, bis sie zwischen meinen Füßen in dem violetten Blütenteppich versank, der jeden Zentimeter unseres Gartens bedeckte.

»Ich liebe dich über alles, Mama«, hörte ich mich sagen. Und ich spürte, dass die Atome, die mich bildeten und die sich gelöst hatten, die wütend und zerrissen waren, sich nach und nach wieder beruhigten.

»Auf Carmen.« Emiliano gab mir ein Glas mit einem Schluck Rum, leerte seines, wobei er zwei dieser dicken Tränen vergoss, die nur ihm einfach so aus den Augen traten.

Er ließ mir die Zeit, so lange im Garten sitzen zu bleiben, bis mir, viel später, danach war, aufzustehen.

20

Mein Zuhause

Ich stieg wieder in Emilianos Wagen. Dabei dachte ich, dass ich keine Lust hatte, wieder in Die Graue Kiste zurückzukehren. Und als ob er dies ahne, fuhr er einen anderen Weg. Wir ließen meine Mama in ihrem Zuhause zurück, und Emiliano nahm mich mit in seines. Er führte mich vorsichtig, als wäre ich aus Glas, zur ersten Tür links. Ich trat in sein Reich, seine Unordnung, die seit dem letzten und einzigen Mal, als ich bei ihm war, um ein Vielfaches angewachsen war. Ich berührte alle seine Sachen. Ich atmete seine Luft ein. Verbrachte die nächsten Tage damit, mich von ihm umsorgen zu lassen, wobei ich erneut seine Welt in Besitz nahm.

In der dritten Nacht, in der ich bei ihm schlief, streckte ich die Hand aus, bis ich seinen Rücken berührte. Emiliano drehte sich um und sah mich an; seine dunklen Augen mit den langen Wimpern betrachteten mich, und er kam näher – als fiele er –, bis er mir einen Kuss gab. Erinnerung der Zellen.

So sehr geliebt zu haben. Noch immer zu lieben. Dass alles anders wäre. Weit weg.

Unmöglich einzufordern.

»Dein Film gefällt mir sehr«, sagte ich.

»Ich will jetzt nicht über so einen Blödsinn reden.«

»Das ist kein Blödsinn.«

»Er ist voller Fehler.«

»Deine Meinung ist mir egal.«

»Danke.«

»Mir gefällt auch deine Wohnung sehr.«

»Danke.«

»Mir gefällt alles, was du ohne mich gemacht hast.«

»Dumm, dumm, du bist sehr dumm«, sagte er in dem für ihn typischen Flüstern. »Wie ist es möglich, dass du das nicht verstehst? Seit dem Tag, an dem wir uns zum ersten Mal gesehen haben, und ohne dass all die Tage, an denen wir uns nicht gesehen haben, irgendeine Bedeutung haben, habe ich nie wieder etwas ohne dich getan.«

Wir redeten über absolut alles und absolut nichts. Ich stellte ihm beinah keine der Fragen, die ich ihm stellen wollte, sondern wandte mich dafür an Das Gespenst; ich hatte das Gefühl, dass sie bereits beantwortet waren. Ich fragte ihn nicht, wo Marina war; ich fragte ihn nicht, wo er sein würde; ich versuchte nicht, ihm zu erklären, wo ich sein würde. Ich wusste, dass ich irgendwann einmal gewollt hatte, dass er mich um Verzeihung bat. Um Verzeihung dafür, dass er gegangen war, dafür, dass er mir meinen Freund genommen hatte. Doch zum ersten Mal dachte ich, dass auch er auf seine Weise etwas verloren hatte. Wir hatten uns kennengelernt und wieder voneinander entfernt. Wir hatten nichts erfunden. Das war nun nicht mehr von Bedeutung. Plötzlich war alles so einfach. Es war so einfach, dass er so nah bei mir war. Es war so einfach, die Wahrheit zu sagen.

Unsere Arme und Beine waren so ineinander verschränkt und miteinander verbunden, dass ich, wenn ich nach unten blickte, nicht wusste, welche Haut seine und welche meine war. Doch in jeder Zelle war zu spüren, was uns einander annäherte und was uns trennte. Wir hatten einen Teil des anderen in uns, aber auch große unberührte Lücken, die nur uns gehörten. Diese Zeit war nur geliehen. Die Möglichkeit, zusammen zu sein, endete in absoluter Perfektion, sodass wir beide spürten, dass dies ein Moment war, an den wir uns über das Leben hinaus erinnern würden.

Die Zeit würde weiter vergehen. Ich dachte an John Lennon und Paul McCartney, erwähnte sie jedoch nicht; dies würde zwischen meiner Mutter und mir bleiben, in jenem Abgrund, den ihre Stimme und ihre Abwesenheit mit sich brachten und von dem ich wusste, dass er mich am Ufer meiner Schritte für den Rest meiner Schritte erwartete. Ich wachte auf, und es war Sonntag. Zeit, die Tage wieder zu zählen. Ich stand auf. Hinterließ eine Nachricht auf den geballten Fäusten, mit denen Emiliano schlief, wenn er besonders tief und fest schlummerte.

Danke für alles, Emi. Ich mache mich auf den Weg nach Hause.

Ich wagte mich auf die Straße und ging zwischen Schmutz und Hupgeräuschen die sechzig Blocks, die mich von der Wohnung meiner Mutter trennten. Ich lief wie besessen, es drängte mich, dort anzukommen, als ob nur in dieser Wohnung die einzige mit meinem Atem zu vereinbarende Luft zu finden wäre. Ich trat ein. Diesmal blieb ich in jedem Winkel stehen. Zum ersten Mal dachte ich das Undenkbare. Dies war mein Zuhause. Die Wohnung meiner Mutter war mein Zuhause.

Ich ging die Treppe hinauf. Trat in ihr Zimmer. Noch etwas, worum mein Vater sich gekümmert hatte. Die ganze Wohnung war sauber, die Betten waren gemacht und die Kleidung verstaut, so wie sie gewollt hätte, dass ich sie vorfinde, und nicht so, wie sie war, als wir sie zum letzten Mal gemeinsam verlassen hatten.

Ich tauchte in ihren Schrank ein, um mich zwischen ihren Sachen zu verlieren. Jeder Winkel dieses kleinen Raumes war von einem ihrer Dinge, einer Schublade, einem Teil von ihr erfüllt. Es war eine chaotische Ansammlung, aber alles hatte seinen Platz. Fächer mit ihren Shirts, ihr seidener Morgenmantel, der neben der Tür hing, eine Porzellanpuppe, die einmal meiner Oma gehört hatte, saß zwischen billigen Schmuckkästchen. Die Wände hingen voller Bilder, kleinen Malereien, den Zeichnungen, die ich als Kind gemacht hatte. In der Schublade, in der die unterschiedlichsten Dinge durcheinanderlagen, entdeckte ich eine Tüte mit den kleinen Turnschuhen mit der violetten Sohle, die meine Mama für ihr zukünftiges Enkelkind gekauft hatte. Ich wühlte weiter und fand ein Kleidchen, Stiefelchen und zwei Lätzchen. Verrückt. Sie hatte Tausende zukünftige Enkelkinder. Mal sehen.

An der hinteren Wand hing ein Spiegel, vor dem meine Mutter jedes Mal stand und sich betrachtete, wenn sie irgendwo zu spät kam. Was auch immer sie dort gesehen hatte, konnte nicht viel gewesen sein, denn am Rahmen waren rundherum Fotos von ihren Freundinnen und von uns angebracht und in der Mitte hatte sie mit Kajalstift ein paar Worte geschrieben. Dort notierte sie spontan, was ihr in den Sinn kam, immer wieder etwas anderes. Sätze, die ihr in Büchern oder Filmen aufgefallen waren. Dinge, die irgendjemand gesagt hatte. Die letzte Notiz, die noch dort stand, lautete: *Heute hat María gesagt: Wie schön das Leben im Allgemeinen doch ist.* Das war meine Mama.

In der Ecke unterhalb des Spiegels stand ein kleiner Stuhl, der ihr manchmal dazu gedient hatte, die höher gelegenen Fächer zu erreichen. Ich suchte nach den Kissen, die immer daraufgelegen hatten. Meine Mutter hatte sie abwechselnd daraufgelegt, bis sie es zu vergessen begann. Maura hatte sie mal für sie anfertigen lassen und ihr zu Weihnachten geschenkt. Darin waren Mamas bekannteste Sätze eingestickt. Einer davon lautete: *Das Leben ist kürzer als die Zeit;* ein weiterer war: *Gemeinheiten enthalten immer eine Portion Feigheit;* und der letzte, den ich als Kind besonders mysteriös gefunden hatte, war: *Bereits getanzte Tänze nimmt einem niemand weg.* Ich erinnerte mich daran, dass ich sie mit sieben oder acht Jahren mal gefragt hatte, was das bedeutete.

»Na ja, es kommt, wie es kommt, und was bereits geschehen ist, ist geschehen.«

Mit sieben oder acht Jahren konnte ich mit dieser Erklärung absolut nichts anfangen. Heute zählte es zu den Dingen, die Leute, die an Engel glaubten, zum Beweis ihrer Existenz anführen. Das, was bereits geschehen war, geschah die ganze Zeit, und niemand konnte es einem wegnehmen. Meine Mutter und ihre weisen Worte – die konnte mir niemand nehmen. Meine Mama und ihre Turnschühchen mit der violetten Sohle und wie sie sich in der Überzeugung, noch viel Zeit vor sich zu haben, die Zukunft vorstellte, die sie nicht mehr erlebt hatte.

Ich hatte darauf bestanden, dass Emiliano für mich die Vergangenheit lebendig machte, aber warum? Die Vergangenheit konnte man nur allein zum Leben erwecken, und wir taten es die ganze Zeit über. Man durfte nicht vor ihr fliehen und sich auch nicht darin suhlen, das zu vermissen, was uns genommen wurde. Was auch geschah, geschah im selben Moment. Der Schrank meiner Mutter war ein Portal. Hier war sie und plauderte mit mir, bis es dunkel wurde; hier sah ich, wie Emilianos Arme wuchsen, während wir einen Film einschalteten; hier war ich, allein auf der Welt und glücklich, und dachte an das, was noch kommen würde.

Die Zukunft begann. Plötzlich war der Abgrund meiner Trauer nicht mehr vom Nebel der Welt verhüllt, sondern ich sah ihn deutlich vor mir. Ich machte mich auf den Weg zu Paloma und dann zu Roberta, um mich aufrichtig dafür zu bedanken, dass sie sich um mich gekümmert und mich bewacht hatten.

Ich ging zu José Miguel, um das Offensichtliche offiziell zu machen. Dabei erfuhr ich die wunderbare Neuigkeit, dass er wieder mit seiner Frau zusammen war. Die universelle Ordnung. Die Frau, die ihn verlassen hatte, hatte nun den Venezolaner verlassen und war zu ihm gekommen, um ihn um Verzeihung zu bitten, auf Knien – wie ich es mir vorstellte. Und nun begann José Miguel, mich um Verzeihung zu bitten. Doch das war nicht nötig. Das war absolut nicht nötig.

Ich sorgte dafür, dass die Freundinnen meiner Mutter und die Verwandten, die ihr etwas bedeutet hatten, in ihre Wohnung kamen, um sich die Dinge von ihr zu nehmen, die sie haben wollten. Nichts von dem hatte einen materiellen Wert, doch es gab Sachen, die für manchen von unschätzbarem Wert waren. All diese Dinge hatte ihr jemand geschenkt, hatte sie in einer gemeinsamen Erinnerung gekauft oder verwies auf etwas Bestimmtes, Liebgewordenes. Roberta zum Beispiel nahm sich eine kleine Dose aus Talavera-Keramik, die wir als Kinder aus Spaß immer versteckt hatten.

»Hört mal, ihr beiden, habt ihr vielleicht meine Dose aus Talavera-Keramik gesehen, die auf dem Tisch im Wohnzimmer stand?«

»Nein, Mama«, sagte ich.

»Nein, Carmen«, sagte Roberta.

Scheinbar bedrückt. Meine Mutter erklärte den Verlust mit ihrer generellen Zerstreutheit, bis sie sie in einem Fach in der Küche, in einer Schublade ihres

Schranks oder in einem Regal in ihrem Büro wiederfand. Sie stellte sie wieder ins Wohnzimmer. Und alles ging von vorn los.

»Mädchen, habt ihr meine Dose gesehen?«

Bis sie eines Morgens, nachdem sie sie lange gesucht hatte, aufwachte und die Dose neben ihrem Kissen fand. Wütend war sie aufgestanden, um dem Lachen ein Ende zu machen, mit dem Roberta und ich sie gerade dort platziert hatten. Jeder nahm eine Erinnerung in dieser Art mit. Und alles, was übrig blieb, waren meine Erinnerungen.

An dem Samstag, an dem die Kinder zum ersten Mal wieder bei mir waren, kamen nur Yvette und Tito. Sie sprachen sehr leise und waren mit allem einverstanden. Man merkte sofort, dass sie von ihren Eltern streng ermahnt worden waren, brav zu sein. Doch nach einiger Zeit verhielten sie sich wieder wie sonst, und ich fühlte mich dank ihrer unschuldigen, unverstellten Art wieder so ruhig und ausgeglichen wie früher in ihrer Gegenwart. Einmal, als Yvette gerade abgelenkt war, fragte Tito mich, wie es sich anfühlte, keine Mutter zu haben.

»Furchtbar, mein Schatz«, sagte ich wahrheitsgemäß.

»Bist du sehr traurig?«

»Manchmal ja.«

»Okay. Auch wenn man erwachsen ist, ist es schön, eine Mutter zu haben, stimmt's?«

»Stimmt. Aber, na ja, das Leben muss weitergehen.«

»Machst du mir einen Kakao?«

Er hatte mich beim Wort genommen. Ich dachte, dass ich mir wirklich jemanden suchen sollte, mit dem ich auch eines von diesen wunderbaren Kindern bekommen konnte. Sie waren einfach großartig. Und immerhin hatte ich schon die kleinen Turnschuhe. Mal sehen. Zum ersten Mal glaubte ich, dass das Leben doch nicht zu kurz war.

Ich fing wieder an zu arbeiten. Kehrte zu meiner Routine zurück, mir einen Film nach dem anderen anzusehen und positiv darüber zu berichten, denn es gab immer etwas Gutes, worüber man schreiben konnte. Wie so oft war das Kino meine Rettung. Ich überlegte, mit welchen interessanten Leuten ich mich näher beschäftigen könnte, um sie zu interviewen, und sah mich nach möglichen zusätzlichen Arbeitgebern um. Ich war voller Tatendrang und sah jede Menge Möglichkeiten. Noch immer bewegte ich mich nah am Abgrund meiner Mutter, fiel jedoch immer seltener hinein.

Eines Sonntags lud ich meinen Vater zum Essen ein. Ich nahm wieder an allem teil, was in Vorbereitung von Palomas Hochzeit anstand, während der große Tag unaufhaltsam näherrückte. Ich rief Emiliano immer dann an, wenn mich etwas bewegte, was er besser verstehen würde als jeder andere. Und ich reagierte jedes Mal, wenn es ihm genauso ging.

Ich verließ Die Graue Kiste und zog in die Wohnung meiner Mutter, wo ich im Wohnzimmer Die Riesenleinwand aufbaute. In meinem Zuhause. Die Anzahl der Kinder, die an dem wöchentlich stattfindenden Filmclub teilnahmen, wurde immer größer, und das Ganze war so erfolgreich, dass Jaime Chico sich beim Schuldirektor für mich einsetzte. Der bot mir eine Unterrichtsreihe zum Thema Film an. María, die Königin der Kinder. Es geschahen die seltsamsten Dinge.

Zum ersten Mal seit vielen Jahren hatte ich das Gefühl, etwas besser zu können als jeder andere. Und es gefiel mir, das Schöne auf der Welt zu betrachten und zu teilen. Die Schönheit, die mich an meine Mutter denken ließ, wie sie neben meinem Bett saß und mir zuhörte, wenn ich über das Universum sprach. Die Schönheit von Jaime Chicos Lächeln, der genau wie Yvette auf eine bestimmte Art den Mund verzog, wenn er etwas wirklich lustig fand. Die Freude, mit der Paloma ihr erstes Hochzeitsgeschenk öffnete und einweihte, wobei es sich um ein paar nicht wirklich nützliche, aber sehr hübsche kleine Vasen handelte, die am Fensterrahmen angebracht wurden. Ein Bild, eine Geschichte, die jemand neu entdeckte und die ihn für immer prägten. All das waren Dinge, die scheinbar keinen großen Beitrag zum Wohle der Menschheit leisteten, doch es war mein Beitrag, sie deutlicher als jeder andere wahrzunehmen.

Ich war dreiunddreißig Jahre alt, hatte jede Menge zu tun, was nur ich selbst bezeugte, und ich freute mich darauf zu sehen, was mir das Leben noch bringen würde.

Epilog

Wie schön das Leben im Allgemeinen doch ist

Ich wusste nicht, ob Paloma Angst hatte zu heiraten oder davor, dass das Ereignis, das sie drei Jahre geplant hatte, schiefgehen könnte. Jedenfalls trafen wir sie in völliger Panik an, umgeben von mehreren Visagisten und einer Frau, die sie in das Korsett des Brautkleids schnürte, als wollte sie sie umbringen. Paloma wirkte hinter dem Wandschirm wie eine Gefangene und versuchte stumm, ihre Angst zu bekämpfen. Roberta, die als meine Begleiterin mitgekommen war, diagnostizierte, dass sie ein paar Minuten Pause brauchte, woraufhin sich die gesamte Verschönerungstruppe brav zurückzog.

»Wie fühlst du dich?«, fragte ich Paloma, die sich bemühte, rhythmisch zu atmen.

Paloma setzte mehrere Male an, etwas zu sagen, und gab es dann auf. Dies war das erste Mal, dass ihr in meinem Beisein die Worte fehlten.

»Was ich fühle ist … dass ich es hasse, verheiratet zu sein«, brachte sie schließlich heraus.

»Paloma, das stimmt doch nicht.«

»Warum nicht? Viele Leute hassen es, verheiratet zu sein.«

»Viele Frauen hassen ihren Ehemann. Aber du liebst Pancho über alles.«

Paloma nickte, verlor jedoch gleichzeitig die Fassung. »Es ist, weil …« Sie vergoss ein paar Tränen. »… ich bin so sauer, weil auf den Servietten ›PP‹ steht und sie das ›&‹ in der Mitte vergessen haben. Das sieht jetzt aus, als würde irgendein Pepe eine anzügliche Party feiern.«

Es war ihr gelungen, angesichts ihrer Angst vor der Hochzeit nicht in Tränen auszubrechen, doch das mit den Servietten war zu viel für sie.

»Keine Sorge. Du wirst sehen, dass es supercool ist, verheiratet zu sein«, griff Roberta ein, die mit mir gekommen war, weil sie sich am Morgen mit dem INEGI so gestritten hatte, dass sie ihn zu Hause gelassen hatte und schreiend aus der Wohnung geflohen war. Aber immerhin fand sie es supercool, verheiratet zu sein. So war das mit der Liebe.

Paloma atmete tief durch und schüttelte sich leicht; als ob sie ausgeschaltet und wieder eingeschaltet worden wäre, neu programmiert.

»Okay. Also dann. Danke. Dann muss ich mich jetzt beeilen.«

»Soll ich die Truppe wieder reinrufen?«, bot Roberta an.

»Bitte, mein Schatz.«

Hatte sie tatsächlich »mein Schatz« gesagt?

»Mari, geht es dir gut?« Paloma sah mich auf einmal erschreckt an.

»Ja«, sagte ich knapp. Denn ich heulte wie ein Schlosshund, weil Paloma hinter dem Wandschirm hervorgetreten war, das Haar zu einem Knoten zurückgesteckt und in ihrem strahlend weißen Kleid, in dem sie wie aus Zuckerguss aussah. Ein elegantes Sahnebaiser.

»Du bist die schönste Braut auf der ganzen Welt«, brachte ich schluchzend hervor. Doch ich war nicht einfach nur gerührt, sondern vermisste plötzlich meine Mutter.

Paloma umarmte mich lange. Strich mir übers Haar. Sie hatte mich zu sich bestellt, damit ich sie tröstete, und nun hatte die Arme mich in diesem Zustand am Hals.

»Deine Mutter hat mir ein Geschenk gekauft«, meinte sie in dem Wissen, dass dies das Beste war, was sie mir in diesem Moment sagen konnte. »Ich habe es heute Morgen auf dem Geschenketisch gesehen.«

»Wirklich. Was hat sie dir geschenkt?«

»Eine Werkzeugkiste und eine Comic-Version von Simone de Beauvoirs *Das zweite Geschlecht*.«

Das hatte etwas Tröstliches, und ich musste lachen.

Eines musste man Paloma lassen: Die dreijährigen Hochzeitsvorbereitungen hatten sich gelohnt. Die Servietten waren das Einzige, was nicht perfekt war. Das Essen war wunderbar, die Blumen waren frisch wie gerade gepflückt und die Ansprachen klug und bewegend. Und inmitten des ganzen Überflusses und all der Hochzeitstraditionen – die ich normalerweise zum Kotzen fand, weil ich die Tochter meiner Mutter war – befand sich das, was aus Pepes Party eine unvergessliche Feier machte, nämlich das Hochzeitspaar, das sich wirklich liebte, umgeben von Menschen, die auch voller Liebe waren. Ich hatte noch immer sehr nah am Wasser gebaut, weshalb meine Tränen nicht unbedingt etwas bedeuteten, aber ich schwöre, dass, als das Brautpaar den Tanz eröffnete, Emilianos Vater weinend in den Armen der Brautmutter lag.

Abends um elf Uhr wurde Paloma wieder leicht panisch. Ich ging mit ihr ins Ankleidezimmer und löste ihr das Korsett. Danach war sie bereit, das Fest, so lange es dauern würde, zu genießen.

Die Feier schien kein Ende zu nehmen. Um drei Uhr nachmittags hatten wir angefangen zu tanzen, und um drei Uhr morgens hüpften Paloma, Roberta und ich immer noch herum. Pancho starrte seine frischgebackene Ehefrau an, als könne er es nicht glauben. Und Emiliano sah seinen Bruder mit dem gleichen verblüfften Gesichtsausdruck an. Es war zu schön, während wir tanzten, als würden wir in Señora Sandras Garten Nachlaufen spielen.

Irgendwann wetteten die pubertierenden Cousins des Bräutigams aus Spaß, wer sich traute, so weit wie möglich vom Podium der Band abzuspringen, um von den anderen aufgefangen zu werden. Sie machten jede Menge Unsinn, wobei sie den Kleinsten fallen ließen, der aufs Gesicht stürzte und sich wehtat. Das führte zu großer Aufregung, Strafpredigten und Ermahnungen, was den größten Teil der Familie für eine Weile beschäftigte.

Zum Ende hin wurde es ruhig. Roberta setzte sich völlig geschafft auf die Tanzfläche. Kurz darauf tat das Brautpaar es ihr nach. Paloma sortierte ihre gebauschten Röcke, und es sah aus, als schwebte sie auf Wolken. Ich ging auf sie zu.

»Wann tanzt du eigentlich mit mir?«, hielt Emilianos Stimme mich zurück.

Er legte mir eine Hand um die Taille und zog mich so leicht an sich wie eine Feder, bis ich mich plötzlich an seiner Schulter wiederfand.

»Ich werde wahrscheinlich nach Los Angeles ziehen«, sagte er.

»Wirklich?«

»Wie fändest du das?«

»Sehr gut. Hast du Lust darauf?«

»Ja. Ich habe ein Angebot, dort einen Film zu drehen. Mal sehen, was passiert.«

»Geht Marina mit dir?«

»Nein, nein. Auf keinen Fall. Das … ach, nichts.«

»Dann wirst du ganz allein gehen?«

»Ja, ich ganz allein.« Er sah mich lächelnd an.

Auf der Tanzfläche erklang weiterhin Musik, die sich über die Gespräche erhob.

»Denkst du, das ist die letzte Hochzeit, die wir zusammen feiern?«, fragte er mich dann.

Ich dachte kurz nach und nickte. Mir fiel kein gemeinsamer Bekannter mehr ein, der noch nicht verheiratet war.

»Vielleicht beginnt ja bald die zweite Runde«, meinte ich, »wenn die Geschiedenen zum zweiten Mal heiraten.«

Jaime Chicos Hochzeit war die erste gewesen. Und ich konnte mir gut vorstellen, dass er bald wieder heiraten würde.

»Wirklich? Also wenn Jaime wieder heiratet, gehen wir zusammen dorthin. Egal, was bis dahin geschieht.«

Er ließ offen, was ihm egal war. Wer wohl mein fester Begleiter sein würde? Oder seine Begleiterin?

»Wir gehen also zu allen Hochzeiten von Jaime Chico.«

Nach und nach wurden die Lichter im Garten ausgeschaltet, und schließlich brach auch die Musik ab. Im Hintergrund waren nur noch Robertas Stimme und Palomas Lachen zu hören. Pancho, der nach uns rief.

»Und dann kommen die Hochzeiten der Kinder«, kam mir plötzlich in den Sinn. Und der Gedanke gefiel mir.

»Wer wird der Vater deiner Kinder sein?«, fragte er.

»Keine Ahnung. Irgendwer. Genau wie die Mutter deiner Kinder.«

Ich spürte, dass er mich fester an sich zog, dass es kein Verlangen war, nur der Wunsch nach Nähe. Sein Mund an meinem Haar, seine Arme, die mich von einer Seite zur anderen schwangen, bis er seine Hände auf meine Schultern legte und sie drückte.

»Ich glaube, das Fest ist vorbei«, sagte ich.

»Hat es dir gefallen?«

»Und wie.«

Unseren gemeinsamen Tanz konnte uns niemand wegnehmen. Auch wenn wir uns immer weniger kannten, würden wir uns nicht verlieren. Mit irgendjemandem würde ich und auch er Kinder haben. Wessen Lächeln würde das sein, das ich für immer neben Emilianos Lächeln stellen würde, vielleicht sogar darüber? Irgendwo würden wir leben, Dinge tun. Die Vergangenheit würde in irgendeinem Winkel erklingen und unsere Füße bewegen. Die Zukunft würde uns unbelastet zum Tanz auffordern.

»Weißt du, was ich glaube, Emi?«, sagte ich, während ich ihn zu der Stelle auf der Tanzfläche geleitete, wo unsere Freunde saßen. »Das Beste kommt noch.«

ISBN 978-3-85179-417-5

Die Originalausgabe erschien bei Editorial Océano, México
Titel der mexikanischen Originalausgabe:
Todos Los Días Son Nuestros

Umschlaggestaltung: Christina Krutz, Biebesheim am Rhein
Satz: Christine Paxmann • text • konzept • grafik, München
Druck und Bindung: GGP Media GmbH, Pößneck

www.thiele-verlag.com